"我的青春多亮色"

新新人类的奋斗史 完胜职场的炼成术

郭维维 著

百花洲文艺出版社
BAIHUAZHOU LITERATURE AND ART PRESS

图书在版编目(CIP)数据

我的青春多亮色 / 郭维维著. —— 南昌：百花洲文艺出版社，2014.1

ISBN 978-7-5500-0862-5

Ⅰ. ①我… Ⅱ. ①郭… Ⅲ. ①散文集–中国–当代

Ⅳ. ①I267

中国版本图书馆 CIP 数据核字(2014)第 010075 号

我的青春多亮色

郭维维 著

出 版 人	姚雪雪
责任编辑	郑　骏
美术编辑	大红花
制　作	董　运
出版发行	百花洲文艺出版社
社　址	江西省南昌市红谷滩世贸路 898 号博能中心 9 楼
邮　编	330038
经　销	全国新华书店
印　刷	北京嘉实印刷有限公司
开　本	787mm×1092mm　1/16　　印张　15.75
版　次	2014 年 8 月第 1 版第 1 次印刷
字　数	280 千字
书　号	ISBN 978-7-5500-0862-5
定　价	26.70 元

赣版权登字 05-2014-10

邮购联系　0791-86895108

网　址　http://www.bhzwy.com

图书若有印装错误，影响阅读，可向承印厂联系调换。

前　言

辛尼加曾说:"青春并不是生命中一段时光,它是心灵上的一种状况。它跟丰润的面颊,殷红的嘴唇,柔滑的膝盖无关。它是一种沉静的意志,想象的能力,感情的活力,它更是生命之泉的新血液。"

霍·华尔浦尔说:"如果自己的青春放不出光彩,任何东西都会失去魅力。"

舞蹈是要用双脚来跳的,一个舞蹈演员需要用肢体动作向观众传达自己的感情,因此,人们都认为没有双腿的人根本无法跳舞。可是有一个脸上总是挂着笑容的弱小的年轻女子却做到了,她是四川绵竹的一位舞蹈教师,叫廖智。

这不是天方夜谭。在《我要上春晚》的节目中,没有双腿的舞蹈演员廖智"站"在了舞台中央,跪在鼓上的她表演了一支叫《鼓舞》的舞蹈。红绸飞舞,失去双腿的廖智用自己残缺的身体在一面大鼓上旋转翻滚,做出各种高难度的舞蹈动作。这是一场震撼人心的演出,现场掌声雷动,观众无不满含泪水地看完了廖智这场令人难忘的舞蹈演出。几位资深评委在点评廖智的演出时,一个个感动得热泪盈眶,哽咽得话都说不下去。这就是一个没有双腿的舞蹈演员带给人们的巨大感动。

一个在电梯里工作的男孩,每天守在逼仄的空间上上下下,穿着很土,手里拿着一本英文书。最开始见到他,拿的是高中课本,然后慢慢变成大学课本、四六级英语读本、研究生复习材料、托福教材。谁都没有在意他在学什么,看什么,是什么背景,住哪里,工资多少,有什么梦想。只是楼里的居民有时会把家里看过的杂志送给他,大概觉得只要是有字的东西,对一个电梯工来讲,就能用来学习吧。

后来,他消失了很久。再见到他,他穿着职业套装,匆匆忙忙地跑进一座高大的写字楼里。

　　还有一个农村姑娘，从小到大没出过县城，后来到了北京，在朋友家做保姆。做家务之余，她苦读英文，学普通话，上夜校，参加自考。后来她当了对外汉语老师，专门给钱不多但是又需要中文辅导的外国学生做老师。她不挑活儿，大小钱都赚，自己又节省，后来买了一部小车，这样能更快地穿梭在城市中，给更多的学生上课。令人惊奇的是，这姑娘还开了个早点铺，同时还开了化妆品专卖店。

　　青春是人生最靓丽的色彩，有欢笑，也有泪水；有朝气，也有颓废；有甜蜜，也有荒唐；有自信，也有迷茫。同时，青春也是一本厚厚的书，这本书的内容与厚度取决于我们自己。

　　人们走向成熟，走向成功的过程，其实就是不断地克服困难，迎接挑战的过程。在这个过程中我们慢慢成熟，我们的能力素质在慢慢提高。要想有成功，必须尝试，必须奋斗。我们必须把每一天过得很充实，很有意义，以成就辉煌的人生。

　　青春，只有多经历一些摔打，才能磨炼自己，铸造自己。

目　录

第一章　失去中学着坦然、洒脱

第二章　失败，我们也可以更快乐

第三章　伤痛后更懂得人生的滋味

第四章　压力,激发自身潜能

第五章 竞争,推进我们不断提升

第六章 磨难,让我们更坚韧

第七章 缺憾中锻造理性、从容

第八章 批评，让我们更加进步

第九章 责任，彰显了生命的价值

第十章 背叛，让我们懂得更多智慧

第一章 失去中学着坦然、洒脱

每个人都向往"得到"。得到似乎是一种必然的追寻。得到一份工作,感到人生之书正在翻开精彩的一页;得到一次升职,会兴奋得难以成眠,觉得前途无限光明。然而,失去也是人生的主题。有了失去,我们就学会了珍惜;有了失去,我们就学会了更多的智慧。失去,让我们更加坦然和洒脱。

昨天已经逝去

当我们清晨睁开双眼的时候,就应该清醒的意识到,昨天已经永远的失去了,昨天发生的一切故事,喜怒哀乐,都成了往事。我们唯一能做的,就是好好把握当下,即使昨夜的梦很痛,我们也不要再流下泪滴,不值得。

年轻时的波尔·布朗特威博士感觉每天都不快乐,因为他总是后悔昨天没有完成一些事,总是抱怨曾经失去的很多东西,而且铭记于心。但后来,他彻底改变了,不再为过去的事烦恼、后悔,生活也随之发生了很大的变化。而改变的缘由还得从一次实验课开始说起。

有一天,上实验课,同学们都聚集在科学实验室里,老师也早已在那边等候。讲桌上放了一杯牛奶,当同学们都坐下来时,所有人的注意力都集中在那杯牛奶上,心下揣测着那杯牛奶和这堂课有什么关系。老师突然站了起来,好像是很不小心的样子把牛奶打翻在地。老师看着惊讶的同学们,然后叫他们仔细看牛奶杯的碎片并说道:"仔细地看啊!你们要永远记住这个教训,牛奶已经打翻了,就算你再怎么懊恼,也不可能再收回来。也许会想到刚才小心点不就得了?但已经迟了,所以我们只好把牛奶的事忘得一干二净,而对未来从长计议。"这堂课给年轻的波尔·布朗特威留下了深刻的印象。

对于很多人来说,对于过去都无法释然。站在时间的长河中,如果不把注意力放在美好的今天和明天,总是沉浸于往事中,是极不明智的做法。昨天依然和我们有关,但是希望是不可能从昨天产生的,生活的奇迹永远是在今天的主题。每一天的太阳都是新的,不要对于昨天念念不忘,昨天无论是辉煌还是黑暗,都已经成为历史。作为已经翻过去的一页,我们何必要花费精力去自责、悔恨呢?把握好今天,是为了明天而准备,而不是为了昨天而哭泣。

人生在世如海上行舟,不可能永远都风平浪静。而在现实的大海中航行,如果因为昨天的风暴,就放弃今天的航线,恐怕那些人生的新大陆就永远也不会被发现。所以不要轻易地放弃,不要让自己陷入过去的沼泽。

一天,一位得道的高僧休息前吩咐他的小弟子去给佛祖点上香火,这个粗手粗脚的小和尚不小心把香炉打翻了,香灰撒了一地,刚刚插好的香火也断了,差点儿燃着了整个祭堂。小和尚知道自己闯了大祸,偷偷地躲了起来。

第二日,高僧找不到小和尚,便亲自来到祭堂探究原因,得知了事情真相后,他有些生气,但是很快就平息了下来。他派人去把躲藏起来的小和尚叫来。小和尚因为害怕,哭了一夜,眼睛肿肿的,心想这次肯定被重罚。

高僧看了一眼小和尚说:"你耽误了今天的晨课,知道吗?"

小和尚抬起头,很不解地望向高僧,然后低头主动认错:"师傅,我错了。我昨晚打翻了香炉,你不生气吗?为何今日不责罚我,反而仅仅怪我耽误了晨课呢?"

老和尚语重心长地说:"昨天你犯的错误,我是很生气,可是事情已经过去了,再来追究谁的责任已无益处。昨天香灰已洒、香火已断已经是无法挽回的事情了,唯一可以做的便是今天马上换上新的香灰,重新点上香火,再把今日的晨课补回来。如果因为昨天的失误,把今天的光阴也赔进去的话,那才是不可饶恕的。你明白了吗?"

小和尚恍然大悟。

或许我们每一个人都曾经经历过类似小和尚的故事,我们为了昨天的失误而哭泣,甚至放弃了今日应该关心的主题,明日再为今日的放弃而哭泣,日日相仿,人生就这样丢失了它的意义。当昨天的事情我们已经无力改变,那么就应该勇敢地去面对它,把握好今天才是最有价值的行为。

在通过成功的道路上,或许荆棘丛生,或许障碍重重,可是所有的这一切都是可以战胜的,关键是你是否具备了战胜它们的决心。

昨天的荆棘丛林已经走过,即使伤痕累累,也不能代表我们无法跨越这条路。勇敢地走下去,伤在昨天,勇于今天,那么成功就在明天。

青春感悟

错过了就别后悔。后悔不能改变现实,只会徒增今天的烦恼和不快,破坏现在的美好,给未来增添阴影。覆水难收,往事难追,失去就让让它失去,后悔无益。我们应该牢记卡耐基的那句话:要是我们得不到我们希望的东西,最好不要让忧虑和悔恨来苦恼我们的生活。原谅自己,给自己一条出路。

失去后才更懂得珍惜

在生活中,常常会有很多美丽的东西让我们忘乎所以。可是,花开了也会谢,树老了也会枯。现在的辉煌不代表明日也会光彩,今日拥有不代表明天不会失去!因为曾经失去,我们后悔不已;因为担心失去,我们彻夜难眠。人总是在失去后才懂得珍惜,得到的东西不懂得珍惜,一旦失去才知道珍贵。

看到这个标题,相信很多人年轻人会立即想到周星驰的那一段经典台词:"曾经有一段真挚的爱情摆在我的面前,我没有好好去珍惜。当我失去她时才追悔莫及!人世间最痛苦的事莫过于此!如果上天再给我一次机会,我会对那个女孩说'我爱你!'如果非要将这份爱加上一个期限,我希望是一万年。"

世间就是有这么多的失去是永远的不能再重来,而往往,人在失去以后才知道后悔莫及,才知道去更好的珍惜。

我们来看看《如果再爱一次》这部外国电影,片中的主人公珊曼莎和伊恩的爱情平凡、普通,和现代都市生活中很多人的爱情一样。男人,永远是工作第一,女人,永远有那么多的委屈。

在爱情里,他们之间的付出好像永远都不平等。因为,相爱的两人,总有一方爱另一方多一些。

伊恩很爱珊曼莎,就如他说的那样,真的很爱。可是他从来都不记得珊曼莎说过什么话,想不起珊曼莎喜欢什么东西,就连他的秘书一再提醒他要记得参加珊曼莎的毕业音乐会,他仍然会忘记。

影片中有一处极具讽刺意味的情节:

伊恩说要送一件礼物给珊曼莎作毕业礼物,问秘书送什么好。

"毛衣怎么样?纯毛的,红色的吧,她好像特别喜欢红色。"

"但是她已经有了一件红色的毛衣。当时在这个办公室里,她一直高兴地说她是如何地喜欢这件毛衣。"秘书回答道。

"哦,是吗?当时我在哪呢?"

"就站在她旁边。"

看到这个镜头你实在无法笑出来。对比伊恩在饭店开会的那个情节:当珊曼莎发现伊恩落下了一个重要的资料夹在家里时,马上一路狂奔想要帮他送过去,就怕伊恩会因为遗失了这个而把工作搞砸,虽然到最后发现是自己弄错了。但是从这一个镜头我们就可以看出珊曼莎有多爱伊恩。男人和女人的爱是不是都是如此?男人爱得马虎,女人爱得细致。

因为工作,伊恩放弃了和珊曼莎妈妈见面的机会,不肯陪珊曼莎同往,因此两人早上的谈话也不欢而散。而当珊曼莎在街上无意看到伊恩走进旅行社时,心里竟然涌起一阵感动,想起他早上说要送一个惊喜给她,于是认为他说的惊喜就是和她一起回去见母亲。然而,到晚饭时才知道他不过是去买到另一个城市出差的票。

想到他一直以来对自己的忽视,珊曼莎终于对伊恩哭了出来:

"对于你来说,我永远都在你的工作之外,你从不对我袒露心事,记不起与我相关的所有一切,忽视我所有的东西,而我……居然已经习惯了这样,这才是真正让我伤心的事!"说完这些后,珊曼莎坐上出租车绝尘而去。

伊恩还是表现得那么麻木,但他没有料想到悲剧来得那么快。他麻木地想要去追珊曼莎,但只不过几步的距离,伊恩就只能在后面眼睁睁地看着珊曼莎乘坐的出租车与另一辆车子相撞。看着血泊中的珊曼莎,伊恩哭得不可自抑。

当她在你身边每天陪着你的时候,想不到她的好。当她彻底消失,才发现她在自己生命中是何等重要。什么工作、什么会议,统统都不在乎了。

那天,他翻看珊曼莎写下的满满一本日记,说她为他写了一首歌,很想唱给他听,却最终怕他笑话而没有勇气;她说恋爱中总有一方会多爱一点,希望不要是自己……

上天给了伊恩一个补偿的机会。重新给了他一天的时间,让他好好地爱一次这个最爱的女人。

等到他真正开始关注珊曼莎的生活,伊恩才发现自己对她真的了解太少。他从来没有去过珊曼莎的学校,不知道她在哪个班教书,也不知道她最喜欢的学生是谁。他对珊曼莎身边所有的一切都感到陌生。而他对于珊曼莎来说何尝不是如此。因为他从来没有说起过他的过往、他的父母、他的家庭,他以前的生活。

影片中出现了那个很经典的问题:"如果你的生命只剩下一天,你会如何度过?"珊曼莎的回答是和她爱的人在一起,哪怕就这么静静地坐着,什么也不做。大概,很多女人都会选择和自己最爱的人在一起。

伊恩给了珊曼莎完美的一天,给了她一次又一次的惊喜。她不明白为什么,而只有伊恩才清楚,他只是想把以前从没有做到的事补偿回来,认真用心地去爱身边的那个人。因为懂得了失去的可贵,也因为知道了从此再没有后来。

青春感悟

一直以来,我们会为"失去"而悲伤。汉语词典中与"失"有关的词语都带有感伤色彩:失踪,失眠,失恋,失职,失散,失宠,失窃,失足,失望,失落……从内心来说,我们渴望拥有,害怕失去,失去会让我们不安而颓丧,在心灵的天空中抹上灰暗的乌云。失去一次成功的机会,天昏地暗;失去一个倾心的爱人,日月无光;失去一笔唾手可得的财富,会捶胸顿足。但是,也许就是因为种种的失去,才让我们知道曾经能够拥有是多么的不易,多么的幸福。

失去,也是另一种拥有

美丽的云飘走了,不要失望,相信云飘走后你会拥有更晴朗的天空;斑斓的梦惊醒了,不要惆怅,相信梦惊醒后你将拥有更真实的生命;衷情的人儿远去了,不要悲伤,相信月亮落下定会升起更璀璨的繁星。青春的森林永远不会凋零,失去的只是秋夜的一枚落叶,投入你视野的将是整个春天的烂漫风景。

有一个小伙子,高中毕业后,没有考上大学,留在了贫穷的家乡。为了改变艰难的生活状况,他不得不四处寻找致富的好方法。

一天,一个从省城来的商贩给他带来了一样好东西,尽管在阳光下看去那只是一粒粒不起眼的种子。但商贩讲,这不是一般的种子,而是一种叫做"金橘"的水果的种子,只要种在土壤里,两年以后,就能长成一棵棵橘子树,结出数不清的果实,拿到集市上,可以卖好多钱!

欣喜之余,这个小伙子急忙将金橘种子小心收好,但脑海里随即涌现出一个问题:既然金橘这么值钱、这么好,会不会被别人偷走呢?于是,他特意选择了一块荒僻的山野来种植这种颇为珍贵的果树。

经过两年的辛苦耕作,浇水施肥,小小的种子终于长成了一棵棵苗壮的果树,并且结出了累累硕果。

小伙子看在眼里,喜在心中。因为种子不多的缘故,果树的数量还比较少,但结出的果实也可以让他过上好一点儿的生活了。

他特意选了一个吉祥的日子,准备在这一天摘下成熟的金橘挑到集市上卖个好价钱。

当这一天到来时,他非常高兴,一大早便上路了。

当他气喘吁吁爬上山顶时,心里猛然一惊,那一片黄灿灿的果实,竟然被小鸟们吃个精光,只剩下满地的果核。

想到这几年的辛苦劳作和热切期望,他不禁伤心欲绝,大哭起来。他的致富梦就这样破灭了。在随后的岁月里,他的生活仍然艰苦,只能一天一天地熬日子。

不知不觉之间，又是几年的光阴如流水一般逝去。

一天，他偶然之间又来到了这片山野。当他爬上山顶后，突然愣住了，因为在他面前出现了一大片茂盛的金橘林，树上结满了累累的果实。

这会是谁种的呢？在疑惑不解中，他思索了好一会儿才找到了一个出乎意料的答案。

原来这一大片金橘林都是他自己种的。

几年前，那些小鸟在吃金橘时，将果核丢在了地上，果核里的种子慢慢地发芽生长，终于长成了一片更加茂盛的金橘林。

现在，这个小伙子再也不用为生活发愁了，这一大片林子中的金橘足以让他过上温饱的生活。

小伙子时常会想想：如果当年不是小鸟吃掉了小片金橘林中的金橘，今天肯定没有这样一大片果林了。

可见，失去并不意味着一无所有，而是给我们带来了别样的拥有。学习习惯于"失去"，往往能从"失去"中"获得"。得其精髓者，人生则少有挫折，多有收获；会从幼稚走向成熟，从贪婪走向博大。

在这里，还是有必要谈到失恋这个话题。年轻人在恋爱的路上也肯定是要经历很多挫折。失恋，也是一种失去。面对失恋，任何一个付出爱的人都不可能无动于衷，不可能不伤心。但是，我们又不能沉溺于一份得不到或者是不适合，再也挽回不了的爱情中，唯有振作，才是出路。

居里夫人的一次"幸运失去"就是最好的说明。

1883年，天真烂漫的玛丽亚(居里夫人)中学毕业后，因家境贫寒无钱去巴黎上大学，只好到一个乡绅家里去当家庭教师。她与乡绅的大儿子卡西密尔相爱，在他俩计划结婚时，却遭到卡西密尔父母的反对。这两位老人了解玛丽亚，知道她是一位好姑娘，但是，贫穷的女教师怎么能与自己家庭的钱财和身份相配？父亲坚决反对，母亲也百般阻挠。最终，卡西密尔屈从了父母的意志。

失恋的痛苦折磨着玛丽亚，她曾有过"向尘世告别"的念头。玛丽亚毕竟不是平凡的女人，她除了个人的爱恋，还爱科学和自己的亲人。于是，她放下情缘，刻苦自学，并帮助当地贫苦农民的孩子学习。几年后，她又与卡西密尔进行了最后一次谈话，卡西密尔还是那样优柔寡断，她终于砍断了这根爱恋的绳索，去巴黎求学。

这一次"幸运的失恋"，就是一次失去。如果没有这次失去，她的历史将会是另一种写法，世界上就会少了一位伟大的女科学家。

青春感悟

当因为失去而觉得伤心痛苦的时候，不如积极乐观的继续生活下去，因为我们永远不知道明天将会发生什么。有一天重获幸福快乐的时候，我们会感激曾经那段失意的日子，因为那铭心刻骨的痛，我们才学会知足常乐，学会心存感激，学会珍惜每一份来之不易的缘分。失去，是另一种拥有。不管昨天拥有晴朗，还是阴霾，学会坦然接受失去，你将从自己的今天，获得更新的一轮太阳，获得任你驰骋的更大的一片蓝天！

失去后获得重生

人赤条条地来到这个世界，又手握空拳地离去。人的一生不可能永久地拥有什么，一个人获得生命后，先是童年，接着是青年、壮年、老年，然而这一切又都在不断地失去。我们不必为自己失去的东西而闷闷不乐甚至后悔，从而把自己本应该丰富多彩的青春弄得黯然失色。

一天傍晚，一位美丽的少妇正坐在岸边的一棵大树旁梳洗着自己的头发。这个情景被一个正在湖边泛舟打鱼的老渔夫看到了，他顿时被眼前这幅美丽的风景画迷住了。正要忍不住赞叹一声，却听到身后"扑通"一声。老渔夫回头一看，原来正是刚才那位梳头的美丽少妇投湖自尽了。

老渔夫匆忙将船划到出事的地方，费尽周折，救起了寻短见的妇人。

"你年纪轻轻的，为何寻短见？"渔夫奇怪地问。

"我结婚才刚刚两年，丈夫就遗弃了我，接着孩子又病死了，我无依无靠，什么精神寄托也没有了，您说我活着还有什么乐趣？"说完，少妇泪流满面地哭了起来。

"那么两年前你是怎么生活的？"

少妇的眼睛一下子充满了光彩："那时的我自由自在，无忧无虑，生活得无比幸福……"

"那当时你有丈夫和孩子吗？"

"当然没有。"

"可是现在，你也是同样没有丈夫和孩子啊！为什么要自寻短见呢？你不过是被生活之船又送回到两年前，现在你又自由自在了，这不是也没什么损失吗？孩子，请记住，有些结束对你来说恰恰是一个新的起点。即使你失去了你曾经拥有的，也不能失去活下去的勇气。人在一开始的时候就是两手空空的，后来即便是失去了全部，也只是回到了你的起点，只要你的生命还在，你的机会就还有很多很多！"

听了老渔夫的话，少妇恍然大悟，再也不想自杀了，千恩万谢地谢过老渔夫之后高兴地去寻找自己的新生活了。

其实，现实生活中的我们又何尝不曾做过少妇那样的傻事呢？为了暂时的失去我们伤心欲绝，痛不欲生……其实，仔细想想，这些失去又有什么大不了呢？我们失去的无非是我们自己曾经争取来的，那我们为什么不用同样的方法再去追求呢！所以，为了失去而放弃才是最大的失去！

第一次看见这个女孩时，他感觉她的笑容很灿烂，仿佛从来不曾有什么事情可以困扰她。除了羡慕之外，他很钦佩她的心境可以保持得这么美好。

但后来他了解了她的一些事情。

她和男友原来是最幸福的一对，男友对她呵护有加。大家看在眼里，都认为他们将是朋友圈中第一对结婚的佳偶。但就在毕业的前夕，他们两人一起去书店买书回来的路上，被一辆疾驰而来的汽车撞上，男孩当场死亡，而女孩则被送医院急救。

女孩在医院中昏迷了一个月，亲友们都担心她不再醒来，但更担心她醒来以后知道自己心爱的人已经死去的消息。一个月以后，她奇迹般地活了过来。令人吃惊的是，她好像不太记得男友惨死的那一刹那，更不见她哭泣悲伤。经过医生的解说，大家才知道是有一部分车祸病人，会因为被撞伤丧失部分的记忆。大家感谢上帝，让她忘记了她生命中最悲伤的一段。

后来，她很顺利地就业、工作，且比以前更爱笑了。因为他知道了她的往事，再次见到她，就有了一种怜惜的情绪。因为工作的关系，他们一起去喝咖啡。他定定地看着她的笑容，跟着她生动的表情谈笑风生。

"你知道了是不是？"她突然说。

"知道了什么？"

"我的那一场车祸？"

他犹豫着，不想回答，不想谈起这个话题。

"他们认为我不记得了，其实我什么都记得。当我眼睛睁开，看见我最爱的母亲哭得那么伤心时，我就对自己说我不再哭了，因为我知道我的痛苦会造成他们更大的痛苦，这是我不愿意见到的。"

他看见她的眼泪在眼眶中打着转，还有那不愿意眼泪落下的笑脸，他知道了一个女孩的坚强，以及她对爱情的看法。

因为某种爱而伤害了其他爱你的人，这样的人是自私的；真正在爱中坚强的人，是真正了解爱的人。

女孩选择了把一切痛苦都放下了，她重新燃起的生命热情，就是一次重生。

青春感悟

生活有时会逼迫我们不得不失去权力，失去机遇，甚至不得不失去爱情。所以，我们应该学会接受失去，这样会使我们显得冷静主动，让我们变得更智慧和更有力量。也许失去当时是痛苦的，甚至是无奈的。但是，若干年后，当我们回首那段往事时，我们会为当时正确的选择感到自豪，感到无愧于人生。因为，失去也是一次重生。

感恩你所失去的

昨日渐远，你会发现，曾经以为不可放手的东西，只是生命里的一块跳板而已,跳过了,你的人生就会变得更精彩。人在跳板上,最艰难的不是跳下来的那一刻,而是在跳下来之前,心里的犹豫、挣扎、无助和患得患失,那种感觉只有自己才能体会得到。不用担心跳不过去,只要闭上眼睛,鼓起勇气,只需那么轻轻一跳,很容易地就跳过去了。 没有什么东西是不可或缺的,学会为所失去的感恩,幸福的的阳光就会洒满你的心扉。

传说法国南部有一个偏僻的小镇,那儿有一汪特别灵验的清泉,常会出现神迹,可以医治各种疾病。有一天,一个拄着拐杖少了一条腿的军人,一跛跛地走过镇上的马路,旁边的镇民同情地说:"可怜的人,难道他要向上帝祈求再有一条腿吗?"这一句话被军人听到了,他转身向他们说:"我不是要向上帝祈求要一条新的腿,而是祈求他帮助我,让我在失去一条腿后,也知道如何过日子。"

当我们失去了本不该失去的东西时,难免会觉得痛苦与无助。但我们更要为所失的感恩,并接纳过去的事实,不管人生得失,不再为痛苦的失去掉眼泪,要让自己的生命充满靓丽与光彩,要为现在的选择而努力、拼搏,活出自己的生命。

其实,得失之间,一线之隔。塞翁失马,祸福相依,得到的同时必然意味着失去,失去的背面也许就是获得。

在一次激烈的海战中,有一艘船被敌舰击中,沉入海底,全船只有一个人活着漂到孤岛,这个人独自在岛上艰苦地生活。

他天天站在岸边大摇白旗,想尽一切办法,希望有人来救他,可是一直都没有结果。有一天,他千辛万苦搭盖的茅屋,突然起火了,而且一发不可收拾,把他所有的"家当"都烧光了。他伤心之余,埋怨上帝:"我唯一的栖身之处,我仅有的一点生活用品,都化为灰烬,上帝啊,你为何使我走上绝路?"没不久,忽然有人驾船来到了孤岛上,发现他并救他出孤岛,他问他们怎么知道岛上有人,救他的人说道:"我们起先也不知道,但是看到岛上有火光,所以船长派我们来看看。"

于是他将起初的埋怨,变为真切的感激,因为上帝借这把火救了他。

学会为失去而感恩，因为它常常隐藏着收获和转机；学会为失去而感恩，因为它常常隐藏着上苍给我们的恩典。失去并不可怕，可怕的是，我们内心的希望和快乐也因此失去了。

面对得失学会坦然

世上之事，有得必有失，得到令人欣喜，失去使人沮丧。然而连上帝都会在关一扇门的同时又打开一扇窗。得到与失去本身就无法分离，得失是一对孪生兄弟。也许有的人得到的多一些，于是就因此多了一些自信和满足，有的人得到的少了一些，因此就少了一份自信与满足。如果面对得失，如果我们能多一份坦然，能够从大处着眼，为长远着想，那么个人得失相对于纷繁复杂的世界而言，那又算得了什么？

2002 年 9 月 26 日下午 4 时许，28 岁的男青年程某在长沙市芙蓉路某大厦应聘时，收到一条手机短信，短信称其中了 500 万大奖，其言凿凿，不容置疑。生活境况不佳、正在四处找工作的程某看过短信后欣喜若狂，大声叫道："中了，中奖了！"随后便一头栽倒在地，两眼发直，四肢抽搐。周围的人立即拨打 120，长沙市医疗急救中心医务人员迅速赶到现场，发现程某已进入濒死状态，急救人员一边抢救一边将其送往长沙市一医院。等送达医院时，程某早已停止呼吸。

这样的故事看起来有点好笑，这其实就是不能够坦然面对得失的后果。人生，本来就有高朝也有低潮，生活有苦也有乐，有失去也会有得到，这是及其自然的事。不能总是想生活在充满激情、浪漫、刺激的境界中，不能总想得到，却害怕失去，这样就难以始终保持心理上的平衡，以至于感情常处在大起大落状态下，影响个人的身心健康。

在飞速行使的列车上，坐在窗口的一个小伙子不小心把刚买的新皮鞋从窗口掉下去一只，周围的旅客都为之惋惜，不料小伙子很快把剩下的那只也扔了下去。众人都不明白，小伙子却坦然一笑："鞋无论多么昂贵，剩下一只对我来说也没有什么用处了。把它扔下去就可能让捡到的人得到一双新鞋，说不定他还能穿呢。"

小伙子看似不可理解的举动，体现了他清醒的价值判断：与其抱残守缺，不如选择放弃。这种坦然面对失去的豁达心态，令人顿生敬意，也令人深思。

在工作和生活中，很多人都会患得患失，本来拥有一些自己并不需要的东西，却又绞尽脑汁想使这些东西不断增加，并为这些终日烦恼，长此以往有损身心健康；一般来说，人们总是习惯于得到而害怕失去，尽管"有得必有失"的道理所有人都知道，但人们依旧认为得到了可喜可贺，而失去则可惜可叹：每有所失，总要难受一阵，甚至为之痛苦。

每天清晨，总有一辆豪华轿车穿过伦敦市的中心公园。车里除了司机之外，还有一位远近闻名的百万富翁。有一天，那个百万富翁注意到，总有一位穿着破衣服的人坐在中心公园的椅子上，死死地盯着他住的酒店。

终于有一天，百万富翁对此产生了极大的好奇心，他要求司机停下车并径直走到那人的面前说："请原谅，我真的不明白你为什么每天早上都盯着我住的酒店看。"

"先生，"这人回答道，"我什么都没有，只得睡在这长凳上。不过，每天晚上我都能梦到住进了那所酒店。"

百万富翁听了以后，对他说："今晚你一定能如愿以偿。我将为你在酒店租一间最好的房间，并付一月房费。"

几天后，百万富翁路过那个人的房间，想打听一下他是否对现在的生活感到满意。出人意料的是，这人已经搬出酒店，重新回到了公园的凳子上。

当百万富翁问这人为什么要这样做时，他回答道："一旦睡在凳子上，我就梦见我睡在那所豪华的酒店里，妙不可言；一旦睡在酒店里，我就梦见我又回到了冷冰冰的凳子上，这梦真是可怕极了，以至于完全影响了我的睡眠！"

看到了吗？每一种生活都有得与失，正如俗话所说的："醒着有得有失，睡下有失有得。"我们应该正视人生的得与失,要知道世间万物本来就是来去无常,所以得到的时候要懂得珍惜,失去的时候也不必无所适从。月亮即使有缺,也依然明亮;人生即使有憾,也依然美丽。会生活的人失去的多,得到的更多,只要这样一想,你就会有一种释然的感觉。

人在得意中常会遭遇小的失意,后者与前者比起来,可能微不足道,但是人们却往往会怨叹那小小的失,而不去想想既有的得。

得到的时候,渴望就不再是渴望了,得到了满足,却失去了期盼;失去的时候,拥有就不再是拥有了,失去了所有,却得到了怀念。

当我们在得与失之间徘徊的时候,只要还有抉择的权利,我们就应当以自己的心灵是否能得到安宁为原则去作出选择。只要我们能在得失之间作出明智的选择,我们的人生就不会被世俗所淹没。

正确认识得失,得到了也可能失去。无论我们得到了什么,都不妨时常这样提醒自己。这样,得到的时候就会倍加珍惜,失去的时候也不至于无所适从。

不必为"失去"而难过,因为世间之物本来就是来去无常,我们所能做、所应做的只是在"得到"时珍惜它。

有些事情,我们年轻的时候无法懂得,我们懂得的时候已不再年轻。世上有些东西可以弥补,有些东西永远无法弥补。只要这样一想,你就会有一种释然的感觉。

青春感悟

佛教认为人生有八苦,其中之一就是"求不得苦"。对常人而言,失去了自己心爱的东西或者得不到自己渴望已久的东西都是非常痛苦的事情。一个人如果能够坦然面对人生的得失,并能主动放弃那些可有可无的东西,那么他的人生必定会变得轻松而愉快。

放弃是一种智慧

小溪放弃平坦,是为了回归大海的豪迈;黄叶放弃树干,是为了期待春天的葱茏;蜡烛放弃完美的躯体,才能拥有一世光明。成长的路上也只有当机立断地放弃那些次要的、枝节的、不切实际的东西,你的世界才能风和日丽、晴空万里。

从前,有位商人约翰和他正在成长的儿子一起出海旅行。他们随身带了满满一箱子珠宝,准备在旅途中卖掉,但是没有向任何人透露这一秘密。

一天,约翰偶然听到了水手们在交头接耳。原来,他们已经发现了他的珠宝,并且正在策划谋害他们父子俩,以掠夺这些珠宝。约翰吓得要命,他在自己的小屋内踱来踱去,试图想出摆脱困境的办法。儿子问他出了什么事情,约翰于是把听到的全告诉了他。

"同他们拼了!"儿子断然道。

"不,"约翰回答说,"他们会制服我们的!"

"那把珠宝交给他们?"

"也不行,他们还会杀人灭口的。"

过了一会儿,约翰怒气冲冲地冲上了甲板。"你这个笨蛋儿子!"他叫喊道,"你从来不听我的忠告!"

"老头子。"儿子叫喊着回答,"你说不出一句值得我听进去的话!"

当父子俩开始互相谩骂的时候,水手们好奇地聚集到他们周围。狄斯突然冲向小屋,拖出了他的珠宝箱。"忘恩负义的儿子!"约翰尖叫道,"我宁肯死于贫困也不会让你继承我的财产!"

说完这些话,他打开了珠宝箱,水手们看到这么多的珠宝时都倒吸了口凉气。约翰又冲向了栏杆,在别人阻拦他之前将他的宝物全都投入了大海。过了一会儿,约翰父子俩都目不转睛地注视着那只空箱子,然后两人躺在一起,为他们所干的事而哭泣不止。后来,当他们单独呆在小屋时,约翰说:"我们只能这样做,孩子,再没有其他的办法可以救我们的命!"

"是的,"儿子回答道,"您这个法子是最好的了。"

能放弃的时候舍得放弃,实在是一种人生智慧。把名利地位看得淡一些,特别是把身外之物看得淡一些,顺其自然,就不会将有限的生命搅到无限的名利场中,就不会为职务的升迁劳神费力、刻意追求。生活原本是纯朴简单的。人,因为不懂得舍弃才会有许多痛苦。舍弃才能释放出新的空间,天地因此豁然开朗，生命会向你展现出另外一番的景致。

人之一生，需要我们放弃的东西很多。古人云，鱼和熊掌不可兼得。如果不是我们应该拥有的，我们就要学会放弃。几十年的人生旅途，会有山山水水、风风雨雨，有所得也必然有所失，只有我们学会了放弃，我们才能拥有一份安然祥和的心态，才会活得更加充实、坦然和轻松。

有个和尚千里迢迢来向禅师求道。禅师先是以礼相待，却不说禅，他将茶水倒进和尚的杯子，杯子已经满了但是还在继续倒。

和尚眼睁睁看着茶水不停地流出来，终于忍不住大声问道："都已经满了，你怎么还倒啊！"

禅师笑了笑："你就像杯子一样，里面已经装满了你自己的看法，如果你不将自己的杯子倒空，我怎么和你说禅啊！"

禅师的话是富有哲理的。人越来越贪婪，什么都不愿意放弃，牢牢抓住自己的东西不放，不懂得放弃，这样怎么能领悟生活的真谛呢？

夏天人们都喜欢吃水果，一次往往就买很多回家。有的水果因为天气热很容易坏。很多人会选择先吃坏的然后再吃好的，总觉得把坏的扔了可惜，结果把坏的吃完了，好的水果放久了也坏了。这样的节俭有意义吗？

生活原本是纯朴简单的。我们因为不懂得舍弃才会有许多痛苦。舍弃才能释放出新的空间，天地因此豁然开朗，生命会向我们展现出另外一番的景致。

有一个富翁，在坐船过河时，由于风浪太大，船被浪打翻了，富翁落入水中。由于身上带了过多的钱币，使本来可以轻松游到岸边的他几乎要沉入水中。富翁拼命地挣扎，但就是不放弃身上的钱币，最后终因气力不支而丢掉了性命。

这个富翁其实就是不懂得放弃的道理，不知道暂时的放弃之后可以获取更多的利益。放弃才是快乐人生的大智慧。

碰到强敌时，章鱼舍弃自己的内脏，才能保全自己的性命；遇上天敌时，蜥蜴只有断弃自己的尾巴才能死里逃生；小蝌蚪之所以长成了青蛙，是因为它舍弃了一条漂亮的尾巴。总之，不会放弃就等于背上许多沉重的负担。

青春感悟

　　能够放弃一些东西、物质、利益,是人生的一道美丽风景,有时大胆放弃是一种高远的目光,是一种趋利避害,是以退为进,是弃旧图新。学会放弃,学会急流勇退,就会有一个更新的起点,这是一种人生智慧、一种哲理、一种艺术。

学会该放手时放手

　　许多事,很多时候都是盲目的。当你为某一件事烦恼,你苦苦寻求方法解脱,但似乎一切都是徒劳。你宁愿受着牢笼,忍着痛楚,不惜代价,消耗了许多眼泪,虚度了不少岁月,粉碎了很多机会,却始终不肯放手。

　　一个小男孩的手插进了放在茶几上的花樽里。花樽上窄下阔,所以,他的手伸了进去,但伸不出来。母亲用了不同的办法,想把卡着了的手拿出来,但都不得要领。

　　妈妈开始焦急,她稍为用力一点,小孩子就痛得叫苦连天。在无计可施的情况下,妈妈想了个下策,就是把花樽打碎。可是她稍有犹豫,因为这个花樽不是普通的花樽,而是一件价值连城的古董。不过,为了儿子的手能够拔出,这是惟一的办法。结果,她忍痛将花樽打破了。虽然损失不菲,但儿子平平安安,妈妈也就不太计较了。她叫儿子将手伸给她看看有没有损伤。虽然孩子完全没有任何皮外伤,但他的拳头仍是紧握住似的无法张开。是不是抽筋呢?妈妈又再惊慌失措。原来,小孩子的手不是抽筋。他的拳头张不开,是因为他紧捉着一枚硬币。他是为了拾这一个硬币,所以将手卡在花樽的口内。小孩子的手伸不出来,其实,不是因为花樽口太窄,而是因为他不肯放手。

　　做事情贵在拿得起放得下,该放手时就要放手。不能一味地去追求完美,什么都舍不得放弃。当我们站在人生的十字路口面临抉择的时候,如果不懂得及时放弃,那最终将落得一无所有。

男孩是一个海员，整日的风吹日晒，依然挡不住他那张英俊的脸庞。

这是男孩休假发生的故事，不是意外，却很意外。

那天，他正办理出国手续，去澳大利亚，他相恋多年的女友在那里。他们约好这个冬天一起去滑雪。拿到签证的时候，他高兴地飞奔去给女友打长途电话，路上不小心摔倒了。右腿软软的，抬不起来，去医院检查，竟是骨癌。医生让他立刻住院动手术，截去右腿，这是保住生命的唯一办法。家人、朋友、医生、病友们反复劝他："还是做手术吧！毕竟，还是生命要紧！你还年轻……"

他却坚定地摇着头："不，对我来说，腿和生命同样重要！我宁可失去生命，也不会截断这条腿！"

没有他的签字，手术无法进行。医院和家人只能尊重他的选择，为他做药物治疗。通过化疗，不到两个月，他一头黑发都掉光了。在这期间，他想要保住自己的腿的强烈愿望，和想要活命的强烈愿望每一刻都在交织争斗着、相互妥协着。最后，终于还是想要活命的愿望占了上风，他改变了最初的决定，同意做手术，截去患病的右腿！

他在手术单上签下了自己的名字，然后，最后一次凝视了一眼自己的右腿，就被推进手术室了。手术整整进行了4个小时，他一直在昏睡中。等他再一次醒来的时候，只感到右下侧剧烈地疼痛，他慢慢把视线转过去，那里已经空荡荡的。他的眼泪顷刻间流了下来，他感到心在剧烈地疼痛，比身体的疼痛剧烈100倍！

但是，事情的结果是最坏的那种。因为错过了做手术的最佳时间，他的病情急剧恶化，癌细胞已经扩散了。他的右腿被白白锯掉，他将带着仅剩一条腿的残缺身体走向生命的尽头！

青春感悟

这个海员的小故事读后让人心头痛痛的。换成大多数人，可能选择也会和他一样。在开始的时候，选择第一个方案，保住腿；然后随着时间的推移，病情的加重，再改成第二个，保住命；等到两个都失去了，然后再后悔。许多时候，我们就是因为执拗了一些不该执拗的事，不能果断放手，而要苦苦坚守"完美"，后来不但变得残缺不全，还失去了所有。其实，选择完美是个误区，不能及时放弃也是个误区。

成功需要你懂得放下

生活在五彩缤纷、充满诱惑的世界上，每一个心智正常的年轻人，都会有很多的理想、憧憬和追求。否则，他便会胸无大志，无所建树。人们满怀着福禄寿喜的期盼，来虔诚叩拜祈求赐予，很少愿意放弃些什么。然而，成功有的时候，需要你懂得放下。

在非洲，土著人用一种奇特的方法捕捉狒狒：在一个固定的小木盒里，装上狒狒爱吃的坚果，盒子里开一个小口，刚好够狒狒的前爪伸进去，狒狒一旦抓住坚果，爪子就抽不回来，人们就非常容易地捉到狒狒。

很多人就像狒狒一样，只会紧握着到手的东西，不懂得放下，而最终把所有的拥有都失去。人生一世，身边美丽的风景、美丽的事物太多，对人的诱惑也太多。追求属于自己的东西，无可非议。不属于自己的东西，看一眼无妨，欣赏一下也无碍，但该放的时候必须舍得放下，否则只能让自己遍体鳞伤。比如职位的升迁、男女之间的缘分、金钱的欲望等等。在我们现实生活中有太多这样的人，当拥有的时候，叱咤风云、耀武扬威、不可一世；当失去的时候，意志消沉、唉声叹气、灰心丧气。其实细想一想，这是一种对"得"与"失"的病态理解。

人生好比是一棵树，如果任由每一个树枝都充分发展，营养就不可能跟得上，空间也未必能容得下，因此我们必须不断剔除人生的枝叶走向人生的主干。只有准确理解和把握二者之间的关系，敢于放下不属于自己的东西，才能真正做到"不以物喜，不以己悲"，才能做到随心所欲，得心应手，才能实现真正意义上的自我价值的升华。

读过《飘》的人可能都注意到这样一个细节，每当斯佳丽遇到什么烦恼或者无法解决的问题时，她就对自己说："我现在不要想它，明天再想好了，明天就是另外一天了。"

其实，在人生的路上，若不懂得放弃，一味的都想争取，结果必然是什么都会失去，或者是什么都弄得支离破碎。也许我们每一个人都应该学会放下，放下曾经有过的爱，曾经有过的伤，放下心中的包袱，学会忘却，让自己展开一对轻盈的翅膀向着更幸福的地方飞去。

当然，放下并不是永远地抛掉，而是先把它暂时放在你心灵深处某一个角落，当应该拿起它的时候，再重新拾起。学会调整自己的心态，心静如水，让自己更加快乐，这样才能更加轻松地向成功迈进。

近代著名的教育家蔡元培先生，曾经是科举之路上的一个幸运儿，一帆风顺地进京点了进士，作了翰林。按常理来说，旧式读书人平生之愿不过如此。

但是蔡元培先生却认识到，在清廷里已经无法见到阳光，不如自己摘掉顶戴花翎，打开人生的另一扇窗。

1896年，挂冠出都，回到南方兴办教育，开始教育拓荒与革命启蒙生涯，创造了人生的又一次辉煌。1916年，蔡元培从欧洲回国担任北大校长。由此开始直到五四运动发生，文化运动中从来没有缺少过他的身影，因而没有人能够估计出蔡元培对于现代史进程的影响。

当失去了一些以为可以长久依靠的东西，自然会有难过及割舍的痛苦，但其中却隐藏着无限的祝福和机会，让我们充分发挥生命的潜能，开辟一片新的天地。

青春感悟

我们在生活中，时刻都在取与舍中选择，我们又总是渴望着取，渴望着占有，常常忽略了舍，忽略了占有的反面——放弃。事实上，放下是一个新的机遇。谚语说："最大的一步是在门外。"主动放下的后面并非一片空白，而是新的人生的机遇。

放弃也是一门学问

我们经常说做事情要从一而终，坚忍不拔，但当我们遇上不可以改变的事情，继续坚持，只会自己更加狼狈不堪，甚至可能头破血流无功而返。所以适当、合理地退让是一种洒脱，是一门学问，更是一种人生的领悟。

放弃了旧的才能做新的，才有机会获得成功。这样的放弃其实是为了得到，是在扬弃中开始新一轮的进取，绝不是低层次的三心二意。拿得起，也要放得下；反过来，放得下，才能拿得起。荒漠中的行者知道什么情况下必须扔掉过重的行囊，以减轻负担、保存体力。为努力走出困境，该扔的就得扔，生存都不能保证的坚持是没有意义的。

有一位在美国留学的计算机博士，刻苦攻读了好几年，总算毕业了。以他的学历和专业在美国可以找到一份收入不错的工作，于是他满怀信心去面试。可是，一连几天下来，面试的公司都没有通知他去上班，生计没有着落，这个滋味可是不好过。万般无奈之下，这位博士决定换一种方法试试。

他收起所有的学位证明，以一个最低身份去求职。这个法子还真灵，一家公司老板录用他做程序输入员。这活可真是太简单了，对他来说简直是"高射炮打蚊子"。不过，他还是一丝不苟，勤勤恳恳地干着。

不多久，老板发现这个新来的程序输入员非同一般：他竟然能看出程序中的错误。这时，这位小伙子掏出了学士证书。老板二话没说，立刻给他换了个与大学毕业生相对口的岗位。

又过了一段时间，老板发现他时常还能为公司提出许多独到而有价值的见解，这可不是一般大学生的水平呀！这时，这位小伙子又亮出了硕士学位证书，老板看了之后又提升了他。

他在新的岗位上干得很出色，老板觉得他还是与别人不一样，非同小可。于是，老板把他找到办公室，对他进行质询，这时他才拿出他的博士证。

老板这时对他的水平有了全面的认识，便毫不犹豫地重用了他。凭借着以退为进的好法子,留学生最终获得了成功。

一般来说,你如果想在社会上走出一条路来,那么就要放下身段。放下你的学历、放下你的家庭背景、放下你的身份,让自己回归到"普通人"。只有放下身段,路才会越走越宽。

退一步海阔天空,没有当日的退却便没有今日的成功。深谙进退之道的美国沃尔玛集团亦创造了同样的商界神话:

当商人们热衷于在各大城市开设超市时,沃尔玛集团却放弃了人人趋之若鹜的城市市场,独树一帜地提出了"以农村包围城市"的战略思想,通过在农村市场的迅速扩张,完成了资本积累。而当沃尔玛超市出现在繁华都市时,乡村铸就的良好口碑已将"沃尔玛"三字打造成了金字招牌,从而为其赢得了更为广阔的市场空间。

牛顿早年是永动机的追随者。在进行了大量的实验失败之后,他明智地退出了对永动机的研究,在力学研究中投入更大的精力。最终,许多永动机的研究者默默而终,而牛顿却因当时明智的选择,在其他方面做出了突出成就。

进有时便是退,退有时便是进。常言道:"进一程风高浪急,退一步海阔天空。"懂得和善于运用进退中的哲学,会使你终生受益。

总之,不管激流勇进还是激流勇退,都只是一种形式,只是让我们以一种适合自己的方式处世,用宁静淡泊的心看世间万事万物。

青春感悟

放弃之所以难做到,是因为它看起来就是承认失败、认输、退却。在我们所受到的教育里,强者是不认输的。其实,适当、适时的放弃是量力而行的睿智,是顾全大局的果敢,它并不完全代表失败和气馁。

放弃享乐，开创新生活

《奋斗》这部电视剧曾经在年轻人中间掀起一股狂潮。剧中男主人公陆涛是一个发愤有为的年轻人。他有两个父亲，于是他发现两条生活道路；他有两个恋人，于是他拥有两种情绪；他有一种理想，却导致另一种现实。

年青俊朗的陆涛有才干、有豪情。自建筑学院毕业后，他一直盼望能够成就一番光辉的事业，继父陆亚迅却经常提示他要更多地脚踏实地。陆涛的亲生父亲徐志森携巨款来到北京发展房地产业，陆涛赫然发现自己有了两条不同的生活途径。

陆涛似乎完全可以选择一条生活无忧无虑的道路，有那样大款的老爸。陆涛也可以选择漂亮的雪莱，有那样富家小姐，而且那样深爱他。但是，陆涛还是选择了通过自己的奋斗，来成就一切。

该剧用"奋斗"来命名，除了点出这个残酷的社会面前，80 后这一大群年轻人要用青春来抒写人生时，也应该还暗含着另一层涵义：放弃享乐，要靠自己双手创造。

对于物质的热爱并不是个别的，而是普遍的。虽然不是每个人都以同样的方式去热爱，但至少人人都有这种热爱。

在贵族制社会里，富人从来不知道尚有与他们的现实生活不同的生活，根本不担心自己的生活会有变动，几乎想像不到还有另一种生活。因此，物质对他们来说不是生活的目的，而是生活的方式。由于他们对物质天生的和本能的爱好可以这样无忧无虑地得到满足，所以他们便把自己的精力用于别处，专心于某些更困难和更伟大的工作，并为这种工作所激励和吸引。

正因为如此，一些贵族虽然身在物质享乐之中，但又对这种享乐持有一种傲慢的轻视态度，并在不得不放弃享乐的时候能够表现出惊人的毅力。很多经验证明，过惯了舒适安逸生活的人可以容易忍受清苦，但经过千辛万苦过上好日子的人，在失去幸福之后，反而难于生活下去。

无论你物质上是否富裕，你都明白，人生在世除了享乐还有其他目的，所以要克制物欲,放弃享乐。因为选择事业的同时你就得放弃享乐,就如选择了家庭的同时你就得放弃婚外感情,选择内心平静的同时你就得放弃对权力和金钱的角逐。

只有放弃享乐,才能开创新生活,否则只能注定一生平庸。

深山里有两块石头,一块大石头,一块小石头。有一天,小石头对大石头说:"我们去经历一番路途的曲折坎坷和磕磕碰碰吧,那样我们也搏一搏,不枉来世一遭。"

大石头不以为然地说:"我才不呢?要去你自己去吧!"

小石头也不再劝说,自己滚下山。大石头还是安坐在山顶一览众山小,周围花团锦簇,每日悠闲自在,欣赏着大自然的美好景观。

小石头选择了艰难险阻的道路,还有粉身碎骨的危险。它一路上历尽了风雨和大自然的磨难,但它义无反顾,执著地在自己的路途上奔波。

许多年过去了,经过千锤百炼的小石头和它的家族都成了世间的珍品、石艺的奇葩,当然受到了人们的礼遇。

大石头知道后,悔不当初,现在它也想去经历一番磨炼,但看着那高峻的险峰,看着那坎坷的道路,想着那艰辛的日月,甚至想到遍体鳞伤,还有粉身碎骨的危险,它退缩了,还是安坐在这里安全、享受。

又过了几年,人们为了珍存石艺,以便供人们鉴赏,决定为它修建一座雄伟庄严的博物馆。当然建立博物馆要用石料,于是,建筑工人上山寻石头,碰巧看到那块安坐在山顶的大石头,于是把它砸碎了运下山来。

这则寓言很好的说明了选择艰难,放弃享乐,最终成了珍品,而只贪享乐,难免落得粉身碎骨的下场。所以,我们要放弃享乐而选择奋进。纵使人性软弱,欲望无穷,但人毕竟是有灵性的,所以人还是能自制的。为了追求一个理想,如果你能做到放弃享乐的生活,这大概就是孔子所说的"君子谋道不谋食"吧。

青春感悟

当鸟翼系上了黄金时,就飞不起来了。不会放弃的人,永远也不会获得。要学会放弃,就应该知道该放弃什么,不该放弃什么。只有放弃享乐而选择奋进,才能开创新生活,否则注定一生平庸。

心境若淡然,得失如云烟

金秋的阳光洒在北京城的每个角落,成群的游客从世界各地来到这个百年古都,而来北京,雍和宫是一个不得不去的景点。相对于雍和宫的拥挤,其旁边的国子监街就显得冷清了不少,不过,就在这个不起眼的胡同里,有一处藏有很多国宝级文物的小四合院。

这座四合院名为松堂斋民间博物馆,坐落在国子监街3号院,这是一家规模很小的四合院,别看它小,2012年曾有人出两亿多元购买这座四合院,想改为私人会馆,这个价钱还不包括四合院里的文物。但这座四合院的主人李松堂先生却拒绝了,他说:"这是一间历史悠久的四合院,改为会馆简直是糟蹋文物。"

李松堂先生是共和国的同龄人,提起他,文物界、收藏界无人不知,无人不晓。李松堂是中国民间收藏门墩第一人,他从小在北京的四合院中长大,其家人都爱收藏玉器、古钱币,受家人的熏陶,他很早就开始集邮、集币。1968年,李松堂毕业于北京农业大学附属高中,同一年,他到内蒙古插队,1977年回京后,他曾任北京市教育局东城电教部主任。1987年,李松堂创办了中国首家临终关怀医院——松堂关怀医院。

李松堂从小就对门墩有特殊的感情,在他八岁时,家里搬家,他哭闹着非要父亲将家门口的那对重几十公斤的石门墩一起搬走,挨了父亲一巴掌之后,他又去求奶奶,最终奶奶说情一起搬走了那对石门墩。小时候的李松堂只是单纯的喜欢那些石头,而长大后随着北京四合院的逐渐消失,他对石头的那种单纯的喜爱成了一种四合院情结,对门墩的感情也越来越深。

回到北京后,他开始系统地收集门墩等建筑构件。但当时收藏门墩是一项没有任何经济回报的活动,李松堂的行为遭到了家人朋友的一致反对,不过他坚持认为自己虽然没能力完整地保存四合院,但可以保存它的建筑构件,保存它的一砖一瓦。

为了收集这些建筑构件，只要知道哪里要拆迁，李松堂就会天天泡在拆迁工地上，一砖一瓦的仔细搜寻当中有没有文物。到如今，李松堂先生收藏的宝贝已经超过了三万多件，而其中的两万多件都是他在各个拆迁工地"捡回来"的。

2001年，李松堂创办了北京松堂斋民间博物馆。这是一家完全私人的博物馆，其中的镇馆之宝《武士饮兽图》门墩就是他在拆迁工地上花了两千元买回来的。当时他只是出于对四合院门墩的热爱才将其买了回来，而等他买回来请专家鉴定之后，才知道这是元朝流传下来的门墩，而且是赵孟頫所画，目前估计至少值两个亿。

目前李松堂先生收藏的文物已经无法全部估价，很多文物价值都在千万元以上，但他至今为止一身行头超不过一百块钱，用的手机是老款的诺基亚。到现在为止，李松堂先生没有出卖过一件藏品，他说他搞收藏不是为了钱，而是纯粹出于对四合院的深厚感情。

李松堂先生的心境不可谓不淡然，面对金钱，贫穷时他不曾在乎过，等到收藏的文物变卖后可富甲一方时，他依然穿着不超过一百元的行头坚持自己的收藏事业。不管李松堂先生在物质上是贫穷还是富有，但在精神上，他一直都是富有的，一直都是自由的。

我们大多数人在生命的大多数时光里都能保持比较平静的状态，这是非常自然的事情，但若如果生活中出现了大起大落，恐怕就没有多少人能处变不惊了，而恰恰是这种时候，最能体现出一个人的修养和胸怀。

人生在世，主观上追求什么就决定了这个人一生的命运。如果一个人追求名誉，那么他整天考虑的就是别人会如何评价自己，自己做这件事别人会不会因此看重自己；如果一个人追求的若是金钱，那么他所考虑的事情就是这样做会得到多少报酬，整天在斤斤计较个人得失，这两种人一生都会过得非常累。而如果一个人能保持淡然的心境，视功名利禄皆为云烟，追求恬静淡然的生活，那么荣辱毁誉都不能让他的心态有丝毫的改变，在他的眼里世界依然非常美好，不会怨天尤人，不会寝食不安，这样的人生不正是世人所追求的吗？

道家思想的代表人物庄子认为，人最大的危害不是不修养善行，而是有意培养德行却心眼闭塞，人若是心眼闭塞就会主观行事，而不讲求事物的客观发展规律的主观办事必定会失败。虽然心、耳、眼、舌、鼻五种官能会招惹凶祸,但内心的谋虑才是罪魁祸首,而内心谋虑的祸害就是自以为是而诋毁自己所不赞同的事情。庄子又说,如果人依仗着自己貌美、须长、高大、魁梧、健壮、艳丽、勇武、果敢这八项长处行事,则必然会导致自己进入困厄窘迫的境地;如果能做到因循顺应、俯仰随人、困厄怯弱而又态度谦下,那么就化险为夷,遇事通达。

其实,庄子的意思总结起来就是人不要因为金钱名誉等外物的变化而使自己的心态发生变化,如果心境能保持豁达淡然,那么人生在世就没有什么可忧虑的事情了。

什么样的心境才算是淡然?淡然是不是冷淡,是不是淡漠,是不是与世隔绝?都不是。淡然是心怀万物的心胸,是阅尽沧桑后的醒悟,是喜怒不形于色,是不以物喜、不以己悲的超脱,是坦然面对生活的态度。心境淡然的人能够积极面对人生,能够包容他人,不会计较一时一利的得失,也不会偏执于一事一物,与这样的人的相处,会感到非常自在和舒服。

庄子在自己的著作中讲述了孔子的弟子曾参的一个故事。曾参第一次为官时,俸禄只有三釜,但父母都在,所以心情很快乐;曾参第二次做官时,虽然俸禄多达三千钟,但不能奉养双亲,所以心情很悲伤。孔子的另一个弟子问孔子:“老师,像曾参这样的人,可以说是没有被金钱所累的过错吧?”不料孔子却说:“这已经是受牵累了。如果没有被牵累,哪来的悲伤呢?不被金钱所累的人看三釜和三千钟就像鸟雀蚊蛇飞过眼前一样。”

曾参在两次为官时因为俸禄的差异而心情发生了变化,很多人的心态和他一样,甚至还不如他,而要达到孔子所说的那种状态,是非常难的,但并不是不可做到。

若想做到心境淡然,首先要拥有一颗平常心,能够平静的看待所遇到的人和事。人不是生来就能拥有一颗平常心的,刚开始时谁都会为自己的利益得失而或喜或怒,想拥有一颗平常心必须要经过生活的磨砺,积累丰富的生活经验,从这些经验中参透一些事物发展的规律。只有当我们参透了事物的发展规律时,才能不会再为凡尘俗事而耿耿于怀,才能让自己的心变得豁达,这时才可能让自己的心态平和、平静下来,拥有一颗平常心。

人是群居性动物,要与社会、与群体相处,这是自然之“我”的本性,但在自然之"我"与精神之"我"中,我们更应该看重后者,不管物质生活是贫穷还是富有,精神生活都要富有。淡然的心境,是独立于物外的精神生活。不管外界给我们加了多少枷锁,不管我们是一贫如洗还是富甲一方,只要我们的心是淡然的,那么我们的精神就是自由的,我们就会活得幸福快乐。

青春感悟

拥有淡然的心境,不管遇到什么事都像是轻风拂过湖面,留下的只有丝丝波澜,但也稍纵即逝;也像是空谷中的幽兰,即使无人注目、无人欣赏,也要绽放自己的美丽,因为它绽放不是为了炫耀自己,而是为了给世界增添一份美丽。

第二章 失败,我们也可以更快乐

在人生的道路上,无论成与败都只是暂时的,如果将暂时看作一贯,将瞬间看作永恒,这将是最大的错误。成功固然美好,但失败也不可或缺。如果说成功是花园中艳丽的花朵,那么失败就是花枝下那不起眼的泥土。离开泥土的艳丽花朵还能否保持自己的风姿? 所以,青春经历一些失败并不可怕,要在失败中学会坚强,吸取教训。成功与失败,永远都是并肩携手的,谁也离不开谁。

在失败中懂得坚强

有一个农村的孩子,初中只读了两年,家里就没钱继续供他上学了。他辍学回家,帮父亲耕种三亩薄田。在他 19 岁时,父亲去世了,家庭的重担全部压在了他的肩上,他要照顾身体不好的母亲和瘫痪在床的祖母。

20 世纪 80 年代,农田承包到户。他把一块水洼挖成池塘,想养鱼。但乡里的干部告诉他,水田不能养鱼,只能种庄稼,他只好又把水塘填平。这件事成了一个笑话,在别人的眼里,他是一个想发财但又非常愚蠢的人。

听说养鸡能赚钱,他向亲戚借了 500 元钱,养起了鸡。但是一场洪水后,鸡得了鸡瘟,几天内全部死光了。500 元对别人来说可能不算什么,但对一个只靠三亩薄田生活的家庭而言,不啻天文数字。他的母亲受不了这个刺激,竟然忧郁而死。

他后来酿过酒、捕过鱼,甚至还在石矿的悬崖上帮人打过炮眼……可都没有赚到钱。

30 岁的时候,他还没有娶到媳妇。即使是离异的有孩子的女人也看不上他,因为他只有一间土屋。还随时有可能在一场大雨后倒塌。娶不上老婆的男人，在农村是没有人看得起的。

但他还想搏一搏，就四处借钱买了一辆手扶拖拉机。不料，上路不到半个月，这辆拖拉机就载着他冲入一条河里。他断了一条腿，成了瘸子。而那拖拉机被人打捞起来时，已经支离破碎，他只能拆开它，当做废铁卖。

几乎所有的人都说他这辈子完了。

但是后来他却成了一家公司的老总，手中有两亿元的资产。现在，许多人都知道他苦难的过去和富有传奇色彩的创业经历。许多媒体采访过他，许多报告文学描述过他。其中有这样一个情节让人印象深刻：

记者问他："在那些失败的日子里，你凭什么一次又一次毫不退缩？"

他坐在宽大豪华的老板桌后面，喝完了手里的一杯水。然后，他把玻璃杯子握在手里，反问记者："如果我松手，这只杯子会怎样？"

记者说："摔在地上，碎了。"

"那我们试试看。"他说。

他手一松，杯子掉到地上，发出清脆的声音，但并没有破碎，而是完好无损的。他说："即使有10个人在场，他们都会认为这只杯子必碎无疑。但是，这只杯子不是普通的玻璃杯，而是用玻璃钢制作的。"

这段经典绝妙的对话发人深省。试想，一个人在面对失败的时候，若能有一颗坚强的心，又岂被随意摔碎呢！

其实，成功与失败并没有不可跨越的界限，成功是失败的尽头，失败是成功的黎明。失败的次数越多，成功的机会亦愈近。

有个年轻人去微软公司应聘，但该公司并没有刊登过招聘广告。见总经理疑惑不解，年轻人用不太娴熟的英语解释说，自己是碰巧路过这里，就进来了。总经理感觉很新鲜，破例让他一试。面试的结果出人意料，年轻人表现糟糕。他对总经理的解释是事先没有准备，总经理以为他不过是找个托词下台阶，就随口应道："等你准备好了再来试吧。"

一周后，年轻人再次走进微软公司的大门，这次他依然没有成功。但比起第一次，他的表现要好得多。而总经理给他的回答仍然同上次一样："等你准备好了再来试。"就这样，这个青年先后五次踏进微软公司的大门，最终被公司录用，成为公司的重点培养对象。

在人生的航道中,失败了并不可怕,只要你愿意用一种积极的心态去勇敢面对。正如拿破仑所说的"避免失败的最好方法,就是决心获得下一次成功。"失败并不意味着什么,失败只表明你需更加努力。

青春感悟

青春的阳光路上,失败不免紧跟身后,但是没有失败怎么会有成功的意义。失败的教训是成功的催化剂。因为失败,才让我们更加珍惜成功;辉煌的人生固然令人陶醉,但失败的人生却不乏滋味。抬起你的头,去坚强面对,用搏击的浩气走出灰色空间,去开创一个全新的世界。

失败也是一种收获

对于一个有自己的理想,目标明确知道自己要得到什么的人来说,每一次的失败都是有价值的。当我们孩提学走路时,会无数次摔倒,但我们收获了坚持,最终学会了走路;当我们读书考试时,虽然时常考得不理想,但我们收获了学习事半功倍的方法,最终取得了好成绩;当我们毕业找工作时,虽然面试失败,但我们收获了面试的经验,最终成功地获得了就业机会……人生中会有很多的失败,每个人不可能总是成功的,只有从失败中总结经验教训,以后不再犯同样的错误,最终都会获得成功。

我们来看看松下电器老总松下幸之助年轻时候的一个故事:

松下年轻时家庭生活贫困,必须靠他一人养家糊口。有一次,瘦弱矮小的松下到一家电器工厂去谋职。他走进这家工厂的人事部,向一位负责人说明了来意,请求对方安排一个哪怕是最低下的工作。这位负责人看到松下衣着肮脏,又瘦又小,觉得很不理想。但又不能直说,于是就找了一个理由:我们现在暂时不缺人,你一个月后再来看看吧。这本来是个托辞,但没想到一个月后松下真的来了,那位负责人又推托说此刻有事,过几天再说吧。隔了几天松下又来了。如此反复多次，这位负责人干脆说出了真正的理由："你这样脏今今的是进不了我们工厂的。"于是，松下幸之助回去借了一些钱，买了一件整齐的衣服穿上又返回来。

这人一看实在没有办法，便告诉松下："关于电器方面的知识你知道得太少了，我们不能要你。"两个月后，松下幸之助再次来到这家企业，说："我已经学了不少有关电器方面的知识，您看我哪方面还有差距，我一项项来弥补。"

这位人事主管盯着他看了半天才说："我干这行几十年了，头一次遇到像你这样来找工作的。我真佩服你的耐心和韧性。"松下幸之助在一次次的被婉拒之后，非但没有气馁，却积极找到自身的不足，靠着毅力打动了主管，终于进了那家工厂。后来松下又以其超人的努力逐渐锻炼成为一个非凡的人物。

有一句话，阐述的很有哲理："若是你在一年中不曾有过失败的记载，你就未曾勇于尝试各种应该把握的机会。"

李奇是全球著名快递公司 DIL 的创办人之一。他认为，人生不经历失败，就永远不会有机会从失败中学到点东西，从失败中学到的东西远比在成功中学到的多的多。他在招聘员工的时候，都会问对方是否有过失败的例子。如果对方回答不曾失败过，李奇就会觉得不是对方在说谎，就是不愿意冒险尝试挑战。因为他对有过失败经验的应聘者更加情有独钟。

英国作家约翰·克莱斯，可以说是全世界数一数二的多产作家，他一共出过 564 部小说，如果你以一年出 10 本来算，他花了将近五六十年时间在写小说。出了那么多书，你可能会以为他是百战百胜的作家，那你就错了，他曾经被退稿达 753 次！

试问你承受得住 753 次的沮丧吗？

爱迪生这个童年被老师认为愚钝的人，他可是创造出 1093 项发明，不折不扣是个发明大王，你可知道他失败了多少次，他失败了 3000 次。所以作为大师的他会如此说："九十九分的努力，一分的天才。"

美国的学者吉思克尔说："成功无法门，但失败一定会有所收获。"愈早失败对一个人愈有益，这样你才能在年轻时，获得大智慧。

在成功者的眼里，失败不只是暂时的挫折，失败还是一次机会，说明你还存在某种不足和欠缺。找到它,补上这个缺口,你就增长了一些经验、能力和智慧,也就会离成功越来越近。每一次失败都应是收获,世界上真正的失败只有一种,那就是轻易放弃,缺乏进取。

青春感悟

人生是一条每个人都没有走过的路,迷失方向或陷入困境在所难免,这种时候,我们选择的一定是折回或绕道;做事也是一样,每失败一次,我们就找到了一条无法通行的道路。对于失败者来说,这也是一种别样的收获。

在失败中学会反思

失败了,不必自惭形秽,以为低人三分。在失败面前我们需要做的,就是不要自暴自弃,要分析自己失败的原因,及时地做出调整,以找对应对的方法。

著名的生物学家、优秀的教育家童第周,生前曾担任过中国科学院副院长、动物研究所所长。他说过,他从小就做好了与困难作斗争的准备,也就是他的这种思想奠定了他成功的基础。

在浙江省鄞县的一个小村里,童第周度过了他的童年。由于家里贫穷,没钱进学校,他只能在家里边做农活,边跟父亲学点文化。但是此时的童第周,心里已经有了一个高远的志向——他立志要考进当时在省内名望极高的宁波效实中学读书。

经过自己的努力,他终于考入了效实中学,成为一个高三插班生。但是他的成绩却是全班倒数第一。看到成绩单,他什么也没说,只是下定决心,一定要把成绩赶上去。他相信,现在的失败没什么,这只能告诉他还有很多地方需要学习,从此他开始了不懈的努力。

有一天夜里,办完事情回学校的陈老师走进校园时,发现昏黄的路灯下有个瘦小的身影,走过去一看,原来是童第周借着路灯在演算习题。

陈老师的心被震了一下,他走上前关切地问:"这么晚了,你怎么还没休息?"

童第周看到是陈老师,马上站起来说:"我还有好多功课没有赶上,得抓紧时间,我一定不做倒数第一。"

听到童第周这样说,陈老师心里有一种莫名的感动,但他还是让童第周回去休息。童第周听完后收起了课本,但陈老师走了不远发现他又在路灯下看书了。

经过努力,童第周终于在期中考试中考出了令人出乎意料的成绩:他几何得了满分,而各科成绩也达到了70分。期末考试他更是考出了全校第一的好成绩。

童第周的进步之快在学校引起了极大的轰动。

就连他的校长也不无感慨地说:"我当了这么多年校长,从未见过进步这么快的学生!"用童第周的话说:"在效实中学的两个第一,影响了我的一生。从那以后,我相信自己不比别人笨,别人能做到的,我也一定能做到。世上没有天才,天才是用劳动换来的。"

功夫不负有心人,童第周在1924年,考入了复旦大学生物系,经过他的努力,临毕业时他已经成为生物系有名的高材生。

1930年,他到达比利时的首都布鲁塞尔,在欧洲著名的生物学家勃朗歇尔教授的指导下,研究胚胎学。这项研究要做卵细胞膜的剥除手术,是一项难度很大的手术。它要求人在显微镜下把青蛙的卵细胞剥开,由于其卵小膜薄很多人都失败了。

童第周在期间也是遇到很多困难,也经历了很多次失败。但是他每次失败后都会详细地记录下试验的经过,从中找出失败的原因,从而总结出怎样才能更好地剥除。他告诉自己,失败没什么可怕的,每一次的失败都是在告诉自己那种剥除方式不行。

就这样,在经历一个个的失败之后他终于完成了这项实验任务,而他也成为当时唯一能成功完成剥除手术的人,并因此震动了欧洲生物界。就连勃朗歇尔教授也连声称赞他道:"童第周真行!中国人真行!"

每个人的人生都会遇到失败,我们不能畏惧失败,只有好好把握失败,把它作为下一个成功的开始,才会收获成功的喜悦。

青春感悟

我们都知道"失败是成功之母"这句话,然而一千次的失败,如果不知反思,寻求经验,总是犯同样的错误,那么也会与成功失之交臂。因此只有反思的失败,才是成功之母,才会获知真理。

将失败当做垫脚石

踏入青春的门槛,失败便经常尾随而来,纵然我们努力,我们逃避,我们后退,但是失败不愿离去。年青的我们有时会垂头丧气,有时会大喊大叫,有时会怨天尤人,指责青春的杀手带给我们惨淡的失败。其实失败也是青春万种风情中最美的一页,正是因为有了失败的垫脚石,我们才能一步一步走向成功。

有一天,农夫的驴子掉到了枯井里。那可怜的驴子在井里凄惨地叫了好几个小时,农夫在井口急得团团转,就是没办法把它救起来。最后,他断然认定:驴子已经老了,这口枯井也该填起来了,不值得花这么大的精力去救驴子。

农夫把所有的邻居都请来帮他填井。大家抓起铁锹,开始往井里填土。

驴子很快就意识到发生了什么事。起初,它只是在井里恐慌地大声哭叫。不一会儿,令大家都很不解的是,它居然安静下来。几锹土过后,农夫终于忍不住朝井下看,眼前的情景让他惊呆了。

每一铲砸到驴子背上的土,它都作了出人意料的处理:迅速地抖落下来,然后狠狠地用脚踩紧。

就这样,没过多久,驴子竟把自己升到了井口。它纵身跳了出来,快步跑开了。在场的每一个人都惊诧不已。

其实,生活也是如此,每个人的一生都不是一帆风顺的,都会遇到各种各样的挫折和失败,就如砸下来的尘土一般,要想从这苦难的枯井里脱身逃出来,走向人生的成功与辉煌,办法只有一个,那就是"将它们统统都抖落在地,重重地踩在脚下"。因为,生活中我们遇到的每一个困难,每一次失败,其实都是人生历程中的一块垫脚石。

当我们从低处往上攀爬时,没有着力点就无从爬起,没有垫脚石就无处着力,人生的奋斗过程也是如此。

1906 年 11 月,本田宗一郎出生在日本荒僻的兵库县的一个贫穷家庭。由于家庭贫穷,9 个孩子中有 5 个因营养不良而早夭。

本田在上学的时候非常喜欢逃课,这让他的父亲伤透了脑筋。用本田自的话说,"那种正规的教育真是让人厌恶!"但是,对于学校的实验课,他却非常喜欢, 所以他经常逃课去别的班级上他们的实验课。早期的这种富于探索的精神,为他以后的事业奠定了良好的基础。

后来,本田创立了自己的摩托车制造公司。当时摩托车行业已经快要趋于饱和了,但是他没有畏惧,依然硬着脑袋挤了进去。在 5 年内,他打败了 250 个竞争对手,实现了儿时的制造更先进的摩托车的梦想。当然,这期间,他也经历了一系列失败。

成功的本田回忆起过去时说:"回首我的工作,我感到我除了错误,一系列失败、一系列后悔外什么也没有做。但是有一点使我很自豪,虽然我接连犯错误, 但这些错误和失败都不是同一原因造成的。这使我在失败中学到了很多东西。"

"失败是成功的垫脚石"并不是一句空话。一个真正善于学习的人,不仅仅要学习正面的成功事例, 还必须懂得从失败中学习。养成从失败中学习的习惯,你的每一次失败便可以说是下一次成功的开始。

美国著名创业教练约翰·奈斯汉有一句名言:"硅谷如此成功背后的秘密就是'失败'。"人生的成功是一次次失败的经验累积而成的,请你把失败当作是一种不凡的经验,而不是障碍。唯有将它当作经验,你才能体会出什么叫作垫脚石。

青春感悟

几乎所有成功人士都有一个共同特点:曾经经历过惨痛的失败,而且后来的成功大多建立在先前失败的经历之上。失败并不可怕, 可怕的是不能正确地对待失败。对待失败一般有两种态度:一种是正视失败,从自身找出失败的真正原因，并着力解决这些问题；另一种是强调外部因素，掩盖自身的错误，一辈子不能从失败中走出来。我们要做的，当然是第一种。

没有一帆风顺的成功

没有谁的成功是一帆风顺的。在朝梦想前进的路上，谁都会遇到挫折，遇到失败，而我们若想取得最后的成功，必须坚持自己的信念，不轻易放弃。只要厄运打不垮信念，希望之光就会驱散绝望之云。

谈迁是我国明末清初史学家，原名以训，字仲木，号射父。明亡后改名迁，字孺木，号观若，自称"江左遗民"。浙江海宁人。

谈迁自幼家境清贫，靠当幕僚、替人办理文墨事物、代写应酬文字以赚取月俸钱为生。可是，谈迁贫而有志，喜读书，尤爱治史，特别是有关明朝的史事，最留心收集。

天启元年（1621 年），谈迁 28 岁，谈迁母亲亡故，他守丧在家，读了不少明代史书，觉得其中错漏甚多，因此立下了编写一部真实可信符合明代历史事实的明史的志愿。在此后的二十六年中年中，他他长年背着行李，步行百里之外。到处访书借抄，饥梨渴枣，市阅户录，广搜资料，终于卒五年之功而完成初稿。以后陆续改订，积二十六年之不懈努力，六易其稿，撰成了百卷 500 万字的巨著《国榷》。

谈迁著的史书《国榷》，是明代的编年史，按年、月、日记载了自元天历元年至明弘光元年的大史事。为了编写《国榷》，他从公元 1621 年开始整整奋斗了二十多年。一部一百卷的编年史写成了，眼看就要问世了，不料全部书稿竟被人偷窃了去，数十年辛勤劳动成果，竟成了泡影。

但是，谈迁是个意志坚强的人，在痛哭了一场之后，又毅然决定重新搜集资料，再写一部更加臻于完备的《国榷》。1653 年，谈迁受聘去北京给人作记室，在京期间，他广泛地拜访明朝的降官、故吏、太监，乃至皇亲国戚等各阶层人物，把新得到的种种传闻记录下来，同文献资料核对后，用以订正和充实

《国榷》。就这样，从 1647 年起，又经过了十年的奋斗，一部内容更加翔实，体例更加完备的《国榷》终于问世了。

谈迁的《国榷》属当朝人写当朝事，资料比较容易收集；且编撰工作是在官府之外进行的，排除了官府的干预；谈迁又具备了作为一个正直的封建史学家应有的品质，因而使《国榷》较其他史书有独具的特点：一是敢于按照历史本来的面目，秉笔直书，尤其是《明实录》中故意讳而不说的很多重要史实，谈迁都毫不掩饰地记述下来。二是对史事的真实性问题最为严肃。《国榷》十分重视史料，但不盲目轻信，对每一条史料的引用，都本着实事求是的精神，细心地搜求，决不因作者的好恶，任意摘取。此外，《国榷》还非常注重明万历以后七十多年的历史，用了全书三分之一的篇幅，目的是为了总结明朝灭亡的经验教训。再有，《国榷》注意引用其他史学论著的评论，即使几家不尽相同也一并兼收，这样编排可以使读者从比较中得出正确的结论来。

如果你熬了好多个通宵后终于将上级交给你的文案做好了，偏偏在此时电脑出了问题，文案就这样"凭空消失"了，此时的你，会是什么样的心情？你能不能像谈迁一样不抱怨、不绝望，而是重新振作起来，开始第二轮的工作呢？

厄运随时会降临在我们每个人的头上，我们要正视悲凉的现实。因为厄运受到打击，于是不堪一击，最终倒下，只会令你的对手更开心。而如果你能抛弃悲伤，牢记心中的信念，甚至忍辱负重，那么，总有一天，你会得到比你失去的更多的东西。

公元前 496 年，越王允常去世，勾践继位。吴王阖闾乘越国丧乱之际发兵攻越，越国军民痛恨吴国乘人之危的行径，同仇敌忾，奋力抵抗，大败吴军，吴王阖闾负伤死在归途中。

吴王夫差继位，三年潜心备战。公元前 494 年，率复仇大军杀向越国。越国水军几乎全军覆没，越王勾践逃到会稽山，越王向吴国屈辱求和。

按着吴国的要求，越王勾践带着夫人和大臣范蠡去吴国服苦役。越王给阖闾看坟，给夫差喂马，还给夫差脱鞋，服侍夫差上厕所。夫差的几匹马被勾践喂得滚瓜溜圆，夫差出去游猎时，勾践要跪伏在马下，让夫差踩着他的脊梁上马。勾践三人受尽嘲笑和羞辱。为图复国大计，勾践顽强地忍耐着吴国对他的精神和肉体折磨,对吴王夫差表现得恭敬驯服。

夫差生病了,勾践每天都去看望,夫差怕死,自己总觉得病势不轻。有一天,勾践又去看望夫差,偏赶上夫差心情特别沮丧,见勾践进来,就拿他撒气说:"出去出去!不用你假仁假义的来看我,你恨我快点儿死是不?盼我死了你好回国,休想!"吓得勾践站在那里不知如何是好。此时夫差要大便,挥着手让勾践出去。勾践却要观察夫差的粪便,并当着夫差的面,用手指沾了点儿粪便放在嘴里尝了尝,夫差急忙说:"你这是干什么?"不料勾践却马上跪在地上说:"恭喜大王贺喜大王,你的病就要好了。"夫差说:"你怎么知道?"勾践说:"不治之症粪便是苦的,可治之症粪便是甜的,适才我尝大王的粪便,就是为了察看病情,用不了几天大王的病就会好了。"

夫差将信将疑地说:"你是从哪里知道的?"勾践说:"当年,周武王患病卧床不起,把神医成仲子从高山上请下来,周武王问成仲子他的病是否很沉重,成仲子让武王把他的儿子们都叫来,为武王尝便,武王十几个儿子,没有一个愿意尝,只有幼子姬诵用鼻子闻了闻,成仲子问他什么味儿?姬诵说又腥又臭。王子们退出去了,武王问成仲子,尝便能知病情吗?成仲子对武王说,不治症便苦可治症便甜,大王幼子可立呀!"夫差真的相信了,十分感动地说:"我的儿子也未必如此,你真比我的儿子还强啊!"没过几天,夫差的病真的好了。

三年苦役期满,吴王放勾践回国。勾践君臣相见,抱头痛哭,立志雪耻复仇。

勾践回国后,时刻不忘吴国受辱的情景。他睡觉时,躺在一堆乱柴草上,夜夜不得安眠,睁眼便是励精图治,早日报仇!勾践在自己的屋里挂了一只苦胆,每顿饭都要先尝尝苦味,提醒自己时时不忘在吴国的苦难和耻辱经历。他穿着粗布的衣服,顿顿吃粗糙的饭食,连过年过节也不沾一点儿酒肉,平日就在四乡里跟百姓一起耕田播种。勾践夫人带领妇女养蚕织布,发展生产。勾践夫妇与百姓同甘共苦,激励了全国上下齐心努力,奋发图强,早日灭吴雪耻。

勾践又采用大臣文种建议,贿赂吴王,麻痹对方;收购吴国粮食,使之粮库空虚;赠送木材,耗费吴国人力物力兴建宫殿;散布谣言,离间吴国君臣,使夫差中计杀害了能征善战的伍子胥;从民间搜罗美女西施、郑旦等十几人,由范蠡教会她们弹唱歌舞,再把她们献给吴国,施用美人计,消磨夫差精力,使他不问正事,加速吴国的灭亡。

勾践施行的美人计最厉害。夫差在美人西施的美色迷惑下,按照越国的心愿和设想的步骤,一步步走向灭亡。公元前482年越王乘夫差去黄池会盟,偷袭吴国成功,吴国只好求和。后来越国再次起兵,灭掉吴国,夫差自杀身亡。

自此之后,"卧薪尝胆"成了失败后人们激励自己和别人的"法宝"。

青春感悟

人生路上,我们往往会遇到很多的坎坷与阻拦,但不能因为一场厄运就郁郁寡欢,不要借口自己已经失败就倒地不起。这个世界上没有一帆风顺的成功,谁都不可能一步登天,成功是靠我们一步一个脚印走出来的,失败时不过是掉进了坑里,只要我们努力爬出来,继续向前走,最终会到达成功的彼岸。

好事多磨

一个12岁的男孩子钓鱼技术不太好,好几次有鱼咬钩,他都没有把握好机会,结果让鱼儿溜走了。不过,他并没有放弃,而是耐心地等待机会。后来,一条大鱼上钩了,但这条鱼却不甘心被抓,它使劲挣扎想要逃脱,小男孩使劲全身的力气拉住鱼杆,拼命跟大鱼较量。他咬紧牙关,努力着,坚持着,最终征服了这条大鱼。

人们往往会用"好事多磨"这个词来比喻在获得成功之前,成功常常会捉弄我们,让我们失败几次,借此考验我们做事是否认真。但可悲的是,很少有人能通过这种考验,大多数的人在经历一两次失败后就放弃了对成功的追求,更不要说具有百折不挠的精神了。

成功贵在坚持,要取得胜利就要坚持不懈地努力。古往今来,许许多多名人的成功也向我们说明了一个道理——好事多磨,坚持就是胜利!

《史记》的作者司马迁,为了编写《史记》得罪了当时的皇帝而遭受了宫刑。这种刑罚对一个没犯什么大错的读书人来说无异于奇耻大辱,要是换成了别人早就无颜活在这个世界上,然而司马迁不仅活了下来,还发愤继续撰写《史记》,并最终完成了这部光辉著作。他靠的是什么?坚持。要是他在遭受了宫刑以后就对自己失去信心,不坚持写《史记》,那么我们现在就无从看到这本巨著,也吸收不了他的思想精华。所以他的成功,他的胜利,最主要的还是靠坚持。

荀子说:"骐骥一跃,不能十步,驽马十驾,功在不舍。"这也正充分地说明了坚持的重要性。骏马虽然比较强壮,腿力比较强健,然而它跳一下,最多也不能超过十步,这就是不坚持所造成的后果;相反,一匹劣马虽然不如骏马强壮,然而若它能坚持不懈地拉车走十天,照样也能走得很远,它的成功在于坚持不懈。

其实,这和民间流传的"龟兔赛跑"的故事是一个道理:兔子腿长又善于奔跑,但最终却输给了走路慢吞吞的乌龟,这到底是为什么? 原因只有一个,那就是兔子不能够坚持到底。而乌龟之所以能赢,是因为他知道自己没有兔子跑得快,只有跟兔子比坚持。而兔子以为自己腿长、跑得快,一定会赢得比赛,所以跑了一会儿就在路边睡大觉,似乎是稳操胜券。乌龟则不同了,他没有因为自己的腿短、爬得慢而气馁,相反,它却更加锲而不舍地坚持爬到底。坚持就是胜利,它最终赢得了比赛。

"水滴石穿,绳锯木断",为什么微不足道的水能把石头滴穿?柔软的绳子能把硬梆梆的木头锯断?还是因为坚持。一滴水的力量是微不足道的,然而许多滴水坚持不断地冲击石头,就能形成巨大的力量,最终把石头冲穿。同样道理,绳子也能把木锯断。

杰克·伦敦的成功也是建立在坚持之上的。为了锻炼自己的写作水平,他坚持把好的字句抄在纸片上,有的插在镜子缝里,有的别在晒衣绳上,有的放在衣袋里,以便随时记诵。最后,通过不断努力,他终于成功了,成为了一代名人。然而他所付出的代价也比其他人多好几倍,甚至几十倍。坚持也是他成功的最大原因。

每个人都渴望成功的喜悦,可又不是每个人都能成功的,因为他们不知道,没有坚强的意志,是不能承受那暴风骤雨般的打击,没有坚定的毅力,是不能走完那一望无际的征途,没有"坚持"那把钥匙,是肯定不能打开那一道道通往成功的大门的。只有那些坚持不懈走下去的人,才能真正体会到柳暗花明所带来的欣喜。

想要成功并不难,难得是坚持,坚持一下也不难,难得一直坚持!每个人都有自己的梦想,只要努力坚持去实现,就能获得成功.认准人生的目标,做自己喜欢做的事, 即使失败了也值得, 因为在这努力的过程中就已经体现出了价值的所在。

挫折孕育机会

人生在世,总难免遭遇到一些挫折,甚至灾难。挫折是一种不幸,但它孕育着机遇。

挫折是再认识的新起点。挫折教你理智,让你冷静的思考,重新认识和审视过去,正视今天,规划未来。挫折是成功的契机。挫折教你选择,让你勇敢的放弃,重新选择。放弃过时的或不适合的,选择适时的、适合的,重新确定自己的方向、目标和道路,争取成功或新的成功。

当一个组织遭遇挫折时,它会在痛苦中反思、选择和重整,以获得新生;当一个人遭遇挫折时,他会在失望中寻找目标,在困难中寻找希望,以冷静和智慧寻找机遇。

挫折是上天给你的恩赐,是社会、集体因素和你众多思想和行为的综合促成的一种必然结果,是你人生和事业必须缴纳的一笔学费。这笔学费缴纳后,你的事业和人生才能获得暂时顺利的通行证。

挫折是组织和个人的一笔财富,从理论上讲,挫折是不可避免的,只是大与小、早和晚而已。

成功的人一般都是挫折来得早,因其认识得早、准备得早,机遇也就早早的抓住了,成功也就早了。

成功与失败的区别之一,就是成功者在挫折时看到了机遇并抓住了机遇,而不成功者在挫折时看不到机遇或其梦想已经被挫折粉碎。

1955 年秋天在济南出生。5 岁患脊髓病,胸以下全部瘫痪。从那时起,张海迪开始了她独到的人生。她无法上学,便在在家自学完中学课程。15 岁时,海迪跟随父母,下放(山东)聊城农村,给孩子当起教书先生。她还自学针灸医术,为乡亲们无偿治疗。后来,张海迪自学多门外语,还当过无线电修理工。

在残酷的命运挑战面前,张海迪没有沮丧和沉沦,她以顽强的毅力和恒心与疾病做斗争,经受住了严峻的考验,对人生充满了信心。她虽然没有机会走进校门,却发愤学习,学完了小学、中学全部课程,自学了大学英语、日语、德语和世界语,并攻读了大学和硕士研究生的课程。

1983 年张海迪开始从事文学创作,先后翻译了《海边诊所》等数十万字的英语小说,编著了《向天空敞开的窗口》、《生命的追问》、《轮椅上的梦》等书籍。其中《轮椅上的梦》在日本和韩国出版,而《生命的追问》出版不到半年,已重印 3 次,获得了全国"五个一工程"图书奖。在《生命的追问》之前,这个奖项还从没颁发给散文作品。最近,一部长达 30 万字的长篇小说《绝顶》,即将问世。从 1983 年开始,张海迪创作和翻译的作品超过 100 万字。

为了对社会作出更大的贡献,她先后自学了十几种医学专著,同时向有经验的医生请教,学会了针灸等医术,为群众无偿治疗达 1 万多人次。

1983 年,《中国青年报》发表《是颗流星,就要把光留给人间》,张海迪名扬天下,获得了两个美誉,一个是"八十年代新雷锋",一个是"当代保尔"。

张海迪怀着"活着就要做个对社会有益的人"的信念,以保尔为榜样,勇于把自己的光和热献给人民。她以自己的言行,回答了亿万青年非常关心的人生观、价值观问题。邓小平亲笔题词:"学习张海迪,做有理想、有道德、有文化、守纪律的共产主义新人!"

一个残疾人来到天堂找到上帝,便抱怨上上帝没给他一副健全的体格。上帝什么也没说就给残疾人介绍了一位朋友,这个人刚刚死去不久才升入天堂,他感慨地对残疾人说:"珍惜吧,朋友,至少你还活着。"

一个官场失意被排挤下来的人找到上帝,抱怨上帝没给他高官厚禄,上帝就把那位残疾人介绍给他,残疾人对他说:"珍惜吧,至少你的身体还是健全的。"

一个年轻人找到上帝,抱怨上帝没让自己受到人们的重视和尊重,上帝把那位官场失意的人介绍给他,那人于是便对年轻人说:"珍惜吧,至少你还年轻,前面的路还很长。"

青春感悟

在人生道路上,风和日丽的日子会有,风风雨雨的日子同样也会有。有人在幸福的日子里仍会不满足,只会天天抱怨而不珍惜自己拥有的;有人在遭遇挫折的时候,总是怨天尤人,一蹶不振,而不是来冷静地审视自己,充分发掘利用自己的优势来渡过难关。生活中其实每个人身上都有闪亮点,只要能学会发现和珍惜,美好的生活就在我们身边。

智者顺势而谋

史铁生说:"一个人出生了,便成了一个不予争辩的事实。那么,死便是一件不必急于求成的事情。"这是他对人生的思考,对自己价值取向的沉思。于是,他艰难地从生存的狭缝中走出来,带着豁然开朗的喜悦。经历了血的洗礼和困苦的磨炼后,他走通了命运之路,始终追问命运但从来不控诉、不失态。

9个月大,父母双亡,他被作为战争孤儿带离了越南庆和,飘泊来到德国汉堡。周围的一切都很陌生,他无依无靠,惶恐地啼哭,引来不少的好心人,纷纷凑近来哄逗他。其中有对中年夫妇原本育有两个女儿,一直想再添个儿子,无意中见到他,被小家伙清秀聪慧的模样吸引住,于是费尽周折办理好手续将他领回了家。一阵阵恐惧而脆响的哭声,使他成为同批遭受不幸的孤儿中的幸运者,第一个被当地的人家所收养。

孩提时代,他跟着养父母乔迁到比克堡,又到了汉诺威。不论来到哪座城市,他的黄皮肤、黑眼睛都被当地孩童视为异类,令他身陷窘境,屡遭愚弄嘲笑。面对无端的嘲讽,他不反驳也不争辩,只是浅浅地笑,低下头走开,默默地为自己打气。没有多少孩子愿意与他交朋友,老师担心他会因此而自卑消沉,他若无其事地回答说,没有朋友也并非不好,至少可以有更多的时间去学习,可以得到你们的特别关心。孤单的情境,并未影响他乐观友善的性格,相反让他从小就养成了自我思考、独立解决问题的习惯,拥有了一份比同龄人更沉稳更超脱的心智。

19岁,他怀着参军护国的志向加入联邦国防军,被安排到后勤保障系统,成了一名后备卫生军官。没有士兵不想舞枪弄炮,而卫生军官则主要与病人打交道,少有机会接触枪炮,常常被其他兵种的士兵轻视。其他卫生兵对这种安排牢骚满腹,唯独他不哀怨也不吱声,暗自在心底规划起新的前程。既来之,则安之。他下定决心要在医学领域有所作为,格外刻苦地钻研起功课,后来以优异的成绩被选派到汉堡接受专科医生培训,并在30岁获得医学博士学位。与其临渊羡鱼,不如退而结网,面对"低人一等"的境遇,他没有放弃追求,而是调整了姿态,在退守中选择了一片新的天地,在新天地里编织出同样的精彩。

在加入联邦国防军的同一年,他没有跟随其他年轻人选择加入德国最大的党派,而是悄无声息地成为中间党派自民党的一员。有朋友问他为何不加入大党,他自信满满地说,大党与小党都是相对的,当前的小党可能就是明天的大党,而我今天在小党却能获得更多的机会。他的判断没有错,在这个以中小企业主、自由职业者为主组成的党派里,他凭借渊博的学识、充沛的精力和横溢的才华迅速得到重用,实现了快速蹿升。27岁即荣升为下萨克森州的自民党总书记,此后又任下萨克森州自民党主席、副州长。在自民党内,他的名字等同于平步青云的同义词,更令人惊叹的是,36岁时他又因自民党在联邦议院选举中获得大胜而成功进入德国新一届内阁成员的名单。如果说以前所遭受的逆境,所遭遇的劣势,给他带来了比常人更多的同情,让他更早地学会了坚强,而这一次,他从小党派里脱颖而出华丽登场,则赢得了比其他内阁成员更多的关注和尊敬。

他,就是当今德国政坛最耀眼的新星、新上任的卫生部长菲利普·罗斯勒。

从越南孤儿到德国卫生部长,罗斯勒承受过一次次的劣势考验,可是他没有怨天尤人,更没有自暴自弃,而是始终积极地把握住自己,始终乐观地利用劣势,完成了人生的一次次跨越,成为了德国最年轻的内阁成员,也是该国历史上第一位亚裔部长。

山再高也有顶,困难再大也有限,而自我的力量却是无穷的。那些让我们苦恼的困难,其实如同泥土一样,放在身上是包袱,抖落地上都又变成了帮助我们走出困境的垫脚石。

青春感悟

人生难免遭遇种种劣势,有先天的,也有后天的。而这些劣势,其实都非绝对,亦非永远,无法决定我们一生的幸与不幸。世间处处有机会,劣势时也不乏潜在的机会。不妨换一种角度去审视,坦然地面对,果敢地应对,珍惜好劣势所引发的同情,利用好劣势所激发的动力,把握住劣势所暗藏的潜力,或许劣势就会转化为成功的强大优势。

失败会在勇敢者面前低头

人生总有太多的迂回曲折,伴随着你的成长过程,失败自然也是少不了的一种生活体验。而面对失败,应该如何去看待,进而如何去应付,就全看你自己了。你可以把它当做是一种"挑战";或者,你也可以像大多数人一样,把它当成是时运不济、危机、灾难,而不想循更可靠的道路再尝试一次,并作为自己承认失败的藉口。

有人问一个孩子,"你是怎样学会溜冰的。"这个孩子说:"哦,就是跌倒了爬起来,爬起来再跌倒,然后再爬起来,就学会了。"

温特·菲利说过:"失败,是走向更高位置的开始。"许多人之所以获得了最后的胜利,只是受恩于它们的屡败屡战。对于没有遇到过大失败的人来说,他们反而不知道什么叫做大胜利。通常来说,失败会给勇敢者以果断和决心。

眼下有许多年轻人,遇到障碍的时候,便对所追求的职业心灰意冷。他们退缩下来,说命运是冷酷的,逐渐地变成胆小的人,这实在是很遗憾的事。真正重要的,并不是我们人生中的偶发事件,而是我们如何面对这些偶发事件,并创造各种不同的人生,绝不能因为命运而阻碍了自己的前途。面临困境时,就是你向命运挑战的时候,要有拒绝失败的勇气。当然,打消念头,退缩放弃是很容易的,多数人在日常生活中也证实了这一点,但是这些人恐怕不是你

所希望成为的。拒绝失败的人,在一个地方吃了闭门羹,会敲另外一扇门,

一次又一次不断地敲门,一直到被接受为止,在年轻时能学习这样处世的人,应该没有不获得大成功的。

一位父亲很为他的孩子苦恼。因为他的儿子已经十五六岁了,可是一点男子气概都没有。于是,父亲去拜访一位禅师,请他训练自己的孩子。

禅师说:"你把孩子留在我这边,3个月以后,我一定可以把他训练成真正的男人。不过,这3个月里面,你不可以来看他。"父亲同意了。

3个月后,父亲来接孩子。禅师安排孩子和一个空手道教练进行一场比赛,以展示这3个月的训练成果。

教练一出手,孩子便应声倒地。他站起来继续迎接挑战,但马上又被打倒,他就又站起来……就这样来来回回一共16次。

禅师问父亲:"你觉得你孩子的表现够不够男子气概?"

父亲说:"我简直羞愧死了!想不到我送他来这里受训3个月,看到的结果是他这么不经打,被人一打就倒。"

禅师说:"我很遗憾你只看到表面的胜负。你有没有看到你儿子那种倒下去立刻又站起来的勇气和毅力呢?这才是真正的男子气概啊!"

不断地倒下,再不断地爬起。故事中男子汉的气概并不是表现在跌倒的次数比别人少,而是在于,每次跌倒后,他都有爬起来再次面对困难的勇气和不达目的誓不罢休的毅力。

青春感悟

不曾失败者不会成功。每一次失败都会使一个勇敢的人更加坚定。如果没有失败的刺激,他们或许甘愿平庸。失败会使人发奋图强。历经失败的痛苦,才能找到真正的自我,感受真正的力量。

从失败中学会超越

失败从不会让人高兴,但一旦你学会利用并超越它,它就会为你做出积极的贡献。比起重复过去的成功来,失败是个更好的老师。只要你动脑解剖失败,从失败中挖掘教益,拥有积极的心态,你就能更快地从失败中走出来。

拿破仑·希尔曾在《思考与致富》一书里写道:一个人要获得成功,所需要的只是一个正确的观念。当你开始思考时,财富也逐渐增加时,你会观察到财富的积累在于一种心态,一种明确的目的,再加上不懈的努力。任何人,想必对于如何获得这种吸引财富的心会感兴趣。我花费25年的时间对此进行了研究,因为我也想知道"人怎样才能拥有这种心态"。

在美国颇负盛名、人称传奇教练的伍登,在全美12年的篮球年赛当中,替加州大学洛杉矶分校赢得10次全国总冠军。如此辉煌的成绩,使伍登成为大家公认有史以来最称职的篮球教练之一。

曾经有记者问他:"伍登教练,请问你是如何保持这种积极的心态?"

伍登很愉快地回答:"每天我在睡觉以前,都会提起精神告诉自己:我今天的表现非常好,而且明天的表现会更好。"

"就只有这么简短的一句话吗?"记者有些不敢相信。

伍登坚定地回答:"简短的一句话?这句话我可是坚持了20年!重点和简短与否没关系,关键是在于你有没有持续去做,如果无法持之以恒,就算是长篇大论也没有帮助。"

伍登的积极超乎常人,不单只是对篮球的执著,对于其他的生活细节也保持这种精神。例如有一次他与朋友开车到市中心,面对拥挤的车潮,朋友感到不满,继而频频抱怨,但伍登却欣喜地说:"这里真是个热闹的城市。"

朋友好奇地问:"为什么你的想法总是异于常人?"

伍登回答说:"一点都不奇怪,我是用心里所想的事情来看待,不管是悲是喜,我的生活中永远都充满机会,这些机会的出现不会因为我的悲或喜而改变，只要不断地让自己保持积极的心态，我就可以掌握机会，激发更多的潜在力量。"

你可以留心一下，一旦当你掌握了这一富含哲理的原则，并能开始遵照这些原则去行事之后，你的经济状况会开始改善，你所触及的每件事物都将变为对你有利的资产。

一个人，无论面对怎样的事，他都必须面对失败。人生之路，一帆风顺者少，曲折坎坷者多。成功是由无数次失败构成的，正如美国通用电气公司创始人沃特所说："通向成功的路是把你失败的次数增加一倍。"但失败对人毕竟是一种"负性刺激"，总会使人产生不愉快、沮丧、自卑。那么，如何面对、如何自我解脱就成为能否战胜自卑，走向自信的关键。

面对挫折和失败，唯有乐观积极的心态，才是正确的选择。其一，做到坚忍不拔，不因挫折而放弃追求；其二，注意调整，降低原先脱离实际的"目标"，及时改变策略；其三，用"局部成功"来激励自己；其四，采用自我心理调适法，提高心理承受能力。

要使自己不成为"经常的失败者"，就要善于挖掘、利用自身的"资源"。虽然有时个体不能改变"环境"的"安排"，但谁也无法剥夺其作为"自我主人"的权力。应该说，当今社会已大大增加了这方面的发展机遇，只要敢于尝试，勇于拼搏，是一定会有所作为的。

此外，作为一个年轻人，应具有迎接失败的心理准备。世界充满了成功的机遇，也充满了失败的可能。所以要不断提高自己应对挫折与干扰的能力，调整自己，增强社会适应能力，坚信失败乃成功之母。若每次失败之后都有所"领悟"，把每一次失败当作成功的前奏，那么就能化消极为积极，变自卑为自信。

青春感悟

没有失败，唯有超越。我们的态度在很大程度上决定了我们人生的成败：我们怎样对待生活，生活就怎样对待我们；我们怎样对待别人，别人就怎样对待我们；我们在一项任务刚开始时的态度决定了最后有多大的成功，这比任何其他因素都重要；青年人要认清自己，以一种积极的人生态度面对失败。

不要停止你的奋斗

当年，克里斯朵夫·李维因为成功地主演了大片《超人》而蜚声国际影坛，可是正当他在好莱坞红极一时、风光无限之时，一次意外却让他的演艺道路戛然而止。

1995年5月，在一场激烈的马术比赛中，他意外地摔了个"倒栽葱"，从此成了一个永远只能坐在轮椅上的高位截瘫者。当他从昏迷中苏醒过来时，对家人说出的第一句话便是："让我早日解脱吧！"

出院后，家人为了让他散散心，便推着轮椅上的他外出旅行。

有一次，小车穿行在落基山脉蜿蜒曲折的盘山公路上。他静静地望着窗外，发现山路弯弯、峰回路转，"前方转弯"几个大字一次次地冲击着眼球，渐渐叩醒了他的心扉：原来，不是路已到了尽头，而是该转弯了。他恍然大悟，冲着妻子大喊一声："我要回去，我还有路要走！"

从此，他以轮椅代步，当起了导演。他首次执导的影片就荣获了金球奖；他还用牙咬笔，开始了艰难的写作，他的第一部书《依然是我》一问世，就进入了畅销书排行榜，并且获得了文学奖；与此同时，他创立了一所瘫痪病人教育资源中心，并当选为全身瘫痪协会理事长；他还四处奔走，举办演讲会，为残障人的福利事业筹募善款，成了一个著名的社会活动家。

不管遇到什么样的困难，我们的奋斗都没有停止，有时候，只不过是我们该转弯了而已。

一个人想干成任何大事，都要能够坚持下去，坚持下去才能取得成功。说起来，一个人克服一点儿困难也许并不难，难得是能够持之以恒地做下去，直到最后成功。

下岗失业，寻找养殖"突围"

刘晓山原来是秦淮区白鹭珍珠养殖场副场长。1999年单位解体后，他在城里也干过不少行当,但始终找不到自己的位置。为此,倔强的他决定拾起老本行——养殖珍珠。2000年年初,刘晓山"砸锅卖铁",筹措了160多万元,带上妻儿举家迁移到农村,决心当个养殖专业户。

"我第一次到江宁永安村考察养殖基地时,就被泼了盆凉水。"刘晓山说。荒凉的凹地和周边糟糕的环境让他的心一下子凉了半截,养殖环境根本没法和城里比,要在荒地上开挖出一个养殖池塘更是"天方夜谭"。回城?还是留下?辗转了一夜,最后刘晓山决定在乡下背水一战。

不顾家人反对,刘晓山第二天就从连云港调来了4台推土机,加上热情村民的帮忙,他们用了3个多月把200多亩荒地推平,并挖出了鱼塘……那一刻,刘晓山和村民在塘边欢呼雀跃,村领导也被深深地感动了,当即与刘晓山签下了30年的土地租赁合同。创业开头难,这第一个坎终于被刘晓山跨过去了。

二落二起:创新解难题

2000年年初创业开始后,刘晓山丝毫不敢懈怠,因为挑战接踵而至。

刘晓山踌躇满志地投下数十万元买来蚌养殖珍珠,可是周边的动物粪便污染了池塘的水,几万只珍珠蚌全部死掉,一次性损失高达20万元。痛定思痛,刘晓山意识到:单一的珍珠养殖不仅风险大,收获周期也很长,把容易养殖售卖的水产品和珍珠混养,不就可以形成良好的生物链、提高单位养殖效益、规避市场风险了吗?刘晓山又来了劲,索性用家里的房子到银行办了抵押贷款,用数十万元的贷款再买水产品养殖。

好日子没过多久,2003年春季的非典又断了刘晓山出售水产品唯一的短期财源,3个月里,"颗粒无收",损失惨重。但刘晓山始终没有放弃努力。

机遇总是垂青有准备的人。非典之后,正逢双休日垂钓热,越来越多的钓鱼爱好者找上门来垂钓。刘晓山觉得把水产养殖和休闲渔业结合起来发展,肯定有巨大的市场。于是,他拿出了所有积蓄,在塘边搭建了两幢平房,为垂钓者提供休息、进餐场所。"这件事做成以后,我就可以把养珍珠的风险降到最低。不管市场行情怎么变,垂钓中心一年几十万元的纯收入就可以补贴养殖业了,还可以解决一些农民的就业问题。"

三落三起:"东山再起"

两年过去了,刘晓山靠垂钓中心和水产品销售赚的钱,不断扩大自己的珍珠养殖规模。他欣喜地用所剩不多的存款新建了占地十多亩的餐饮、休闲接待中心，准备把产业做大做强。哪知一瓢冷水再度迎头浇来：即将开建的宁杭高速公路将横穿鱼塘。刘晓山 300 多亩珍珠养殖塘中的 200 多亩和刚刚建成还未开张的接待中心全部在土地征用之列。这意味着他 6 年来付出血和汗水将付之东流。

尽管心中满是难以割舍的痛，但刘晓山只用了一个晚上平复伤口东山再起！"不能为难当初支持我创业的村领导！"对于拆迁补偿金，刘晓山只有一个要求——把损失降到最低，不亏就行！"尽管宁杭高速公路的建设缩小了我的产业规模，但宁杭高速明年开通后与南京主城区的互通节点，就在我办的垂钓中心的边上，我可以利用这个优势发展更多前来休闲度假的客人！"想着想着，刘晓山的脸上又绽开了笑容

根据旅游工作的精神，刘晓山决定办一个集"垂钓、餐饮、桑拿、珍珠采集、农活体验、住宿接待"为一体的"珍珠旅游度假村"。

《简爱》的作者曾意味深长地说："人活着就是为了含辛茹苦。人的一生肯定会有各种各样的压力，于是内心总经受着煎熬，但这才是真实的人生。"确实，没有压力就会轻飘飘的，没有压力肯定没有作为。选择压力，坚持往前冲，自己就能成就自己。

你不妨再试一次，人生有许多"柳暗花命又一村"的时候。在成长的过程中特别是幼年时代，遭受外界太多的批评、打击和挫折，于是奋发向上的热情、欲望被"自我设限"压制封杀，而又没有得到及时的疏导、排解与鼓励。既对失败惶恐不安，又对失败习以为常，丧失了信心和勇气，渐渐养成狭隘、自卑、孤僻、害怕承担责任、不思进取、不敢拼搏的精神面貌，从而失去了自己的梦想。

这样的性格，在生活中最明显的表现就是随波逐流，没有人生的目标。与生俱来的成功火种过早地熄灭了。

曾经的失败并不意味着永远的失败，曾经达不到的目标并不意味达永远达不到，你可以有自己的

梦想，你可以为自己的人生树立一个目标。如果你选择未来，那么你是上帝的孩子；如果你选择过去，那么你可能仍是"弃儿"。过去可以决定现在，但不能决定未来。你的目标是为未来所设定，你在为你未来作出选择。过去不等于未来。过去你成功了，并不代表未还会成功；过去不失败了，也不代表未来就要失败。过去的成功或是失败，那只代表过去，未来是靠现在决定的。现在

干什么。选择什么,就决定了未来是什么! 失败的人不要气馁,成功的人也不要骄傲。成功和失败都不是最终的结果,它只是人生过程的一件事。因此,这个世界上不会有一直成功的人,也没有永远失败的人。

青春感悟

在日常生活中,一个绝境就是一次挑战、一次机遇,如果你不是被吓倒,而是奋力一搏,也许你会因此而创造超越自我的奇迹。

第三章 伤痛后更懂得人生的滋味

> 寒梅伴随着孤独的伤痛,它在成长,要怒放生命;春蚕怀着伤痛离开了自己温暖的港湾,因为它在成长,伴随着伤痛结茧。我们每个人的成长历程里,都有自己独特的伤痛。正是有了诸多伤痛的存在,我们的人生才多姿多彩,我们也才能体悟到生命的真谛。

正视人生中的不幸

人生中的不幸,谁也无法预料。只有你抬起头来正视它,才会雨过天晴——因为胜利永远属于强者。敢于面对人生中的大不幸,才能你变得更加坚强,更加勇敢。

有一个女孩,很小的时候就有一个梦想,成为一名出色的滑雪运动员。然而,不幸的是她竟患上了骨癌,为了保住生命,她被迫锯掉了右脚。后来,癌症蔓延,她先后又失去了乳房及子宫。

接二连三的厄运不断降临到她的头上,却从来没有使她放弃心中的梦想,她一直都告诫自己:"我要为自己的生命负责! 决不轻言放弃,我要向逆境挑战!"

她没有被病魔打倒。相反,她以顽强的生命斗志和无比的勇气,排除万难,终于为自己创下了多项世界纪录,其中包括夺取了1988年冬奥会的冠军,并在美国滑雪锦标赛中赢得了金牌。甚至在后来,她还成为了攀登险峰的高手。她就是美国运动史上极具传奇色彩的著名滑雪运动员——戴安娜·高登。

在我们的人生道路上,会面临各种各样的缺憾、遗憾乃至人生中的不幸。命运是我们每一个人无法选择的。印度诗人泰戈尔有过这样一句话:"我不祈祷我的生活没有丝毫波折险恶,只祈祷我有一颗坚强的心去面对它们。"面对不幸,我们只能选择去坚强面对。

杰出的鸟类学家奥杜邦在森林中刻苦工作了多年,精心制作了二百多副鸟类图谱,它们极具科学价值,但是度假归来后,他发现这些画都被老鼠糟蹋了。回忆起这段经历,他说:"强烈的悲伤几乎穿透我的整个大脑,我连着几个星期都在发烧。"但当他身体和精神得到一定恢复后,他又拿起枪,背起背包,走进丛林,从头开始。

还有一个类似的名人故事:

我们都很熟悉卡莱尔在写作《法国革命史》时遭遇的不幸。他经过多年艰苦劳动完成了全部文稿,他把手稿交给最可靠的朋友米尔,希望得到一些中肯的意见。米尔在家里看稿子,中途有事离开,顺手把它放在了地板上。谁也没想到女仆把这当成废纸,用来生火了。这呕心沥血的作品,在即将交付印刷厂之前,几乎全部变成了灰烬。卡莱尔听说后异常沮丧,因为他根本没留底稿,连笔记和草稿都被他扔掉了,这几乎是一个毁灭性的打击。但他没有绝望,他说:"就当我把作业交给老师,老师让我重做,让我做得更好。"然后他重新查资料、记笔记,把这个庞大的作业又做了一遍。

青春感悟

不幸或许是人生最好的老师。一个人的成长过程,其中必定注入了许多外人所不知的辛酸和血泪。然而这些,如果我们能乐观的去面对,这些辛酸血泪实在可以变成我们人生中的良师,我们能从中学到许多东西。

痛也要快乐着

生活是美好的,虽然不免有一些伤心和痛苦,我们也要勇敢而乐观地面对它。如果我们心情乐观,我们就能够看到生活中光明的一面,即使在漆黑的夜晚,我们也知道星星仍在闪烁。

贝多芬是我们所熟悉的音乐家,在不公的命运面前,他既有对和平生活向往的《田园》,又有勇往直前的《英雄》,还有向生活、困难挑战的《命运》。他的作品正反映出了他的不幸和对生活的态度。面对失明、失聪,他没有退缩,没有悲观,生活的馈赠激发了他的自强意志,生活的磨难化成了他作品的源泉和灵魂,音乐塑造了一个伟大、乐观、不屈的生命。

2005年一个叫吴子尤的小男孩在做客"艺术人生"时,已经是一个一米八的大小伙了,留着软软的长发,脸上始终挂着孩子的天真笑容,一双有神的眼睛显得特别清澈。2004年他得了罕见的癌症——纵隔非精原生殖细胞肿瘤。在长达几个月的治疗过程中,他始终笑对人生,苦中作乐。他说"疼痛是他炫耀的资本,疾病是他的人生财富。"他写了一本书,书名是《谁的青春有我狂》,这是他心理最好的印证。

打开吴子尤的BLOG,读着他对生命的感悟:"人活着是为了感受人生,明白人生的意义,怎样活比活本身更重要。"一种崇高的敬意在心底油然而生。这是一种怎样的淡定与超越生死的气度!化疗后的血液病纠缠着他,血小板为0的血象检查结果让他只能长期卧床。小小年纪的他承受了太多的苦难,但他依然是一个爱笑的孩子,他的乐观就像是与生俱来。他的那首《青春是属于我的》,字里行间,充满着对生活的热爱、对生命的激情:"为什么我依然热爱考验,因为,别人让天空主宰自己的颜色,我用自己的颜色画天。"他的人生给那些蝇营狗苟的人一记响亮的重锤。

病痛、疾病有时是一种财富,一种精神财富。当你在痛苦的缝隙里找到阳光和快乐,你就会长成挺立在天地间的一株参天大树,让生命的阳光、空气撒满和充溢在你整个生命的旅程,将一切磨难都看作是对有声有色的人生新的赐予。

生命是美好的,它对于任何人都是公平的,给予你的只有一次。病痛、疾病就像是生活的调味剂,让人最大程度地挖掘自身的毅力,成为生活的强者。只有经历了病痛的磨砺,才能更深刻地体会快乐生活的真谛。冰心说:"在快乐时,我们要感谢生命,在痛苦中我们也要感谢生命。快乐固然兴奋,苦痛又何尝不美丽?"生命是一束纯净的火焰,面对病痛,我们要学会依靠自己内心看不见的太阳——乐观来支撑。

青春感悟

乐观主义对人就像太阳对植物一样重要,乐观就是心中的太阳,这种心灵中的阳光构筑生命、美丽,促进它范围所及的一切事情的发展。我们的心理能在这种心灵阳光的照射下茁壮成长,就会永葆快乐。

拥抱痛苦,获得幸福

没有痛苦,人就不会奋发向上;没有痛苦的经历,人就无法肯定自己、超越自己和珍惜自己。只有肯定、超越、珍惜自己,站在自身以外看痛苦,才知道痛苦是奇妙与美丽的。没有痛苦,人不知道世界的虚假,也就会被虚假的世界所腐蚀。痛苦是生命中的太阳,照亮前进的方向,起到净化人生的作用。

一位女诗人曾这样写道:"我们的生命是歌曲,上帝写下歌词之后,由我们把它谱成乐曲,歌曲变得轻快,或甜美,或哀伤,都是我们自己的意愿。"每个成功者的背后都有平凡的一面,而在平凡者的生活中也有不平凡的地方,关键就在于我们看到了生活的那一面。记住,只要我们勇于拥抱痛苦,同样可以获得幸福。

古印度灵性导师阿提沙曾有个教人放下伤痛的方法,美得让人感动到落泪。很多静心练习都叫你做深呼吸,幻想把喜乐吸入,将不快和痛苦呼出。可阿提沙刚好相反，幻想把世上一切的悲伤和忧愁吸进去，然后你将所有的幸福和喜乐呼出来。你会惊讶，当世上所有的悲哀在你里面时，你将不再痛苦，因为你的心将饮尽的苦杯转化成无我，把爱倾出。

　　一位女高音歌唱家，30岁时就已经已经享誉全球，而且她有个美满的家庭。有一年，她到国外开一场个人演唱会，这场音乐会的门票早在一年前已经抢购空了。表演结束后，歌唱家和她的丈夫、儿子从剧场里走了出来，只见堵在门口的歌迷们，一下子全拥了下来，将他们团团围住，每个人都热烈地呼喊着歌唱家的名字，其中不乏赞美与羡慕的话。有人恭维歌唱家大学一毕业就开始走红了，而且年纪轻轻便进入国家级歌剧院，成为剧院里最重要的演员；还有人恭维歌唱家，说他25岁时就被评为世界十大女高音歌唱家之一；也有人恭维歌唱家有个腰缠万贯的大公司老板做丈夫，而且还生了这么一个活泼可爱的小男孩，一个充满幸福微笑的孩子。当人们议论的时候，歌唱家只是安静地聆听，没有任何回应与解答，直到人们把话说完后，她才缓缓地开口说："首先，我要谢谢大家对我和我家人的赞美，我很开心能够与你们分享快乐。只是我必须坦白告诉大家，其实，你们只看到我风光的一面，我们还有另外一些不为人知的地方，那就是，你们所夸奖的这个充满笑容的男孩，他很不幸的，是个不会说话的哑巴。此外，他还有一个姐姐，是一个长年关在铁窗里的精神分裂症患者。"歌唱家勇敢地说出这一席话，当场让所有的人震惊得说不出话来，大家你看着我，我看着你似乎难以接受这个事实，歌唱家看了看大家，接着必平气和地说：这一切只说明了一个道理，那就是，上帝对任何人都不会给得太多。

　　我们再看一个故事：

　　有这样一场不寻常的婚礼在2007年的沈阳举行。新娘是一个身患绝症的女孩子。19岁那年，沈阳女孩乔艳秋忽然被诊断出患了骨癌，且已经到了晚期。这无疑让这个一贫如洗的家庭雪上加霜。病魔折磨下的她不想再拖累家庭，几次想到了死。

　　乔艳秋患骨癌的消息很快在乡里传开了，艳秋大哥的同学吴保安是乔家的邻居，他得知消息后，自愿跑到乔家照看艳秋。为了减轻艳秋的疼痛，吴保安天天给艳秋揉腿按摩，由于艳秋无法自行下床，给乔艳秋洗脸洗脚的活儿也被吴保安包下。乔艳秋被他照顾得无微不至。只要一有时间，吴保安就给艳秋打气："只要有信心，病魔迟早会被打败的，一定要好好地活下去！"吴保安的家境也相当清贫，尽管如此，在村里四处打工的吴保安手里只要有点儿钱，就会背着骨瘦如柴的乔艳秋，去各处的医院、各个专家诊室寻医问诊。

半年来，情绪一直极度低落的乔艳秋脸上有了灿烂的笑容，她的眼睛变得明亮了，精神也振作了许多。渐渐地，两个年轻人的眼睛开始深情地凝望着对方，他们相爱了。一年中，吴保安每天都坚守在乔艳秋的病床前，每次看到男友劳累不堪的样子，艳秋都泪流满面："我成了你的拖累，你还是离开我吧。"朴实真诚的吴保安则说道："我要照顾你一辈子。"

由于无钱医治，乔艳秋的病情不断恶化。后来体重降到不足 30 公斤的乔艳秋，甚至每天必须要靠注射杜冷丁来止痛。2007 年的除夕夜，吴保安向虚弱不堪的女友求婚，乔艳秋几番拒绝都未能拗过执著的男友，病房里，两个哭得泪人一样的年轻人紧紧拥在一起。

听说弟弟要娶一个绝症女，吴保安的姐姐坚决反对。姐姐的反复劝告没有让痴情的弟弟退却，2 月 27 日吴保安挽着几乎无法站起的女友，步入了他们的婚礼殿堂。他们的爱情感动了世界，社会上的好心人纷纷向他们伸出援助之手，乔艳秋更是泪流满面，她说："我真的很幸福，我得到了世界上最伟大的爱，我一定会坚强地活下去。"

苦难是爱情最好的老师，它让那些在爱中承受着不能承受之痛的人们更加懂得爱情的弥足珍贵，从而更好地爱下去。乔艳秋、吴保安这对经历了无尽身体之痛和心灵之痛恋人的爱情，可以说从一开始就和痛苦融为一体，可是两人还是勇敢地选择了拥抱这痛苦，彼此搀扶着在苦难中跋涉，像是蚌终年含着那粒沙子，疼痛之中沙子渐渐变成了耀眼的珍珠。

法国著名作家阿纳托尔·法朗士在其作品《蜜蜂公主》中写道："你们是大人，所以你们的爱情注定要经历苦难。所以在你们的感情之中，尤其要有共苦同甘的怜悯之心，那么，你们的感情才经得起共同生活中遇到的各种各样的考验。没有这一点，你们的爱情就像节日的礼服那样徒有其表，遮不住风雨。只有那些同甘共苦的情人，才会受人爱戴。忍耐、宽容和理解，这些都是爱情中的精髓。"

可以说，不只是爱情如此，生活中的一切都是这样。上天本来就是公平的，因为不管你是祸是福，是运气还是机会，每个人都得朝着自己的路走去。因此，我们不必抱怨天地，也不必祈求上苍，因为生命中的每一个形貌，都有其存在的价值。记住，拥抱了痛苦，你也可以更幸福。

没有人注定不幸

不要因为没有鞋子而哭泣，看看那些没有脚的人吧；不要因为一点病痛而抑郁颓废，想想那些生命将要失去生命的人吧；不要以为自己就是这个世界上最不幸的人，若你有过这样一个糟糕的想法，请把它藏起来。

"当我们读小学的时候，读大学不要钱，当我们读大学的时候，读小学不要钱；我们还没能工作的时候，工作也是分配的，我们可以工作的时候，撞得头破血流才勉强找份饿不死人的工作做；当我们不能挣钱的时候，房子是分配的，当我们能挣钱的时候，却发现房子已经买不起了；当我们没有进入股市的时候，傻瓜都在赚钱，当我们兴冲冲地闯进去的时候，才发现自己成了傻瓜。"

80后就注定这样不幸吗？就像这条流传的短信说的那样悲哀吗？我想不是的。没有人注定是不幸的，也没有最坏的时代。每个人来到这个世界，成长都要经历太多的痛苦、悲伤，甚至不幸。所不同的，只是看你如何去认识，有没有想过要改变不幸。

成功不会自己跑过来，我们也不必羡慕那些富二代年纪轻轻就可以有车有房。如果那样就是幸运的，甚至就是幸福的，那幸福也就没有多少新鲜感。因为，人只有在不断追求，靠自己不断努力中，一点一点获取，那才能真正品味到成功的甜美滋味。

据说，世界上只有两种动物能到达金字塔顶：一种是老鹰，还有一种就是蜗牛。

老鹰和蜗牛，它们是如此的不同：鹰矫健凶狠，蜗牛弱小迟钝。鹰性情残忍,捕食猎物甚至吃掉同类从不迟疑。蜗牛善良,从不伤害任何生命。鹰有一对飞翔的翅膀,而蜗牛背着一个厚重的壳。它们从出生就注定了一个在天空翱翔,一个在地上爬行,是完全不同的动物,唯一相同的是它们都能到达金字塔顶。

鹰能到达金字塔顶,归功于它有一双善飞的翅膀,也因为这双翅膀,鹰成为最凶猛、生命力最强的动物之一。与鹰不同,蜗牛能到达金字塔顶,主观上是靠它永不停息的执著精神。虽然爬行极其缓慢,但是每天坚持不懈,蜗牛总能登上金字塔顶。

我们中间的大多数人都是蜗牛,只有一小部分能拥有优秀的先天条件,成为鹰。但是先天的不足,并不能成为自暴自弃的理由。因为,没有人注定命中不幸。要知道,在攀登的过程中,蜗牛的壳和鹰的翅膀,起的是同样的作用。可惜,生活中,大多数人只羡慕鹰的翅膀,很少在意蜗牛的壳。所以,我们处于社会下层时,无须心情浮躁,更不应该抱怨颓废,而应该静下心来,学习蜗牛,每天进步一点点,总有一天,你也能登上成功的"金字塔"。

高尔基早年生活十分艰难,3岁丧父,母亲早早改嫁。在外祖父家,他遭受了很大的折磨。外祖父是一个贪婪、残暴的老头儿。他把对女婿的仇恨统统发泄到高尔基身上,动不动就责骂毒打他。更可恶的是,他那两个舅舅经常变着法儿侮辱这个幼小的外甥,使高尔基在心灵上过早地领略了人间的丑恶。只有慈爱的外祖母是高尔基唯一的保护人,她真诚地爱着这个可怜的小外孙,每当他遭到毒打时,外祖母总是搂着他一起流泪。

高尔基在《童年》中叙述了他苦难的童年生活。在19岁那年,高尔基突然得到一个消息:他最为慈爱的、唯一的亲人外祖母,在乞讨时跌断了双腿,因无钱医治,伤口长满了蛆虫,最后惨死在荒郊野外。

外祖母是高尔基在人世间唯一的安慰。这位老人劳苦一辈子,受尽了屈辱和不幸,最后竟这样惨死。这个噩耗几乎把高尔基击慢了。他不由得放声痛哭,几天茶饭不进。每当夜晚,他独自坐在教堂的广场上呜咽流泪,为不幸的外祖母祈祷。1887年12月12日,高尔基觉得活在人间已没有什么意义。

这个悲伤到极点的青年,从市场上买了一支旧手枪,对着自己的胸膛开了一枪。但是,他还是被医生救活了。后来,他终于战胜了各种各样的灾难,再也没有觉得生活是悲哀不幸的,一直发奋努力,最后成为世界著名的大文豪。

你要明白，没有人命定不幸。你的困难、挫折、失败，其他人同样可能遇到，而其他人遇到的更大的困难、挫折、失败，你却没有遇到，你绝对不比其他人更不幸。不要因为没有鞋子而哭泣，看看那些没有脚的人吧！绝对不要把自己想象成最不幸的，否则，那你真正成了最不幸的人。要知道，没有什么困难能够打垮你，唯一能够打垮你的就是你自己，那就是你把自己看作是最不幸的。

青春感悟

许多人常常把自己看作是最不幸的、最苦的，实际上许多人比你的苦难还要大，还要苦，大小苦难都是生活所必须经历的。苦难再大也不能丧失生活的信心、勇气。

失恋没有那么可怕

失恋的伤痛，应该是刻骨铭心的，如果你真的爱过。很多人都经历过失恋，不是男孩对女孩说分手，就是女孩对男孩说分手，碰到这样的事，谁都会伤心的。倘若是有消除痛苦的药，那它刮起的旋风将比印度洋海啸还要大，可是没有，因为这种受伤是心理上的，是情感的受伤和心理防御机制的表现。

爱情，自古就是一个永恒的话题，也是人类文明的一个重要领域。无数伟大的艺术作品都来自于对伟大爱情的憧憬。与爱情直接相关的便是婚姻、家庭和谐，婚姻幸福也是一个成功人生的重要体现。和谐的家庭生活为事业成功提供了有力的支持，看那些成功人士的探索路程，他们的背后大多有一个默默无闻的伴侣的支持，才走到今天的辉煌的。所以，选择一个合适的伴侣对于人生可谓是意义重大。

对于爱情的选择表面上看是与一个人有关的，但是实际上却是双方共同协调才能顺利走下去的。爱你但与你无关的论调也不过是存在于网络语言中，在现实生活中一击即碎。爱情需要双方的共同认可，否则只能以失败告终。由于爱情的问题涉及到双方，我们这一小节要讲的话题便由此产生——失恋，一个很常见的人生经历，却同时又不得忽视。

失恋大多指陷入爱情中的两个人，由于某些原因，其中一人不再愿意与对方持续下去而将其抛弃的现象。不得不承认，失恋对于双方而言都是痛苦的，即使是对于提出分手的那个人而言，也是不好受的。任何一段感情的初衷都不是为了将来的决裂，所以最终走不到一起或许有很多客观因素在主导着。而很多悲观的人总因为一段恋情的失败而对自己的整个人都画上了叉号，甚至有了殉情或者犯罪的倾向，这些都是极端且愚蠢的做法。一个人的存在价值或者意义，不应该完全通过另一个人的感情肯定而被肯定。爱情确实是人类生活中一个很重要的部分，但是绝对不是最重要的部分。你可以没有爱情而简单地生活一辈子，但是你不能因为没有吃穿住行而生活一辈子。生活的本质无非是吃穿住行，爱情不过是这些基本物质上的精神享受，有了它或许你的生活更加多彩，但是爱情不可强求，实在没有爱情这种佐料，生活依然可以过得有滋有味。

不可否认，失恋确实带给人很大的痛苦和烦恼，那种挫败感也许如同强力炸弹般让你短时间内承受不住。落花有意，流水无情，短期的痛苦和悲伤是可以理解的，但是如果一直沉湎于这种痛苦而无法自拔，那么就是非常不明智的了。天涯何处无芳草。既然感情不能勉强，何必不想开一点，给自己多一点空间，也给自己另外一个幸福的机会。死抓住一根救命草不放，或许反而因此丢失了生命。

失恋是很多人都有过的经历，乐观者和悲观者处理的方式却截然不同。对于那些乐观的人而言，他们也曾痛苦，也曾悲伤，不过他们不会让这种情绪影响到他生活的其他领域。虽然他已离去，可生活依然在继续，不是吗？如果因为丢失爱情，把工作也丢掉，人生也丢掉，自我也丢掉，那岂不是很愚蠢的做法吗？作为一个坚强的人，即使被抛弃，即使眼中还有泪水，依然要对生活微笑。

古时候有一位书生，和一意中女子定了亲，心中甚是高兴。可有一天女方家送回聘礼，要退亲。原来女子已被许配给他人，又定了一门亲事，准备即日迎娶。

书生又气又恼，不知所措，从此茶不思饭不香，终日形单影只，没多久便骨瘦如柴。后来他去了寺里，想解开心头疑惑。寺里的僧人给他讲了一则故事："相传舟行遇险，有一棵体女尸躺在岸边，第一个过路人走过去，看一眼，摇摇头，走了。第二个过路人走过去，很是同情，脱下自己的长衫，给女尸盖上，走了。而第三个过路人走过去，挖了个坑，小心翼翼地把尸体掩埋了。你就是故事里的第二个过路人，那具海滩上的女尸便是你意中人的前世。女子与人定亲，给你留下一段美好的回忆，是为了报你赠衣之恩。但她今生今世要陪伴的是将她埋葬的人，报答前世的恩情。这是你今生应有的造化，有什么可遗憾的?"书生这才醒悟。

书生最终明白，他真正的爱过，珍藏了一份美好的回忆，已经足够! 他只是失去了本不属于他的东西，无论他怎么努力也不可能得到的东西。因此，当失恋已经降临到自己身上时，千万不要哭哭啼啼，甚至有轻生的念头，要相信自己，对方离开了你，只是因为你们不合适而已，并不代表你不优秀。他的离开，是你的身边少了一个不爱你的人，而他的身边少了一个爱他的人，这绝对是他的损失。

然而，总有部分思想极端的人，面对失恋的状况，无法把握自己的人生，或者性情大变，暴躁无比，不但影响了工作，也影响了和家人的相处;又或者暴饮暴食，自暴自弃，觉得自己没有意义，有了轻生的想法;更甚者以死相逼，或者产生报复心理，最终导致两败俱伤。想想看，因为一个不爱自己的人而葬送了自己的人生，这是一种多么愚蠢的做法。

为失恋而痛苦不堪的人必须学会自我调整，自我拯救。虽然爱情不在，可是还有亲情和友情的常伴;虽然这段爱情失败，但是离开一棵树，你获得的则是整片森林;虽然他选择了离开了你，

青春感悟

爱情中的两人需要共同经历些风雨、甚至苦难，才会有心心相印、相濡以沫的坚守。温室里的爱情就像一个娇生惯养、养尊处优的孩子，会产生许多的后遗症。因而失恋从另一方面看又可能是好事。不要因为惧怕伤痛而放弃爱，对真心相爱的人来说，伤痛会美丽成万古不竭的甜蜜。

青春，应该无有悲伤

一路走来，听过太多的忧伤旋律。似乎青春注定是解不开，理还乱的谜。青春的色彩本不应该是凝重的，不绚烂、不华丽的，那清新明快的，水粉渲染的灵动、干净与透明，注定了不该洋溢着忧伤和痛楚。

关于悲伤的产生，庄子讲过这样一个故事：

曾子第二次做官时心情很不同于上次。他说："我父亲做官，俸禄只有三釜，而心里觉得快乐。后来做官俸禄有三千钟而不能奉养父母，心里感到悲伤。"

弟子听到，就问孔子："曾参这样，可以说没有受禄所系的过错了吧？"

孔子说："还是心有所系。要是心无所系，会有悲伤的感觉吗？那些心无所系的人看三釜、三千钟，就如同看鸟雀蚊虻飞过面前一样。"

庄子在此很明白地指出，悲伤的根源，在于心有所系。根在内心而非外物，如不被外物所系，求取心灵的自然，则悲伤无从而生。

尽管我们可以说庄子完全忽视了环境及人的心理特质，我们也不能承认，庄子所言，是自有他的道理的。

心系功名，得不到便悲伤；心系金钱物质没有，就会忧愁，希望越多，悲伤的机会就会越多。尽管现代社会已经是逐物欲如涌水，但认真想想，希望的太多，可实现的亦太少，这样悲伤自然就多了。

当人们把全部心力用于外物的求得时，悲伤也将会变得渐渐廉价。而当人们把心力用之于寻求内心的平静、闲适、自由和宁静时，那么悲伤就难控制自我，生命的朝气就能充溢而出。

年轻的旅途上，总不会一直有阳光陪在身旁。当我们面对伤痛时，还是要懂得自己从心底建立自信。

首先，我们应欣然接受事实，并承受内心的害怕及肉体的痛苦，不要想刻意的逃避它,那是做不到的。但我们却可用正向的思想作用,使这些忧虑的情绪肖除于无形当中,因为恐惧的情绪,只是心理的作用。

反面的思想作用,产生了不安全的感觉;正面的作用,产生希望和理想。这些作用都由我们自己选择,每一个人都有能力完全控制自己的内心。

有一位英国著名的解剖学者,被一名学生问到:"什么是医治恐惧的良方?"他的答案是:"试着替别人服务。"这学生听了感到惊奇,要求他加以说明,他说:"人的内心,不能同时存有两种心思,一种心思会把另外一种赶走,例如:你内心已充满无私助人的念头,你就不会同时产生害怕的心。"

其次,我们要认清一件事实,那就是世间所有的一切,它是无时无刻都在变动着,没有任何一件事物,可保长久不变。所以,我们永远无法抓住想拥有的东西,包括我们自己的身体在内。能够以此心态看待万世万物的幻化,则心胸必将豁然开朗,不再执著抓取,不思拥有,就不会担心害怕失去,所以伤痛、忧愁不安的情绪亦将远离,随风而去。

第三,虽然我们面对忧伤,但绝对不可自我抱怨,认为自己已没有能力或任何机会完成生活目标,这是对自己不负责任的想法。要相信自己的能力是无穷的,要实时采取行动,去做该做而且能做的事,这能带动振作,鼓舞精神力,显现生机。活力是从工作中产生的,在工作中可完成目标,看到自己努力的成果,能感觉自己生存的价值,使内心充满喜悦。

青春感悟

每天早晨起就给自己一个期望:当睁开眼睛之后,就想着我今天可以很开开心心,无论遇到什么,发生什么,我都不会让自己伤心难过。去做自己喜欢的事情,并把它完成。活得有目标,做起事来,就会更加有劲,对自己所许下的心愿,任谁都会很乐意,并且很勤快的完成它。生命的意义,并不一定要建立在丰功伟业上,任何一点小小的成果,也同样可以显示出生命的价值。

找出身上的闪光点

曾经有一首老歌《我很丑可是我很温柔》，唱遍了大街小巷。他的流星语也道出了很多人的心声。"天生我材必有用，千金散尽还复来。"其实，每个人都有闪光点存在。

有人说："垃圾就是放错了地方的宝贝。"爱默生也曾说过："什么是野草？就是一种还没有发现其价值的植物。"我们每个人都有自己天生的优势，也有自己天生的劣势。要想取得更大的成就，就应该在自己更容易做好的领域内合理地规划。成功的人之所以成功，就在于不抱怨、不悲伤、不妥协，而是最大限度地发挥自己的优势。面对生活中的种种悲伤，我们不妨用一颗感恩的心去看待，就当它是上天在考验我们好了。因为有了这些悲伤，我们才更坚强、成熟；因为有了这些悲伤，我们的潜力才能够被挖掘，从而离成功更近一步。

其实，生活中的不幸并不是都可憎的。有时，只要我们换一种角度看问题，从自己的身上找到闪光点，一切都会变得不同。

有个小男孩，10岁时在一次车祸中失去了左臂，但他很想学习柔道。最终，小男孩拜一位日本柔道大师为师，开始学习柔道。他学得不错，可是练习了三个月，师傅就只教了他一招。小男孩有点糊涂了。

一天，他终于忍不住问师傅："我是不是应该再学些其他的招法呢？"师傅对他说："不，你只需要会这一招就够了。"

小男孩还是不明白，但他很相信师傅，于是继续练习这一招。

几个月后，师傅带着小男孩去参加比赛。出乎意料的是，小男孩在比赛中轻轻松松地就赢了前两轮。第三轮稍微有点难度，但小男孩依然敏捷地施展出了自己的那一招，结果又赢了。就这样，小男孩迷迷糊糊地就进入了决赛。

决赛的对手比小男孩高大、强壮很多，也似乎更有经验。关键时刻，小男孩显得有些招架不住了。裁判担心小男孩会受伤，就叫了暂停，还打算就此终止比赛。但是师傅不答应，他坚持说："继续下去！"

比赛又一次开始了，对手渐渐放松了警惕。小男孩立刻使出了他的那招，结果真的又一次制服了对手，最终获得了冠军。

在回去的路上，小男孩终于鼓起勇气道出了自己心中的疑问："师傅，我怎么能仅凭一招就得了冠军？"

师傅告诉他："有两个原因：第一，你几乎完全掌握了柔道之中最难的一招；第二，据我所知，对付这一招唯一的办法就是对手要抓住你的左臂。"

其实我们每个人的身上都有闪光点，为了自己的进步，应该多去发现自己的优点，不要总是觉得自己不如别人。若一个人总是自怨自艾的活着，他的一生一定会是很黯淡无光。我们应接纳自己，欣赏自己，将所有的自卑抛到九霄云外。

女孩一次又一次地否定自己，认为自己太丑，配不起那位英俊的男孩，尽管他很爱她。女孩在逃避男孩，不敢和他接近。

有一天，她来到智者面前，真诚地求教："请问，我应该怎么办？"智者说："接受他，因为他爱你，因为他值得你爱。"可是，女孩说："我太丑了，而他又那么英俊，我怎么配得起他？"

"不，你配得起他！"智者说，"你知道他为什么会爱上你吗？因为你有一颗金子般的心，因为你的温柔与坚强。你是值得他爱的。"

"我，真的有这么好吗？女孩怀疑的问。是的，你很好，只是你自己没有发现。不要再否定自己，不要只看到自己的缺点，你应该学会发现自己的优点。"说完。智者便走了，留下女孩一个人在默默地思考。后来，女孩接受了男孩，女孩变得自信快乐起来，因为她发现原来自己也有许许多多的优点。

每个人都是幸福的，但能够正确把握幸福的人却不多。上帝对每个人都是公平的，每个人身上都拥有上帝赐予的一份礼物，好好利用这份礼物，它会帮你走向成功，创造美好的人生。不要总是抱怨自己没有漂亮的成绩，不要一味羡慕别人，而忽视了自己的闪光点。将视线放长远一点，你会发现自己也拥有别人所没有的才干。

青春感悟

客观地认识自己,找到自己的闪光点,找到自己的发展方向,走一条自己的路,这对于一个人未来的发展,一个人的成功,有着事半功倍的效果。相反,如果在一个你不擅长的方面辛苦拼搏,成效可能不会很大,甚至要无功而返。

将嘲笑化为前进的力量

别人的嘲笑,犹如冷雨,可以落在心里,令你毛骨悚然。但是,有哪个年轻人没有面对过别人的嘲笑呢?当你的某种新奇思想不为别人所理解时;当你的发明创造遭到失败时;当你的学习不得进时;当你的工作比别人慢了一拍时……往往都会遭到冷嘲热讽。此时,你应该把受嘲之耻化为发愤之勇,变短为长,把知识的缺陷作为钻研的突破口,由此开掘出一条新的通道。

英国工人史蒂文生制造了第一辆用蒸汽机作动力的火车,只能拖30吨煤,每小时走4英里,声音也很大。有人讥笑他,说他的车子虽然不用马来拉,但是吼叫起来比几千匹马还要吵闹。史蒂文生在讥笑声中没有后退,而把讥笑当作觉醒的激素,奋进的路标,攀登的阶梯。他认真总结了教训,又用了11年时间,终于制造成功了第一辆客、货运蒸汽机车,时速已达12英里。

相信我们每个人也都曾遭受过侮辱、嘲笑。这是人生历程中必经之事,我们不能逃避,而是要勇敢地面对。其实,别人的嘲笑不一定就是件坏事,也许它就是我们前进的最大动力,当我们听到别人的嘲笑时,不应该气愤,不应该对自己失去信心,而应该化气愤为动力,鼓足勇气,为了美好的未来而努力奋斗,为自己争口气。当我们真正成功的那天,我们不要忘记对他们说声感谢。

马尼尔·托雷斯是西班牙马德里市一家摩托车厂的普通喷漆工。三年前的一天,马尼尔正在车间里给摩托车外壳喷漆,厂长在巡视时见他工作挺认真就夸了他几句，马尼尔竟然连喷嘴都没有关就转过身去，红色的油漆刹那间喷到了厂长的白衬衫上，厂长被弄得哭笑不得，尴尬地走了。同事们便纷纷嘲笑马尼尔真是个蠢蛋。

本来事情应该就这样过去了，可在一个月后，又发生了一个小小的意外。那次厂里举办一个庆典活动，建议员工都带着自己的爱人参加。他陪着妻子走遍大半个马德里，终于挑到一件最满意的外套。然而到参加聚会时才发现，一位女性车间主任的着装竟然和马尼尔的妻子一模一样。主任瞟了几眼马尼尔的妻子，对马尼尔说："你不是会喷衣服吗？为什么不给你妻子喷一件独一无二的衣服呢？"这番话惹得同事们再一次哈哈大笑起来。

马尼尔和妻子羞愧得说不出话来，无趣地离开了。路上，马尼尔咀嚼着车间主任的话，突然灵光一闪：如果真能发明一种"喷罐面料"，会怎么样？第二天，马尼尔来工厂辞职，说："是我的那件蠢事给了我灵感，我要回家研究用喷漆的方式制作衣服！"

"你要研究用喷漆的方式制作衣服？这简直太荒谬了！"厂长被他这个主意逗得前俯后仰，但马尼尔去意已决，他也只能批准了。

辞职后，马尼尔把大量时间都用来查阅各类资料和书籍，生活的担子全落在了妻子一个人肩上。这让妻子非常不满，时常发牢骚说他已经被同事们笑傻了。但马尼尔并不介意，他依旧继续着自己的研究，并且开始频繁拜访许多大学的化学教授和时装设计师，希望能发明出一种速干、廉价的无纺布料，做出像皮肤一样合身而且绝对不会雷同的衣服。

两年来，马尼尔尝试着把棉纤维、塑胶聚合物和可溶解化学成分的溶剂组合在一起，终于发明出不需一针一线编织或缝合也能结合在一起的面料。又经过半年多的研究和实验，马尼尔从天然纤维到合成纤维，从基色到荧光色，研发出了花样繁多的面料。

马尼尔请来一位模特带上护目镜，将喷嘴对准她身体轻轻一喷，一件纯白色T恤就穿在了模特身上，而如果担心纯白T恤略显过时，还可以给T恤喷上其它颜色，让它变得吸引眼球。当然，喷好的衣服也能脱下来清洗，再次穿到身上。除了T恤，马尼尔还充分发挥想象力，喷制出连衣裙、裤子、泳装或者帽子等，再也不必担心衣服不合身或者"撞衫"。甚至，当人们厌倦某种设计后，还可以把面料再次溶解，然后重新做成别的款式。

2010年9月，马尼尔向政府申请了专利，并成立"喷罐面料有限公司"和研究团队，致力于科技和设计的交叉学科研究。时装界更是把这种"喷罐制衣"称作是面料与时装界的"奇迹"，争先恐后与他签订长期合作协议。

"如果说这是一个奇迹，那就是一个被嘲笑出来的奇迹，我感谢曾经嘲笑我的每一个人！"在产品发布会上，马尼尔这样说。

可见，嘲笑并不是人生的绊脚石。相反，它们会成为人生的催化剂，他会促使我们更加努力，勇往直前。因此，当有人嘲笑我们的时候，我们非但不能痛恨对方，反而必须抱着感恩的心情来感谢这个嘲笑你的人。谢谢他们唤醒沉睡中的我们，激发了我们昂扬的斗志，使我们一步步走向成功。

青春感悟

嘲笑就像是一面镜子，谁都能从其中照见自己真实的一面。的确，嘲笑能让我们认识到自己的不足，同时还增加我们前进的动力，使我们不断进步。所以，当有人嘲笑我们的时候，我们应该理智对待。

面对打击漂亮地站起来

一个人不可能保证自己不受打击。如果你因害怕遭到别人的打击，而不得不对自己的过失加以掩饰，那跟当一天和尚撞一天钟又有什么区别？我们要勇于接受来自外界的打击，这是最高明的一步。因为这样可以保证自己不再把全部精力都放在受打击的痛苦上，而是放到不断取长补短中去。

阿强的中考成绩不是太理想，就不想继续读书了。父母为了供他和弟妹读书，也已经把这个家掏空了。阿强觉得自己也该出去闯闯了，他先跟村里的堂叔学泥瓦匠。两年后，也就是阿强十八岁那年，跟村里的好朋友阿来去了省城。

外面的世界原来这么大，这是阿强来省城的第一感觉。由于没有见过什么世面，在工地上打工的阿强经常被别人取笑，那些资历深的老手甚至根本看不起他,时常支使他做些杂七杂八的活。也许是工作太辛苦,他们想要通过某种方法来轻松一下,于是阿强就成了他们逗乐的对象。

一天,老林郑重的对阿强说:"工头叫你去买个东西。"然后他像变戏法一样从身后拿出一种阿强从没见过的带有外国字的盒子,叫他按这样子去买。阿强没多想,立即就去了,但跑遍全市也没买到。刚到工地,就看到工头一脸铁青地看着自己。阿强把盒子交给他,说买不到这种黏合剂,工头抢过盒子顺手甩在地上,冷冷地说:

"扯淡,下次说谎用点实在的方法。这种黏合剂是从国外进口的,市场上根本没有卖。"

听工头这么一咆哮,阿强呆住了,跟着听到一阵狂笑声。一看,是老林他们,这才知道原来自己成了他们戏耍的对象!

因为这件事,工头扣了阿强一天的工资。但最委屈的并不是这个,阿强突然感觉,这里好冷漠,这样的打击,让他非常没有安全感。阿强好想找个没有人的地方,大哭一场。

睡觉的时间到了,但是他怎么也睡不着,想到自己打工这些日子来受到的委屈,他的眼泪就不争气地掉下来。他索性拿起口琴在月光下吹了起来。哀怨的琴声让他很快就忘了现实,沉醉在其中。

但没想到自己竟然被人骂了一顿,老林粗声粗气地喊道:"深更半夜吹个啥,还让不让人睡觉!"骂都骂了他还觉得不过瘾,跑过来一把夺走阿强的口琴扔到了楼下。

从那一刻开始,阿强的心彻底死了。他想都没想就离开厂这个工地,拿着好朋友阿来借给自己的200块钱,他去了城东的劳务市场,想要谋一份新职业。

但那里的人几乎都像他一样没有一技之长,因此几乎无人问津。正当他干着急时,一个衣着时髦的太太上来了,看她只往砖工那看,阿强便凑了过去推荐自己,这位阔太太答应了。

原来这位太太是想把卫生间重新装修一次。可看着那崭新的卫生间,阿强顿时目瞪口呆起来。原来卫生间的东西还是全新的,想到有钱人家都这么浪费,他怎么也舍不得下手:"这些洁具根本就是全新的,这得多少钱啊?"

太太笑着说:"如果你能完整地拆下来就送给你吧。但是半个月之内你一定要按照这个图纸给我弄好。"她拿出一张设计图纸交给阿强。

这对阿强来说根本就不是问题。很快,阿强就按照图纸装好了一间全新的卫生间。那位太太很满意,阿强也很满意。阿强将那套完整拆下来的洁具卖了三千多块钱,但他只收了其中一部分作为自己的工资,别的都还给了那位太太。

因为这个举动,这位太太对阿强刮目相看,遂将别墅全部的装修工作都交给了阿强。

也就是从那个时候开始,阿强的事业上了一个台阶。他不断地接装修的活,还注册了一家公司,专门给人装修别墅。阿强成功后,由于公司缺人手,就让阿来帮着找几个熟悉的人。

结果,这天阿来竟然将老林带来了。阿强一看,眼里顿时就冒出了火花。

看到阿强诧异的样子,阿来解释说:"工头把工资都卷走了,老林没地方去,你是不是考虑一下把他留下来?他的手艺是没说的。"

阿强"哧"了一声,说:"我的公司有年轻人,我不想让他们也受到委屈。"

老林愣了一下,垂下头来,然后把一个小盒子放在阿强的办公桌上,什么也没说就走了。阿强疑惑地打开盒子一看,里面竟然是一支门琴,还有张发票,上面写着购买口琴的日期,他算了算,正是老林摔他口琴的第二天。这么说,他早就买了口琴想赔给阿强?

阿来叹了叹气说:"知道他为什么老是捉弄你吗?他有个儿子也像你一样,十八岁就到工地打工了。他儿子很内向,受了气也只是憋在肚子里,越憋越多,终于有一天忍不住了就跳楼自杀了。他看你的性格跟他儿子差不多,怕你也会走那条路,所以逗你玩,想让你乐观起来。过去他打短工时,张太太是他的客户。张太太要装修房子,给他打了电话,他就推荐了你……"

还没等阿来说完,阿强早已冲了出去……从那一刻他才明白老林的良苦用心——原来他是希望自己能够从打击中恢复过来才那么做的,而可恨的是自己竟然一点都不知道。

不过想到自己从工地离开之后收获的成功,他笑了,终于明白了别人对于他的捉弄其实并不是欺负他,而是为了让他能够坚强起来,能让他越挫越勇。

果树的修剪可以理解为果树被打击,但是正是因为这样的打击,果树才能枝繁叶茂,硕果累累。其实,学生在学校里,员工在公司里,都可能面临着被打击的可能,我们不需要去太在乎那些打击是善意的还是恶意的,我们要学会在打击中漂亮的站起来。

我们要学会对打击抱着一种积极的心态,受到打击时不是愤恨难消,更不是萎靡不振,而是借机来锻炼自己的心性、品格,增加自己的人生智慧,漂亮地站起来。

忍辱促人崛起

屈辱,可以成为泯灭一个人理想之火的冰水,也可以成为鞭策一个人发奋成功的动力。要知道受屈辱是坏事,但也能变成好事。心理学家认为:人有三大精神能量源——创造的驱动力,爱情的驱动力,压迫、歧视的反作用驱动力。屈辱就是一种精神上的压迫,它像一根鞭子,鞭策你鼓足勇气,奋然前行。

一个22岁的年轻人在订婚那天遭到了巨大的羞耻,当年轻人沉浸在亲戚朋友的祝福声中时,他的女朋友却牵着另一位年轻小伙儿的手对他说:"对不起,我觉得,我们在一起不会幸福。"正沉浸在幸福中的他呆若木鸡,在亲戚朋友诧异的目光中他想找个地缝钻进去。

整个小镇都知道了他的事,在订婚的良辰吉日却被心爱的姑娘抛弃。这是何等的羞辱。年轻人决定逃离这个让他觉得生活在羞辱中的小镇。于是,在一个黑夜,年轻人离开了小镇,开始流浪生涯,从家乡瑞士到德国,又从德国到了法国。他发誓将来一定要风风光光地回到家乡,找回自己丢失的尊严。

再回到家乡已经是30年后的事情,当年负气出走的年轻人已经鬓角发白。但是这个时候,他已经成为伟大的文学家和思想家了。他的著作《忏悔录》《社会契约论》《爱弥儿》在欧洲引起了巨大的反响,他的名字叫卢梭,享誉欧洲。维克多·格林尼亚受辱荣获了诺贝尔化学奖。

"大丈夫能屈能伸"是一条千古不变的处世古训,多少风云人物英雄豪杰都因能屈能伸而叱咤风云,所向披靡。越王勾践能忍受吴国的羞辱,韩信能忍受胯下之辱,张良能忍受纳履之窘,高祖能忍受百败之气,这些人都是因为能忍而成就了自己的功名。

《尚书》中也说:"必须有忍,才能有益。"我们再来看一个曾遭受羞辱的普通人的故事。

1988 年,王明东出生在彭水县龙溪乡漆树村。这个脑瘫儿,从小就被人认为是废人。因喜欢足球,初中时,王明东被选进重庆残疾人足球锦标赛脑瘫组,2004 年随队参加全国残疾人足球锦标赛,获得银牌。

获奖唤起了王明东对生活的信心,正当他决定在足球上寻找自己的人生价值时,球队整编,要求身高至少 1.5 米。王明东身高不足 1.5 米,从此离开了心爱的足球场。

这事对王明东打击很大,他开始消沉。

2005 年,初中毕业的王明东考上一职业高中,可学校因他是脑瘫而拒绝接收。这件事击垮了王明东心中最后一丝希望,他放弃了读书。

回到家的王明东就像个影子,什么也不做。"叫他做什么事,他总回答'我这种人能做什么,让我等死算了'。他完全麻木了。"父亲王成华说。

王明东真的自杀过。那是初中毕业不久,一天,他悄悄找出一瓶农药,刚喝了一口,又失去了自杀的勇气,吐了出来,依然消沉着。

2006 年,妈妈焦联萍患上肾炎综合症,同时还有子宫肌瘤和严重腰椎肩盘突出。妈妈的病拖垮了这个家,父亲王成华多年在外打工积攒的 7 万多元钱全部耗尽,还欠下 3 万多元外债。

"妈妈路都不能走,爸爸在外打工,妹妹要读书,我成了这个家里当家的男子汉。"妈妈的病,让王明东开始反思自己的所作所为。

一天夜晚,父亲没在家,妈妈被连夜送往医院。没钱,王明东只好出门借。从下午到晚上 11 点了,只借到 400 元钱,借钱的那个村民将钱丢给他时,轻蔑地说:"肉包子打狗!你这个'残废',拿什么还给我。"

王明东第一次感到屈辱,他拿起钱什么也没说,流着泪默默走出别人家门:"我一定不能再像以前那样,让人看不起,不能再让人指着鼻子骂我'残废'。"他第一次审视自己虚度的十多年光阴,品味父母对自己的爱。他对妈妈说,一定要凭自己的本事挣钱治好她的病。

"我简直不敢相信自己的耳朵，儿子像突然变了个人。"病痛中的焦联萍心中充满欣慰。

几天后，父亲带着一些借来的钱回家了，王明东做的第一件事，就是拿出400元还给那个村民。

妈妈病稍好后，王明东跟着父亲到浙江找工作。20多天过去了，没有哪家单位肯要他。他决定回家养鸡，买了250只肉鸡，因为没技术，4天时间死了个精光。他又买了100只鸡，10天不到还是全死了。

他买来300只鸭子，这次存活了50多只。眼看鸭子长大了，他联系到黔江一买主，就租摩托载着这些鸭子去送货。可到黔江后，对方变卦不要了，他只得将鸭子运回来。这一折腾，鸭子全死了。

"我简直绝望了，可想到那晚为借那400元钱所受到的侮辱，我告诉自己不能气馁。"2008年，王明东种了300多株西瓜，收获1000公斤。那年夏天，他每天艰难地用背篼背着西瓜，到一公里外的高速路工地上去卖。

卖西瓜挣了1200元钱，这是他人生第一次挣钱，他兴奋地全部交给妈妈。后来，他又买了1500只土鸡，并到邻村一养鸡专业户学养殖技术，这次存活了1200只，是他自主创业以来最成功的一次。这批鸡卖了，他也有了本钱扩大规模，挣钱让妈妈去做手术了。

虽然事业和生活也才刚刚有了一些起色，但王明东还是乐观的期盼着，在他眼里，明天一定会更加的美好。

青春感悟

一个人能否成功，决定的因素是很多的，羞辱也是其中重要的一个因素。当面对羞辱时，关键还是看遭羞辱的人本身的资质！古今中外许多成功的例子都证明，成功与不被羞辱击倒并善待羞辱密不可分。善待羞辱，羞辱就会令你更加自尊；善待羞辱，羞辱就会转变成一种激励，给你以坚持的力量；善待羞辱，羞辱就会成为你前行路上的加力档和推进器。

让鄙视唤醒自尊

鄙视作为人性的一种弱点,谁也无法回避。面临他人的鄙视,每个人的表现各不相同,有的人,如生脓疮、自惭自愧、遮遮掩掩;而有的人在鄙视下唤醒自尊、点燃斗志,成就了一番大事业。

历史上的韩信被称为"西汉三杰",但是他最初只是一个无业游民。韩信从小家境贫寒,而且读书很少,缺乏必要的道德修养,加上他不会做买卖养活自己,所以只能跟着别人吃闲饭。

有一次,韩信到城边的河岸钓鱼,半天也没钓上一条,饥肠辘辘的他只能喝水充饥。一位在水边洗衣服的妇人看他可怜,就施舍给他饭吃。韩信感激地对妇人说:"将来一定会报答你。"女人听了却说:"男子汉大丈夫连自己都养活不起,难道还会想着报答别人吗?真是太可笑了。"

一个堂堂男子汉,被一个女人这样鄙视,没有比这更让人感觉耻辱的事情了。从那一刻开始,韩信树立了坚定的信念,一定要有所作为。

也许,浑浑噩噩、庸庸碌碌的人们在做成一件大事前,注定要遭受别人的奚落和鄙视,那样一来,就能更加坚定行动的决心,促使他改变命运。

卡哈生于西班牙的一个乡村,早年顽劣不堪。父亲以行医为业,只顾给乡亲们解除病痛,却疏于管教自己的孩子。一次卡哈行为不轨,被警察拘留五天,父亲感到丢尽颜面,狠狠毒打了他一顿。没过多久,卡哈又因骚扰女同学被学校除名,可想而知,父亲知道这件事情的后果。

慑于父亲的威严,卡哈不敢回家,只好跟随一位修鞋匠远走他乡。在外浪荡了一年,也没混出个人样来,卡哈萌生了回家的念头。不料到家一看,父亲已不在人世,显然是被他气死了。母亲带病给人做劳役,过着苦不堪言的日子。可是,经历了这些变故和刺激,卡哈并没有迷途知返,还是一副玩世不恭的样子。

即使是冥顽不化的人，心中也有自己的所爱。情窦初开的卡哈悄悄喜欢上邻居的一位女儿，渴望和她在一起，幻想着与她共坠爱河。一天她正同别人聊天，卡哈故意从她面前走过，期待引起她的注意。出乎意料的是，对方根本就没把他放在眼里，还充满鄙夷地数落说："玩世不恭的人都是懦夫！"

一句带刺的逆耳之言，出自梦中情人之口，对卡哈来说不啻一枚重磅炸弹。一连好几天，他吃不下饭睡不着觉，头脑中一片空白。如同从噩梦中猛然惊醒，他开始反省自己，重新审视自己。从深切的痛苦中他领悟到，要改变自己的形象，必须先改变生活的态度。他庄重地向母亲表示，自己渴望继续读书，将来要仿效父亲做个好医生。

经过刻苦努力，卡哈终于以全校第一的成绩考上萨拉格萨大学，成为一名贫寒免费生。年仅25岁，他就被母校聘为首席解剖学教授。后来在探索的道路上，他揭示了人脑的神经结构，被誉为脑神经医学的鼻祖。此外，他还为世界奉献了《卡哈医典》，并于1906年获得诺贝尔医学奖。

《孟子·尽心上》说"知耻而为人，知耻而后勇"，在别人鄙视的眼光中我们明白了什么叫耻辱，唤醒了尘封已久的自尊。因此，我们应该感谢鄙视自己的人，这是做人的一种大境界。

青春感悟

人要有尊严的活着。鄙视，对于聪明的人而言反到会把它当作鞭策自己的动力，对于进取者是一笔巨大的财富，对于有志气的人来说更是一座进步的阶梯。当别人鄙视你时，学会把愤怒藏在心里，然后会产生惊人的力量，使自己沉着前进，奋斗到底。

奇迹，宠爱坚强的人

坚强意志是一个人可贵的品质，是一笔巨大的资产和财富，是一个人直立于世的强大支柱。一个人没有坚强的意志,不仅苦难、困境将会主宰一切,就连人的生命也将显得脆弱不堪,更不用说事业上会取得成功了。成长的路上,伤痛总是难免的。只有学会坚强,才能得到奇迹的宠爱。

妮可跟在自己的两个女儿身后,从一家鞋店逛到另一家鞋店,几乎把整个纽约都逛遍了。她们一双接一双地试着漂亮的鞋,在镜子前不断地变换着姿势,研究着自己的脚。而她和她们一样大的时候,想的是"一辈子也不要走进鞋店",因为她患有小儿麻痹症。

妮可是带着钢支架、穿牛津矫形鞋开始学走路的,棕色的牛津布又沉又硬,和当时其他小伙伴穿的别致的玛丽珍牌阿强鞋实在没办法比。为了这个,她的母亲比她还要难过。

她7岁的时候,母亲在她的牛津矫形鞋外面套上了一双橡胶雨靴,开始教她打网球;当班上大多数同学还不知道交谊舞是什么东西的时候,母亲已经在客厅的留声机上放起小步舞曲,开始教她跳交谊舞了。

后来,经过一系列的手术,12岁时的妮可基本上可以自己行走了。15岁那年,母亲又为她报名参加了一个男女混合的舞蹈班,特意为她选了一条 V 型领口的无吊带缎子舞裙。但买鞋的时候她们遇到一个难题,她穿两个号码:一只脚5号半,另一只脚是3号。

"妈妈,我不能穿矫形鞋上舞蹈班!""当然不,我们得找一双漂亮的高跟鞋。"妈妈语气坚定地说。于是,她们去了摩菲的鞋店买了双5号半的鞋,妈妈在其中一只鞋里塞上棉花,这样她的小号脚就可以穿5号半的鞋了。

穿着华丽的缎子舞裙,妮可有生以来第一次去参加了舞会。在舞会上,她特意选了一个高个子男孩做舞伴,但没想到不久后她鞋里的棉花在舞厅里撒了一地。她非常尴尬,逃跑一样离开了舞会现场,躲到了洗手间里,直到舞会结束才敢离开。

"我们一定可以找到适合的鞋!"当天晚上母亲坚定地对她说。"妈妈,我不想再参加什么舞会了。"妮可说。

"也许会这样,"母亲回答说,"但你还是需要有一双高跟鞋,万一你改变主意了呢?"

母亲不知在哪本杂志上看到鞋子设计师费洛加蒙也有一个患小儿麻痹症的孩子。于是她开始给这位设计师写信,告诉他妮可的情况,并讲了那次舞会上所发生的事,问他是否可以为妮可设计一双高跟鞋。

当时的费洛加蒙已经是闻名欧洲的制鞋大师了,他的客户都是玛丽莲·梦露那样的名人,但妮可的母亲坚信这位制鞋大师会回信,而且他的确这么做了!费洛加蒙邀请她们到他在佛罗伦萨的总部去一趟,并答应为她免费做一对鞋模。

但不幸的是,等她们到了佛罗伦萨的时候,费洛加蒙先生已经去世了。

这时候她才知道,其实费洛加蒙先生并没有患小儿麻痹的孩子,但他是一个很有同情心的人。他的妻子和女儿也是富有同情心的人,她们坚持要履行他的诺言。

于是,尴尬、自卑的少女妮可,在妈妈的陪同下到费洛加蒙公司请设计师为她量"脚"订做了第一双真正适合她的高跟鞋。那天下午,除了地板上匆匆走过的漂亮模特和试鞋的高雅女士们,给妮可印象最深的就是她的母亲:她以自己特有的方式不卑不亢地、无声地指挥着一切,好像她带到佛罗伦萨来的是一位高贵无比的公主。

那天下午,妈妈和费洛加蒙公司的设计师使她忘记了自己是一个小儿麻痹患者,并让她相信自己真的是一位公主。

自那以后,她只要从杂志上看到自己喜欢的鞋,就会把鞋的照片寄给费洛加蒙公司,他们就会根据她的鞋模为她手工制作,并以 35 美元一双的价格卖给她:带橘红叶子的橄榄绿磨砂皮鞋、灰色配黑色伞形高跟的皮鞋、婚礼上所穿的上面有珍珠编成的蝴蝶的鞋。对一个 20 世纪 60 年代的普通年轻人来说,它们真是太奢华、太美丽了。

母亲是一个安静、优雅的女人,她相信生命中任何事情都是可能的。而不平凡的费洛加蒙先生和他的家人同样印证了妈妈常对她说的一句话:奇迹会降临到每一个渴望它的人身上!

青春感悟

境由心生,心想事成。生命有时候就是这样不可思议。其实我们每个人都可以创造这样的奇迹,只要你执著于一个信念,总有一天会梦想成真。

第四章 压力,激发自身潜能

我们常常会去埋怨周围的竞争太过于激烈,却不知,如果没有压力,我们的人生一定是平平淡淡的, 一帆风顺的人生也就失去了它的意义。正是这些压力,才更激发出我们无限潜能,成为我们挑战自己的最佳助力,从而让我们的人生更充实、更精彩。

成长离不开压力

成长的过程中每个人都面临着不同的压力, 但是不同的人对压力有着不同的感触。成功的人看待压力是作为前进的动力, 大多失败者就没有这样对待它。

你可能吃过两种豆芽,一种是直接种出来的,它又细又长又不好吃;另一种是在生长时压以重物, 由于压力的原因, 长出的豆芽又粗又壮,吃起来味道却很鲜美。植物如此,人类也不例外。成长的过程中,若没有任何压力,终将一事无成,亦得不到别人的认可,人生的价值得不到体现。

一粒草籽不幸地飘落在一条石缝里,被一块巨石紧紧地压着。这儿本来是它不应该到的地方,这里与阳光隔绝,石缝里仅有一点点泥土,下雨时雨水也不曾洒向这里, 偶尔水会从石面渗透下来几滴。但是, 面对这恶劣环境的考验,小草籽不曾放弃,它坚守着一生要绽放自身青绿的信念,顽强地活着,当阳光偶尔反射到这里时,它尽情地舒展;当雨水滴落下来时,它尽情地吮吸。就这样顽强地活了下来。最后,它终于从一瓣嫩芽长成了一棵翠绿的青草,颜色也比平常的小草青得可爱。就这样,小草终于从巨石下面钻出来,昂起了它高贵的头，实现了自己的梦想。

我们可以说：承受压力的小草籽，永远比花盆里的花草要苗壮。

因为有压力，一个人才能够在闲适的生活中警醒人生的方向，正如古语中说的："生于忧患，死于安乐。"平静安逸的生活会让一个人丧失斗志，磨平锐气。因为有压力，虽有痛苦，挣扎，但同时，一个人也得到了磨练，反省，升华，会获得了前所未有的能量，这种能量是一种把外界的困苦转化为自己生命的反张力。

在科学实验中，在很多同时生长的小南瓜上加砝码，不同的南瓜压不同的重量，只有一个南瓜压得最多，从一天几克到几十克、几千克，这个南瓜成熟的时候，上面已经压了几百斤的重量。最后，把所有的南瓜放在一起，大家试着一刀剖下去，看质地有什么不同，当别的南瓜都随着手起刀落噗噗地打开时，这个南瓜却把刀弹开了，把斧子也弹开了，最后，这个南瓜是被电锯吱吱嘎嘎锯开的，它的果肉强度已经相当于一株成年的树干。

这便是一个生命在面对压力时所生发出的巨大能量。这种压力，无处不在。青年人在成长过程中如果是一帆风顺，没有经历过压力的淬炼，未必就是好事。很多历史名人所取得的成就，都与早年承受了很大的成长压力是有关系的，压力实际上会给年轻人创造更好的成长机会和挑战。

当然，我们在这里所说的压力，都是适度的。在一个人的成长过程中，背负适当的压力，才能有利于健康成长。当下，年轻人中，不堪忍受工作、学习、生活压力的人也是比比皆是。很多人还为此走上了不归路。人能承受的压力就好比是弹簧，在一定弹性系数内，这里，给大家一个参考，若是你感觉下面 10 个问题中，有超过 6 个以上的症状和自己目前相似，那么你就需要注意了，你目前的压力过大，需要学会减压。

（1）经常显得不耐烦、暴躁、易怒。

（2）睡眠的质量较差，经常失眠。

（3）食量突然大增或食欲不振。

（4）经常感到不舒服，容易生病。

（5）总是焦虑不安，总感到紧张，总担心会有不好的事情发生。

(6)总感到肌肉紧张,经常腰酸背痛。

(7)情绪容易沮丧低落,时常感到空虚。

(8)已有三个多月不曾参加自己喜爱的休闲活动。

(9)很容易和同学、家人等发生冲突。

(10)说话冷言冷语,对自己他人的评价以及对事情的描述都倾向于消极。

青春感悟

压力是成长中必不可少的"元素",是进步的动力。有了压力,人才会有冲动;有了压力,人才会有目标;有了压力,人才有进步。成长离不开压力,不要害怕,努力进取,尝尝压力带给你的成功的喜悦吧!

压力激发你的潜能

压力带给我们的不仅仅是痛苦和沉重,还能激发我们的潜能和内在激情,让我们的潜能得以开发。

有位名不见经传的年轻运动员,第一次参加马拉松比赛就获得冠军,而且还打破了世界纪录。当他冲过终点时,许多记者蜂拥而上:"你怎么会有这样好的成绩?"

年轻人气喘吁吁地回答:"因为,我身后有一匹狼!"

听他这么一说,所有人全都惊恐地回头张望,但是,并没有发现什么可怕的野兽啊!

这时,年轻人开始娓娓道来:"三年前,我在一座山林间,训练自己的长跑和耐力。每天凌晨,教练就叫我起床练习;但是,即使我使出全身力气,却也一直都没有进步。"年轻人这时停下脚步,坐在地上继续说,"有一天清晨,在训练途中,我忽然听见身后传来狼的叫声,刚开始声音还很遥远,可没几分钟的时间,就已经来到我的身后。当时我吓得不敢回头,只知道逃命要紧。于是,我头也不回一直往前跑。那天我的速度居然突破了!"年轻人停下来,喝了一口水后，说："教练当时对我说：'原来不是你不行，而是你身后少了一只狼！'我这才知道，原来根本没有狼，那是教练伪装出来的。从那次之后，只要练习时，我都会想像背后有一只狼正在追赶，包括今天比赛的时候，那匹狼依然追赶着我！"

如何激发自己的潜能，几乎是每个人追寻的目标。每个人都要想像自己的身后有一匹狼。适当的压力，不仅是我们发挥潜能的刺激因素，更是让我们挑战自我的最佳助力。

压力能让徘徊者迈出坚定的步伐，能让失败者鼓起再战的勇气，能让落后者奋起，能让成功者警惕。

1985年，当吴士宏还是个小护士时，就抱着一个半导体和学了一年半《许国璋英语》，然后就壮着胆子到IBM应聘了。

站在长城饭店的玻璃转门外，吴士宏足足用了5分钟的时间来观察别人怎么从容地步人这扇神奇的大门。

经过两轮笔试和一次口试后，吴士宏顺利地通过了。面试也很顺利。最后，主考官问她会不会打字，她说会。主考官问："你一分钟能打多少字？"

吴士宏问："您的要求是多少？"

主考官说了一个数，吴士宏马上承诺说可以。她环顾四周，发现现场并没有打字机，这样就不用马上考试了。果然，考官说下次再考打字。

实际上，吴士宏连打字机都没摸过。面试结束后，她飞也似的跑了出去，找亲友借了170元买了一台打字机，没日没夜地敲打了一个星期，双手累得连吃饭都拿不住筷子了。但是，她居然奇迹般地达到了考官要求的专业水准。过了好几个月，她才还清了那笔债务，但公司一直没有考她的打字功夫。

吴士宏的传奇从此开始。直到今天，她谈起那段故事，依旧感谢那逼迫自己的压力。

有这么一副对联：有志者，事竟成，破釜沉舟，百二秦关终属楚；苦人心，天不负，卧薪尝胆，三千越甲可吞吴。联中所写的两个故事，其实都是压力带来的胜利。没有破釜沉舟的果断，哪有不胜则死的压力？没有这压力，又哪有"百二秦关终属楚"的战绩？没有亡国之恨的耻辱，又哪有卧薪尝胆的坚韧精神?没有卧薪尝胆的二十年,又哪有三千越甲一举吞吴的胜利?这都是压力激发起了人的斗志,从而让人最终战胜他人、战胜自己,获得成功。

一位音乐系的学生走进练习室。在钢琴上,摆着一份全新的乐谱。

"超高难度……"他翻着乐谱,喃喃自语,感觉自己对弹奏钢琴的信心似乎跌到谷底,消靡殆尽。已经三个月了!自从跟了这位新的教导教授之后,不知道,为什么教授要以这种方式整人。勉强打起精神。他开始用自己的十指奋战、奋战、奋战……琴音盖住了教室外面教授走来的脚步声。

指导教授是个极其有名的音乐大师。授课的第一天,他给自己的新学生一份乐谱。"试试看吧!"他说。乐谱的难度颇高,学生弹得生涩僵滞、错误百出。"还不成熟,回去好好练习!"教授在下课时,如此叮嘱学生。

学生练习了一个星期,第二周上课时正准备让教授验收,没想到教授又给他一份难度更高的乐谱:"试试看吧!"上星期的课教授也没提。学生再次挣扎于更高难度的技巧挑战。

第三周,更难的乐谱又出现了。两样的情形持续着,学生每次在课堂上都被一份新的乐谱所困绕,然后把它带回去练习,接着再回到课堂上,重新面临两倍难度的乐谱,却怎么样都追不上进度,一点也没有因为上周练习而有驾轻就熟的感觉,学生感到越来越不安、沮丧和气馁。教授走进练习室。

学生再也忍不住了。他必须向钢琴大师提出这三个月来何以不断折磨自己的质疑。

教授没开口,他抽出最早的那份乐谱,交给了学生。"弹奏吧!"他以坚定的目光望着学生。不可思议的事情发生了,连学生自己都惊讶万分,他居然可以将这首曲子弹奏得如此美妙、如此精湛!教授又让学生试了第二堂课的乐谱学生依然呈现出超高水准的表现……演奏结束后,学生怔怔地望着老师,说不出话来。

"如果,我任由你表现最擅长的部分,可能你还在练习最早的那分乐谱,就不会有现在这样的程度……"钢琴大师缓缓地说。

看似紧锣密鼓的工作挑战,永无遏止难度渐升的环境压力,不也就在不知不觉间养成了今日的诸般能力吗?因为,人总是有无限的潜能。

压力可以激发我们的潜能。将生活中的每一件事都当成是人生面临着的一次严峻考验,压力意味着什么?是明确的、具有挑战性的目标,是一次表现的机会,成长的历练。它让有追求的人迸发出征服的欲望,引导着我们将精力和时间都集中投放到上面,从而会取得通常情况下无法取得的成绩。

动力来自于压力

就压力而言,它是现代生活很平常的一部分,我们每个人都无法回避,以高昂的斗志勇敢接受它,并且积极地解决它,这才是人生正确的选择。

科学家曾做过这样一个试验:把一只青蛙扔到盛满沸水的锅里,在顷刻的强烈刺激下,青蛙能够迅捷地跳出去,死里逃生。但是,当把青蛙放到常温水中,青蛙却在水里游得很自在。科学家于是点火慢慢煮,它竟丝毫也没有意识到潜在的危险。水越来越热,可青蛙已逐渐丧失了向外一跃的冲动,沉浸在惬意的游动中。等到真的发现危险来临时,已经无力逃脱了。

人其实也是这样。当年的铁人王进喜有一句名言:"人无压力轻飘飘,井无压力不出油。"没有适当的压力和一种紧迫感,人就会丧失斗志,失去前进的动力。就像那只青蛙,危险已经临近,仍然浑然不知,最终坐以待毙。而有适当的压力则不同,不仅可以激发人的潜能,还可以求得更快的发展。

当初上帝在创造各种各样鱼的时候,为了让它们具有生存本领,上帝把它们的身体做成流线型,而且十分光滑,这样游动起来可以大大减少水的阻力。

待上帝把这些鱼放到大海中的时候,忽然想起一个问题:鱼的身体比重大于水,这样,鱼一旦停下来,它就会向海底沉下去,沉到一定深度,就会被水的压力压死。于是,上帝又给了它们一个法宝,那就是鱼鳔。鱼鳔是一个可以自己控制的气囊,鱼可以用增大或缩小气囊的办法来调节沉浮。这样,鱼在海里就轻松多了——有了气囊,它不但可以随意沉浮,还可以停在某地休息。鱼鳔对鱼来讲,实在是太有用了。

出乎上帝意料的是,鲨鱼没有前来安装鱼鳔。鲨鱼是个调皮的家伙,它一入海,便消失得无影无踪,上帝费了好大的劲儿也没有找到它。上帝想,这也许是天意吧。既然找不到鲨鱼,那么只好由它去吧。这对鲨鱼来讲实在太不公平了,它会由于缺少鳔而很快沦为海洋中的弱者,最后被淘汰。为此,上帝感到很悲伤。

亿万年之后,上帝想起自己放到海中的那群鱼来,他忽然想看看鱼们现在到底怎样了。他尤其想知道,没有鱼鳔的鲨鱼如今到底怎么样了,是否已经被别的鱼吃光了。

当上帝将海里的鱼家族都找来的时候,他已经分不清哪些是当初的大鱼小鱼、白鱼黑鱼了。因为,经过亿万年的变化,所有的鱼都变了模样,连当初的影子都找不到了。面对千姿百态、大大小小的鱼,上帝问:"谁是当初的鲨鱼?"这时,一群威猛强壮、神气飞扬的鱼游上前来,它们就是海中的霸王——鲨鱼。

上帝十分惊讶,心想,这怎么可能呢? 当初,只有鲨鱼没有鱼鳔,它要比别的鱼多承担多少压力和风险啊,可现在看来,鲨鱼无疑是鱼类中的佼佼者。

这到底是怎么回事呢?

鲨鱼说:"我们没有鱼鳔,就无时无刻不面对压力,因为没有鱼鳔,我们就一刻也不能停止游动,否则我们就会沉入海底,死无葬身之地。所以,亿万年来,我们从未停止过游动,没有停止过抗争,这就是我们的生存方式。"

鲨鱼没有鱼鳔才能够称霸海洋。可见,压力永远是前进的动力! 很多人觉得自己压力太大,活得很累。但如果没有压力,也许情况会更糟糕。

有一个飞机场建在居民区附近,而由于居民区架设了很多高压电线。因此,每当飞机起飞时,总是差点和这些电线来个"亲密接触"。

如果真的碰到了电线,一定会引发事故。所以,飞行员都要小心翼翼地驾驶飞机,避免发生悲剧。而正是由于他们的谨慎,使得机场几乎从来没有发生过一场大的事故。

而与此相反,那些远离居民区的飞机场却常常发生事故。后来,人们都到了这个机场取经，才发现他们是在压力之下产生了小心的本能，才使事故率大大降低。

从这个故事中我们可以看出，有时候压力反而是一件好事情。它可以教人们变得谨慎和小心，避免不必要的错误。当然，面对压力的时候，我们要学会把压力积极的化为动力。

一艘大货轮卸货后返航，在浩瀚的大海上，突然遭遇巨大风暴。惊慌失措的水手们急得团团转。

老船长果断下令："打开所有货仓，立刻往里面灌水。"

水手们担忧："险上加险，不是自找死路吗?"

老船长镇定而有严肃地说："快照我的吩咐去做，否则就没有时间了。"

水手们半信半疑地照着做了。虽然暴风巨浪依旧那么猛烈，但随着货仓里的水越来越满，货轮渐渐地平稳了。

老船长告诉那些松了一口气的水手："一只空木桶，是很容易被风打翻的；如果装满水负重了，风是吹不倒的。当船上负重的时候，是最安全的时候；空船时，才是最危险的时候。"

青春感悟

其实，我们每个人都是一只只在生活的海洋中航行的船，生活中的各种压力就是我们的负担，这些压力虽然有时会令我们疲累、烦躁，但它同时也是保证我们前进的动力，若没有这些压力，我们很容易就被生活的波浪打翻。

压力面前吓不倒

电视剧《蜗居》里女主人公海萍在按揭买房后，每天一睁眼就看见一串数字，巨大的经济压力搞得全家幸福感消失。现如今的社会，一个人生存要面对着太多的压力。特别是对80后而言，工作、生活的压力压得他们喘不过气来。

可能很多人觉得作为80后是一种悲哀,是一种恐惧。的确,有谁来关心他们?没有;有谁来帮助他们?没有;有谁来为他们奔走相呼?没有。80后本是改革大潮之后社会的中坚力量,可是在成为中流砥柱前,却是磨难重重,体制的大变换让他们被置身于一个尴尬的夹缝中。周围的所有80后都在这个夹缝中挣扎着,只能靠自己,不能寄希望于别人,只有自己才能冲破这些枷锁,逃出"80后"背后的黑洞。

但是我们真的没有必要去抱怨,抱怨也是无济于事的。成长的路上,升学、就业、事业、爱情等等,都会困扰着我们。也许只有经历很多很多的压力,我们才能真正地找到自己的方向。同是80后的李想,现在已经是亿万富翁了。他曾经也和每一个人一样,面临着生活的巨大压力,只是李想深深知道,不能被压力吓倒,要靠自己的双手去打拼。

其实,生活中很多人在面对压力时,不仅丝毫无惧,更将之看成是自己的对手,在双方的较量中享受快乐。张艺谋就是这样一个人。

张艺谋自喻为橡皮筋,压力越大劲头也越大。他拍片时每一个镜头都是10条、20条地那么拍,直到拍出满意的画面,自谓:"因为是陕西人嘛,陕西人一根筋,执著。"

张艺谋当初学习摄影时家庭贫困,却毅然卖血买来一台海鸥照相机。没钱买书,就整本整本抄书,一本两寸来厚的《暗室技巧》抄掉大半本!

也就是凭着对压力不服输的劲头,他成了一位著名的大导演。如今,事业如日中天的张艺谋十分清醒:"我们从事的工作特别需要不断地补充给养、积累知识……必须有不断学习的精神、毅力和勤奋,否则便会走进死胡同,拍不出什么好影片。"张艺谋称自己"就像橡皮筋一样,需要不断地拉,在这个过程中挑战自己的极限,不断扩展自己的能力"。

青春感悟

压力在不屈的人们面前会化成一种礼物,这份珍贵的礼物会成为滋润你生命的甘泉,让你在人生的任何时刻都不会轻易被击倒。也许你此时的生存压力很大,但不要被压力吓倒,请记住:你的动力远远大于压力!因为在我们承受压力的同时,我们的反压力也就产生了。而且压力越大,我们的反压力也就是抗压能力也就越大。

压力和机会是兄弟

人生是很公平的,在每个人短短一生中必然会面对很多成功的机会,只看你能否把握得住。成功的人说:"我把握住了我人生的一个最重要的机遇。"失败的人说:"我错过了我人生的几个最重要的机会。"

其实机会是不用等的,我们所有人从懂事开始,机会就已经来了,从来就没间断过,我们不防认真回味下,究竟是什么陪了我们这么长的时间,而我们却忽视了?

没错,是压力。任何事情只要有距离就会产生压力,如果我们把压力和机会划上一个等号,就不难发现为什么只有很少的人能把握人生的机会了。我们可以看到或听到,很多年轻人埋怨自己工作环境不好,埋怨老板对自己苛刻。殊不知,唯有苛刻才能使你不断超越自我,不断进步。

一个人不但要接受他所希望发生的事情,而且还要学会接受所不希望发生的事情。要学会适应现实,接受任何已经不可改变的事实,以平常心面对周围所发生的一切,而不是唉声叹气,怨天尤人。更不要企求他人来适应你,奢望世界为你一人而改变,这都是不可能实现的空想。如果你能承受折磨,你将会赢得很多很多;如果你不能忍受,那么等待你的必将是被社会淘汰。

上海某重点大学计算机系毕业的吴鹏,毕业后如愿进入浦东一家很有名气的软件开发公司。本以为可以用上在校园里学习积累到的编程技术,在公司一展身手,出人头地。可没想到,就在他工作短短3个月后,上司突然让他负责计算机病毒的防治工作,这与他在学校里所学习和擅长的专业有很大的差别。开始的时候,吴鹏不禁产生了消极情绪,常常埋怨:"我怎么能干这个呢?"后来经过多日的思想挣扎之后,他想通了,只有面对现实,努力工作。于是,他拿起了病毒方面的资料,学习新的知识来适应现在的工作。渐渐地,他竟然喜欢上了反病毒这项工作,而且很快就开发出一个全新的反病毒软件,给公司带来了丰厚的收入。

当我们面对很多压力,当我们面对现实和理想冲突时,唯有面对现实、适应现实、克服困难、奋发图强,才可能迎来属于自己的机会,才能成为一个勇往直前的成功者。

一位年轻人毕业后分配到北京某研究所,终日做些整理资料的工作。时间一久,他觉得这样的工作索然寡味。机会来了,一个海上石油钻井队来他们研究所要人,而到海上工作是他从小就有的梦想。领导也觉得他这样的专业人才待在研究所整理资料太可惜,就批准了他的要求。

在海上工作的第一天,领班要求他在限定的时间内登上几十米高的钻井架,把一个包装好的漂亮盒子送到最顶层的主管手里。他拿着盒子快步登上狭窄的舷梯,气喘吁吁、满头是汗地登上顶层,把盒子交给主管。主管只在上面签下自己的名字就让他送回去。他又快跑下舷梯,把盒子交给领班,领班也同样在上面签下自己的名字,让他再送给主管。

他看了看领班,犹豫了一下,又转身登上舷梯。当他第二次登上顶层把盒子交给主管时,浑身是汗,两腿发颤,而主管却和上次一样,在盒子上签下名字,让他把盒子再送回去。他擦擦脸上的汗水,转身走下舷梯,把盒子送下来。而领班签完字,让他再送上去。

这时他有些愤怒了,但尽力忍着不发作,又拿起盒子一个台阶一个台阶艰难地往上爬。当他上到最顶层时,浑身上下都湿透了。他第三次把盒子递给主管,主管看着他,傲慢地说:"把盒子打开。"他撕开外面的包装纸,打开盒子,里面是两个玻璃罐,一罐是咖啡,一罐是咖啡伴侣。他愤怒地抬起头,死死盯着主管。

主管不为所动,对他说:"把咖啡冲上。"年轻人再也忍不住了,"叭"的一下把盒子摔在地上:"我不干了!"他看看倒在地上的盒子,感到心里痛快了许多。这时,这位傲慢的主管站起身来,直视着他说:"刚才让你做的这些,叫做'承受体能压力训练'。因为我们在海上作业,随时会遇到危险,要求队员一定要有极强的承受力,承受各种考验,才能完成海上作业任务。可惜前面三次你都通过了,只差最后一点点,你没有喝到自己冲的甜咖啡。现在,你可以走了。"

在压力中,我们会迎来很多机会。故事中的年轻人,在最后的关头却不能够经受住压力的考验,实在可惜。压力带给人的不仅是沉重,也是一种警醒。这可以让你看清严峻的形式,看到自己的不足,重新审视自己的差距或不足,可以帮你改进或重新选择。

青春感悟

压力在一定程度上就是机会。当面临压力时,常常是你面临困难或挑战的时候,此时你会想方设法通过解决困难来缓解压力。而解决困难的过程往往就是提升的过程。因为,在解决困难的过程中你不仅增加了自我成就感,还积累了处理类似问题的经验。

架起通往成功的桥梁

每一个人都希望成功,在面临压力时,许多人都会退避三舍,去寻找另一个"胜利"的渡口,殊不知压力其实是一座架于成功与失败之间的桥梁!关键看你是否愿意承受压力,是否愿意架起这座桥梁。

日本著名的丰田汽车公司的缔造者石田退三,幼年时家境贫穷,没钱上学,他只能到京都的一家洋家具店当店员。在家具店工作了8年后,由朋友的母亲介绍,到彦根做了赘婿。入赘后,他才知道太太家没有一点财产,这让他感到有些失望。

贫困的生活是很无奈的,他只能将新婚太太留在彦根,一个人到东京一家店里当推销员。所谓的推销员,其实就是推着车子满大街去推销货品的小贩。

这样咬紧牙关干了一年多,他的身体终于支持不住了,无奈之下离开这家店回到妻子家。

然而,在这里等着他的并不是温暖和安慰,而是鄙视的目光和令人难堪的日子,是更加沉重的压力攻击。"你真是个没有用的家伙!"周围看他的目光是如此,岳母更是丝毫不留情。她说:"你是我见过的最没有用的人!"这些羞辱几乎气得他眼前发黑,几近晕倒。步履艰难地过了几个月后,他终于承受不了这些沉重的压力,被逼得想通过自杀来解脱。

他抱着黯淡的心情,前去"琵琶湖"自杀时,却忽然间恍然大悟。他猛然地抬起头来,想到:"像我如此没有用的人应该非死不可。但如果我真有跳进琵琶湖的勇气,为什么不拿这勇气来面对现实,奋力拼搏,打开一条出路呢?我应该尽自己最大的努力,奋发图强,克服重重困难,用坚定的毅力做出一番轰轰烈烈的事业来,给那些鄙视我、不断给我施加无尽压力的人看才是!"

这个想法让石田勇敢地站了起来,一股强大的力量仿佛在他体内激荡着。他不再满脸愁容,不再想着用自杀来逃避现实了,而是搭上了回家的火车。从此,他不再自怜自叹,他托朋友介绍自己到一家服装商店当店员。在这儿,他重新鼓起奋斗的勇气,将忧愁化为力量,用坚定的毅力承受来自各个方面的压力。

40岁那年,他到丰田纺织公司服务。他不怕艰难、刻苦奋斗、全力以赴地投入工作。对他处事得当的能力,一丝不苟的精神,丰田公司的创业者丰田佐大为赏识。在石田50岁那年,丰田派他担任汽车工厂的经理。53岁时,公司将经营的大权交给了他。

回首往事,石田总是感慨地说:"人生就是战场,在这战场上打胜仗的唯一法宝,便是斗志和毅力。我要感谢那些曾经给我压力的人,和曾经光顾我的困难。如果没有它们,我不会有今天。"如果没有周围的那些冷言冷语,如果没有那场自杀,如果没有那次自杀前和自己的对话,如果自己没能顶住那些压力的话……石田退三恐怕早就命沉"琵琶湖"了,哪还会有今天在丰田取得的卓越成就呢?

承受压力其实就是承担一种责任,就是拥有一种追求,就是承受一股力量,就是接受一种磨练。它看不见,摸不着,但是感受得到。

蚂蚁身陷火境,但最终它们众蚁脱险。是什么原因绝处逢生?是压力带来的智慧。羚羊面临悬崖,但最终它们选择了生存,是环境带来的冷静;压力意味着什么呢?是苦?咖啡是苦的,但西方人却赞不绝口。茶是苦的,但东方人却依依不舍。压力似乎并不是一种专有的怪圈,它俨然也能让人获得一种动力。所以有人说,压力就是动力。事实上压力的降临并非是上帝在有意愚弄世人,而是蒙于"动心忍性,曾益其所不能"的初衷。所以,在压力面前多思考"天将降大任于斯人也,必先苦其心志,劳其筋骨……"这句话,也许成功就在后面。

青春感悟

世界万物,无一不是在压力下成长的。在沉甸甸的地底下,大地的压力锻造出价值不菲的黄金、钻石和翡翠。在黄沙飞舞的沙漠中,恶劣的环境下仙人掌的成长。在弱肉强食的自然界中,要生存下来,必须要通过生存的考验。往往在巨大的压力下,才会让人拥有坚强的意志去取得成功。压力使我们不断进步,不断成功,让我们直视压力,在压力这座桥上饱览世间成功的画卷。

正视自己的压力

现代社会是一个充满竞争的社会,每一次成功都是需要你付出辛苦的劳动,而成功背后所承载的压力可想而知。然而,我们也可以从另一个角度去看待压力,我们可以把它看成是命运对我们的考验。

一位名叫摩德尔丝的美国科学家曾经作过这样一个试验:对两只老鼠进行了"精神压力"的测验。他把两只老鼠放到一个仿真的环境中,把其中一只小白鼠的压力基因全部抽取出来,另外一只老鼠则维持原样。结果,那只被抽取压力基因的小白鼠天天兴奋异常,它大摇大摆地在仿真的环境中乱跑,有时竟然攀上陡峭的假山。而另外一只老鼠则仍是"胆小如鼠",走路小心翼翼,遇上风吹草动,便警觉起来,避之不及。

试验进行到这里,也许有人会说:一个人如果有压力那有多可怕,很有可能畏首畏尾,一事无成。可是,试验的结果却是,那只没有压力的小白鼠在登上13米高的假山时,被摔死了。而另外一只老鼠却鲜活地生存着。

其实我们每个人每天都要承受很多压力。当我们痛苦时,我们总是将原因归咎于自己的压力,甚至痛恨这些压力。但压力并不会因为我们不想要它就不存在,但痛恨却让我们每天更有压力地生活着。

那到底要怎样对待压力呢?答案很简单:善待自己的压力。这也是唯一能够缓解压力的方法。抱怨并不能够消除压力。相反,如果我们能够善待自己的压力,压力也许就会因为我们的平常心而消除。

现代社会是一个充满竞争的社会,每一次成功都需要你付出辛苦的劳动,而成功背后所承载的压力可想而知。然而,我们也可以从另一个角度去看待压力,我们可以把它看成是命运对我们的考验。

有这样一项医学资料:一年里不患一次感冒的人,患癌症的概率是经常患感冒的人的6倍。这似乎有点奇怪,但这却是真实的。据生物学家观察,一条鱼放在水缸中,没几天就死了,而三条鱼放在水缸中,却可以活一年多。因为它们在一种"竞争氛围"中,越活越有"战斗力"。还有一个成语叫做"蚌病成珠"。蚌因体内嵌入砂子,便分泌出一种物质疗伤,久而久之,便形成了一颗晶莹的珍珠。

生活也是这样,需要一些磨难,需要一些竞争。我们应当感激它,因为这一切都是你尚待转化的动力。有人说,顺境有时就是逆境,如果在成功面前,不懂如何理性地限制和驾驭,就会陷入一种比压力来临时更糟的境地,它会在不知不觉中消磨你的战斗力。

一路辛苦的人生旅途,最重要的不是财富、地位,而是存在于我们心底的毅力,只要有毅力,任何压力都会变成值得感激的动力,任何困难都会变成值得庆幸的磨练,走过了这些压力和困难,回首自己的人生,你一定会看到那是一条充满苦乐、满足、幸福以及感恩的丰富旅程。

青春感悟

面对压力,我们不必恐惧,不必逃避,我们需要以良好的心态应对压力。善待压力,一方面要求我们勇于面对压力,找出造成压力的各种因素;另一方面要求我们能够化解压力,找出解决问题和困难的办法。做到这两点,压力不再是阻力,而成为我们前进的动力了!

压力让你更好地生存

没有一个人随随便便就能成功,成功的原动力也就是巨大的压力。在压力下,你就有了前进的方向。作为一个聪明的人,不是去逃避压力,而是善于把压力置于自己的背后,让其成为一种推动力,迫使自己不断前进。

有位动物学家在对生活在非洲奥兰治河两岸的动物考察中,发现了一个奇怪的现象:河东岸的羚羊繁殖能力比河西岸的羚羊强,奔跑的速度也比西岸的羚羊快。这是为什么呢?经过试验,这个谜终于被揭开:东岸的羚羊之所以强健,是因为它们附近生活着一个狼群,它们天天生活在一种竞争气氛中。为了生存,反而越活越有战斗力。相反,西岸的羚羊之所以弱小,因为它们缺乏天敌,没有生存压力。

还有这样一个小故事:

有个小男孩刚好看到一只蝴蝶幼虫在茧中挣扎,准备破茧而出。他连续观察了好几个小时,发现茧上的口非常小,蝴蝶努力了很久,似乎已经筋疲力尽,却毫无进展。出于好心,这个小男孩拿出一把剪刀,小心翼翼地剪开茧的小口,让蝴蝶钻了出来。但是,很快,这个小男孩为自己所谓的好心懊悔不已。因为蝴蝶虽然很轻松地出来的,然而却是非常小,身体很萎缩,翅膀还紧紧地粘在身上,没办法飞翔。原来,蝴蝶要从茧的小口艰难地钻出,这是上天的安排。它要通过挤压,将体液从身体挤压到翅膀上,这样它才能展翅飞翔。

压力是生命的需要,是生存的需要,我们不要去逃避它。

一位游客在山林中迷失了方向,一位挑山货的少女告诉他前面是鬼谷,是山林中最危险的路段,一不小心就会摔进深渊。于是当地居民就定了一条规矩，凡路过此地者都要挑点或者扛点东西。游客惊问："这么危险的地方，再负重前行，岂不是更危险?"少女笑答："只有你意识到危险了，才会更加集中精力，那样反而会更安全。这儿曾经发生过几起坠谷事件，都是游客在毫无压力的情况下一不小心掉下去的。我们每天都挑点东西来来去去，却从来没有人出事。"游客没办法，只好接过少女递过来的一根沉木条，扛在肩上。这位游客最后平安地走过了这段鬼谷路。沉木条在危险面前竟成了人们平平安安的"护身符"。

可见，压力感过轻，一方面可能会使人过于放松，忽略了防范风险，另一方面，可能会使人长期回避责任。责任是什么?责任就是扛在肩头的这根沉木条。有责任才有压力，有压力才有动力。把责任扛在肩上，才能保持清醒的头脑，保持旺盛的斗志，在成功时不自满，失败时不气馁，努力奋斗直至成功。研究发现，适度的压力水平可以使人集中注意力，提高忍耐力，增强身体活力，减少错误的发生。所以，承受压力可以说是机体对外界的一种调节的需要，而调节则往往意味着成长。也就是说，有一定程度的心理压力，可以调动内在潜力、增强自己的实力和自信心。

青春感悟

生存和压力是紧密联系的：没有压力，生存无法持久；没有生存，压力无法实现。压力能够提供行为的动力。一个人若没有来自支付生活费用的压力，可能是不会去工作的。正是因为人们感受到了生存的压力，才会想到化解生存压力的方法。对一个年轻人而言，逃避压力终究是一件不利于成长的事情。

第五章 竞争,推进我们不断提升

> 人生充满竞争,有竞争才会有动力。竞争意味着求新,意味着突破,意味着活力,意味着发展。青春因竞争而精彩,因为我们会在竞争中收获进步、收获成长。

物竞天择,适者生存

"物竞天择,适者生存",是人类社会发展的规律,只要有生命存在的地方,就会有竞争的存在。无论是在"老虎称王"的动物世界里,还是在飞速发展的现代文明社会,竞争无处不在。

在武汉某动物园里,表演区内的三头雄狮,竟被一头水牛斗得丢盔卸甲,溃不成军。水牛大胜完全出于工作人员的意外,他们不满意不甘心,于是将水牛又撵到猛兽区,那里有二十多头狮子,足可以将水牛撕成碎片,血洗雄狮们的耻辱,哪知水牛进去后,这些在动物园内养尊处优的狮子们,有的噤若寒蝉,有的成为缩头乌龟,偶而对抗,亦不堪一击。水牛横冲直撞,所向披靡,大获全胜。

没有了危机和竞争,任何事物都会因此松懈而倦怠,从而走向颓废甚至灭亡。早在两千多年前,我国著名的思想家孟子就说过一句话:"生于忧患,死于安乐。"也就是这个道理。一个人在没有竞争的舒适环境中,会安逸的丧失自我。

我们都知道,恐龙曾经是统治地球的霸王,但后来环境、气候等因素的变化改变了这种存在的方式。于是，有的长了翅膀进化成飞鸟飞向天空，有的却演变成用鳃部呼吸的水生脊椎动物沉入海底。正如达尔文在《物种起源》一书所说的，生物进化的主导力量是自然选择，在进化过程中，通过变异、遗传和自然选择，生物从低级到高级，从简单到复杂，种类由少到多。人可以和天斗，或败或胜，但终究逃不脱自然的选择。

"物竞天择，适者生存"将是我们生存的机遇。为了生存，我们必须进行较量；为了发展，我们必须竞争；为了提高生命的价值，我们必须不断地奋斗。因此，我们必须要有危机意识，必须学会竞争！

如果把我们比喻成恐龙，那社会竞争就是我们逃避不了的天择，或存或灭、或生或死由自己的智慧和勇气决定。造物主让我们赤裸裸地来到这个世界，也赐予我们双手双脚和其他动物无法比拟的智慧；也许造物主又是不公平的，给了每个人不同的社会背景，天生的贫富差异也许我们不可能在一天内改变，但只要努力，这种差异总会在不断地缩短。

如今这个竞争异常激烈的社会，每个人都渴望着能生活得更好。我们可以把成功定义为就是一种幸福感，一种简单的幸福感。对于更多的年轻人而言，青春需要的是打拼和奋斗，需要付出汗水，需要流下泪滴。当一个人跌跌撞撞在成长的路上艰难行走时，不要害怕周围的竞争。试着适应，即便是很残酷的竞争。

我们就可以看看身边这些最简单的事例：

某大学公开招聘校内辅导员 3 名，短短几天里收上来的简历却达半人高。这不是夸张，应聘的人差点要挤破主任的小办公室。

某人才市场人头攒动，有时候甚至真的是水泄不通了。

你说怎么办呢？只有竞争是可行的通路。怨天尤人是弱者的作风。

青春感悟

在我们的生活中处处都充满了竞争，我们也是在竞争中成长起来的。在竞争中我们都拥有自己的优势和劣势，没有人能十全十美，也没有人是一无是处。当我们在竞争中失败时，切莫自责不已。失败是成功之母，没有人能获得永久的成功。那些真正聪明是在失败中吸取教训，总结经验，争取下次取得成功的人。

养分在竞争中汲取

应该说,80后、90后这一代的人都是在竞争中成长起来的,从小到大,事事都要竞争。要想在这个竞争如此激烈的社会中不被淘汰,那就必须具备良好的心理素质和在社会中独立生存的能力,要积极的从竞争中汲取营养,壮大自己。

玄奘年轻时在法门寺修行,由于法门寺是座名寺,高僧济济,玄奘感到在这里很难出人头地,于是他打算离开法门寺,到偏远小寺中去修行。

老方丈觉察此事后,找到了玄奘。方丈以林为喻,告诉玄奘,树只有在林子中才能成为栋梁,而人也只能在一个充满竞争的群体中才能成才。老方丈接着说:"为什么灌木丛中的树只能做薪柴,而莽莽苍苍的林子中的树就能成为栋梁呢?因为成群的树长在一起,就是一个群体,为了每一缕阳光,为了每一滴雨露,它们都在奋力的向上生长,于是它们都成了栋梁;而那些远离群体的零零星星的三两棵松树,在灌木丛中鹤立鸡群,不愁没有阳光、雨露,没有树和它们竞争,所以,它们就成了薪柴。"

玄奘在听了老方丈的这一番话后,顿悟,遂决定在法门寺这座大林子中潜心修行。果然,成为了一代名僧。

我们再来看看当今乒坛一姐张怡宁的一段成长故事:

张怡宁刚进国家队时,年龄是队里最小的。当时王楠是主力,也是张怡宁眼中训练最踏实的一个人。此外,大队员还有杨影、李菊、杨影、王晨等人,教练是李指,他经常给王楠喂多球,有时也捎带给张怡宁一块儿练多球,或者先给王楠练,完了之后再给张怡宁练。

进队那会儿,张怡宁的目标是争取一点一点赢大队员。等到她往上冲到主力层,王楠已经是绝对主力了。从那个时候开始,王楠就成为了她心中要超越的一个目标。那时候,一切的机遇看似对张怡宁很不公平。教练要花更多的时间和心思在王楠的身上,要先把王楠的成绩提高上去,然后才能培养她。

但是张怡宁没有退缩,虽然在一次又一次的比赛上,她并没有展露头角。张怡宁在这样一个竞争环境里疯狂汲取着营养。那时她最愿看王楠的打球,她不是要学习王楠的打法,这个聪明的北京小姑娘,总是用心去琢磨王楠的每一个动作,而在自己下一次打球的时候,用心化用。

时间慢慢前进到2002年,张怡宁逐渐成长为一个可以与王楠相提并论的新星,但她却屡屡捅不破这层窗户纸。直到釜山亚运会,张怡宁笑着亲吻手中的球拍,人们才确信,张怡宁真的可以战胜王楠了!

张怡宁一直说,她很感谢王楠。的确,在她一步一步走上乒坛一姐位置上的时候,离不开从那个潇洒自信的王楠身上学到的一切。

青春感悟

要生存,就要竞争;有竞争,才会有发展。在生存中竞争,在竞争中汲取营养。一个人只有在竞争的环境里,才能汲取到养分,才能够茁壮成长。作为年轻人来说,更不要害怕竞争的环境。如果只一味地追求安逸,追求舒服,人会变得退化,会不思进取,也就谈不上成功了。

最可怕是没有竞争对手

一个人,若没有了竞争对手是一件很可怕的事情。可能会走向两种极端,要么高傲自负,目空一切;要么不思进取,做一天和尚撞一天钟。

美洲虎是一种濒临灭绝的珍稀动物:在秘鲁的国家森林公园,生活着一只年轻的美洲虎,工作人员在公园中专门开辟了一块20平方英里的森林作为它的专有属地,还精心设计和修建了豪华的虎房,好让美洲虎自由自在地生活。

虎园里景色优美,森林茂密,沟壑纵横,流水潺潺,并有成群的牛、羊、鹿、兔供老虎尽情享用：凡是来这里参观的游人都说，如此美妙的环境真是美洲虎生活的天堂。

让人们意想不到的是，从没有人看见美洲虎去捕捉那些专门为它预备的"活食"；从没有人见它王者之气十足地纵横于雄山大川，啸傲于莽莽丛林，甚至从来没人见过它像模像样地吼上几嗓子。

人们常看到的是，美洲虎整天待在装有空调的虎房里，有时打盹儿，有时耷拉着脑袋，整日无精打采。有人说它大概是太孤独了，若是找个伴儿，或许会好些。

秘鲁政府又通过各种努力，从哥伦比亚租来了一只母虎与它做伴，但情况还是没有改变。有一天，一位动物行为学家来到森林公园，当他见到美洲虎那副懒洋洋的样儿，便对工作人员说，老虎是百兽之王，在它所生活的环境中，怎么能只有一群整天只知道吃草，不知道猎杀的动物呢？

是呀！这么大的一片虎园，即使不放进去几只狼，至少也应该放上两只猎狗，不然美洲虎怎么会提起精神呢！

管理员们听从了动物行为学家的意见，便从别的动物园引进了两只美洲狮投进了虎园。这个办法果然奏效，自从两只美洲狮搬进虎园的那天起，这只美洲虎就再也躺不住了。它每天不是站在高高的山顶愤怒地咆哮，就是犹如飓风般冲下山冈，或者在丛林的边缘地带警觉地巡视和游荡。百兽之王那种刚烈威猛、霸气十足的本性被重新唤醒。

这小故事说明什么呢？一种动物如果没有对手，就会变得意志消沉。同样的道理，一个人如果没有对手，那他就会甘于平庸，最终导致庸碌无为。

我们就拿金庸先生的武侠小说《射雕英雄传》来说，里面的武林高手都想在华山论剑上一决雌雄。那么，天下武功究竟是谁最高呢？武功没有最高境界，而且一个人的武功好，也是要通过对手来呈现的。若一个人笑傲武林，却找不到一个对手，将会是非常悲哀的一件事，而他最终的下场，或许会因寂寞而死。

没有对手，还会有另外一种糟糕情况出现，那就是目空一切，骄傲自满。楚霸王项羽以为贵族出身，英雄盖世，力拔山河，拥有雄兵百万，可以不把任何对手放在眼里，最后却败在了亭长出身的刘邦手里。

生活中，这样的例子更是很多很多。其实，说到底，一个人很难完全意义上没有竞争对手。比尔·盖茨在软件行业这么牛，没有竞争对手吗？我想不可能。小沈阳狠狠的火了一把，让全国人民都记住了他，他成功了，也似乎站在巅峰，但是，他没有竞争对手吗？我想不可能。一切的关键都在于，你是否愿意承认总有个人会比你强。

青春感悟

有竞争对手是很可怕，但是没有竞争对手更可怕。我们要有良好的心态来面对竞争中出现的对手，不要害怕竞争对手的出现。因为只有拥有一个强大的对手，才会让我们时刻有种危机四伏的感觉，才能激发起我们更加旺盛的精神和斗志。

在竞争中学会冷静

前进的路途中，面对竞争时，不要为你暂时无法改变的事情而担忧，专注于你所能及的事。这样你就能乐观地面对一切，用自己的努力在沉着冷静中不断进取，不断渡过面临的一个个难关。

王永庆是将台湾塑胶集团推进到世界化工业前五十名的台湾首富。提起他，几乎无人不知。那么，他在竞争面前是如何面对自己的竞争对手的呢？我们来看一段他年轻时候的故事。

1932年，16岁的王永庆从老家来到嘉义。在陌生的小城，王永庆决定开一家米店。当时，小小的嘉义已经有米店近30家，竞争非常激烈。当时仅有200元资金的王永庆，只能在一条偏僻的巷子里承租一个很小的铺面。他的米店开办最晚，规模最小，更谈不上知名度了，没有任何优势。在新开张的那段日子里，生意冷冷清清，门可罗雀。

当时，一些老字号的米店分别占据了周围大的市场，而王永庆的米店规模少、资金少，根本没法做大宗买卖；而专门搞零售呢？那些地点好的老字号米店在经营批发的同时，也兼做零售，没有人愿意到他这一地处偏僻的米店买货。

面对这样的情况，他便背着米挨家挨户去推销。一天下来，整个人累得都快散架了，但是米依旧没有卖出去多少，谁会相信一个上门推销的小商贩呢？

那一段时间，王永庆也感到很迷惘。他感觉到要想米店在市场上立足，自己就必须有一些别人没做到或做不到的优势才行。一天夜里，他让自己冷静了下来。他想，急是没有任何用的，要想让自己的米能卖出去，必须先让自己冷静下来，好好地思考怎样才能让自己的米在竞争中有一个好的销路。

仔细思考之后，王永庆决定从提高米的质量和服务上找突破口。

20世纪30年代的台湾，农村还处在手工作业状态，稻谷收割与加工的技术很落后，稻谷收割后都是铺放在马路上晒干，然后脱粒，沙子，小石头之类的杂物很容易掺杂在里面。用户在做米饭之前，都要经过一道淘米的程序，用起来很多不便，但买卖双方对此都见以为常，见怪不怪。

王永庆却从这一司空见惯的现象中找到了切入点。他带领两个徒弟一齐动手，不辞辛苦，不怕麻烦，一点一点地将夹杂在米里的秕糠，沙石之类的杂物拿走，然后再出售米。这样，王永庆米店卖的米质量就要高一个档次，因而深受顾客好评，米店的生意也日渐红火起来。

在提高米质见到效果的同时，王永庆在服务上也更进一步。当时，用户都是自己前来买米，自己运送回家。这对于年轻人来说不算什么，但对于一些上了年纪的老年人，就是一个大大的不便了；而当时的年轻人整天忙于生计，且工作时间很长，不方便前来买米，买米的任务只能由老年人来承担。王永庆注意到这一点，于是超出常规，主动送货上门。这一方便顾客的服务措施，大受顾客欢迎。

当时还没有送货上门一说，增加这一服务项目等于是一项创举。即使是今天，送货上门充其量是将货物送到客户家里并根据需要放到相应的位置，就算完事。那么，王永庆是怎样做的呢？

原来，每次给新顾客送米，王永庆就细心记下这户人家米缸的容量，并且问明这家有多少人吃饭，有多少大人，多少小孩，每人饭量如何，据此估计该户人家下次买米的大概时间，记在本子上。那时候，不等顾客上门，他就主动将相应数量的米送到客户家里。

王永庆为顾客送米，还要帮人家把米倒进米缸里。如果米缸里还有米，他就将旧米倒出来，将米缸擦干净，然后将新米倒进去，将旧米放在上层。这样，陈米就不至于因存放过久而变质。王永庆的这一精细的服务令不少顾客深受感动,赢得了很多顾客,在经营米店的竞争中也越来越处于上风。

在送米的过程中,王永庆还了解到,当地居民大多数家庭都以打工为生,生活并不富裕,许多家庭还未到发薪日,就已经囊中羞涩。由于王永庆是主动送货上门的,要货到收款,有时碰上顾客手头紧,一时拿不出钱的,会弄得大家都很不好意思。为解决这一问题,王永庆采取按时送米,不即时收钱,而是约定到发薪之日再上门收钱的方法,极大地方便了顾客。

没过多久,嘉义人都知道在米市马路尽头的巷子里,有一个卖好米并送货上门的王永庆。有了知名度后,王永庆的生意很快红火起来。这样,经过一年多的资金积累和客户积累,王永庆便自己办个辗米厂,在离最繁华热闹的街道不远的临街处租了一处比原来大好几倍的房子,临街的一面拿来做铺面,里间用做辗米厂。就这样,在激烈的竞争中,王永庆靠着一份沉着冷静、一份乐观、一份不懈的努力,一步步成就了日后辉煌的事业,从小小的米店生意开始了他后来问鼎台湾首富的事业。

青春感悟

在竞争面前,如果自己就先乱了分寸,那样只能让对手有机可乘。要静下心来好好思考,急躁是不能解决任何问题的。年轻人在社会中,会面临太多的竞争,一定不要慌张,要先给自己吃一粒定心丸,让自己冷静下来,从而认真分析,找到解决问题的方法。

把对手看做一面镜子

社会需要竞争,没有竞争就没有发展。生活在这样一个充满竞争的社会中,要学会用健康的心态对待竞争对手。把竞争对手看做一面镜子,能让你对自己认识更清楚。

日本任天堂公司是电子游戏产业的鼻祖。从最早最经典的"俄罗斯方块"、

"超级马里奥"到如今最流行的"赛达尔传说"、"wiisports"，任天堂是游戏产业中绝对的"老大"，随着世嘉等一帮老对手的没落，任天堂在家用游戏机市场上的霸主地位似乎已经不可动摇。

现实中没有无敌，对手却永远存在。索尼在1994年凭借着一款名为PSP的游戏主机成功打进这一市场，并依靠第三方软件商的支持成功超越任天堂，颠覆了任天堂在业界的王者地位。

在同索尼的正面交锋中，任天堂节节败退。索尼在电子能源方面拥有的强大资源，使得PSP的主机性能远远超过了任天堂的主机。

在对手的打击下，任天堂只能独辟蹊径，在主机性能不及索尼的情况下，加强了对游戏玩法和游戏创意的研究。

事实证明了任天堂策略的正确性。在有"游戏业界的斯皮尔伯格"之称的创意大师宫本茂的带领下，任天堂成功开发出了Wii系列主机，打破了传统游戏运用手柄的单一操纵方式，将对人体体感的捕捉作为新的游戏方式，一举赢得了消费者的青睐。更重要的是，Wii系列主机适合各个阶层，实现了竞争对手索尼和微软一直以来未能实现的梦想，任天堂也凭借着Wii的出色销售业绩超越了三菱，成为全日本排名第二的实力企业。

任天堂的重生应该感谢索尼这面竞争对手的镜子，因为对手的打击使得任天堂开辟了新的市场。因为索尼的打击，使得任天堂认识到了自己的不足。而它的聪明之处并不是简单地弥补自己的不足，而是重新发挥了自己的优势资源。可以这么说，如果没有索尼的打击，任天堂不可能突破自我，或者这样的成功会推迟很多年。

对于任天堂来说，索尼这面镜子，清楚地照出了自己的不足。也许对手不会提醒你如何找到自己的优势，但是它会告诉你，你在哪里有缺点和不足。至于如何抗击对手，那是你自己应该思考的事情。

对手就是自己的一面镜子，在和对手的较量中，学会借鉴对手的行动，让对手作为一面镜子照出你的不足，你才能获得更多的收益。只有学会从对手的身上了解自己的不足，你才能找准自己努力的方向，才能够让自己变得更加强大！

其实，越是对手，值得学习的东西才越多。他想要消灭你，一定是倾尽全力。这时候，对方使出浑身解数，也就是传授你最多招数的时候。因为，对手为了激怒你、伤害你而使出的一些手段,是任何其他老师所不能教你的。如果你有个强大的对手,你应该感到庆幸。

青春感悟

一个人要懂得把对手当作一面镜子,每天都要仔细盯紧我们的对手,学会欣赏他,看到他的长处,并拿来为我所用。从对手那儿,我们懂得什么是危机感,有危机感的人才会有竞争力。

变对手为朋友

把竞争与朋友结合起来,既竞争又合作,就能突破孤军奋战的局限,把自身优势与他人的优势结合起来,把双方的长处最大限度地发挥出来,从而让自己有一个最大限度的提高。

谈起永亮照明在新西兰地区发展的那段经历,李新鹏冥想了半分钟:"在那几年,我用得最多的就是努力在竞争中找到真正的朋友,这样不仅少了敌人,还增加了胜算。"

在去新西兰之前,李新鹏只是永亮照明的亚太区市场部总监。一天,老板把他叫到办公室,倒了一杯水,双手递给他:"李新鹏,我打算提拔你做新西兰地区的总经理。你也知道在那里我们已经亏了15年了,我们必须改变。"

李新鹏顿时感到很大的压力,老板便开玩笑地说:"如果你去的话,再亏也亏不到哪里去啊。"

李新鹏听了也哈哈笑了起来,心想:那我就去那边感受一下日光浴和海滩吧。但是到了风光旖旎的新西兰,李新鹏却笑不出来了。那边公司的情况很糟糕,公司的账面亏损严重。他发现,并不是公司产品质量和价格的问题,而是渠道压根没有铺开。不仅仅因为这些,其他品牌竞争也十分激烈,竞争对手能根据当地住宅极其分散的特点全部撒网,这样,永亮要想发展真是难上加难。

经过一番考察,李新鹏想出了一个主意,他十分诚意地把当时的竞争伙伴邀请到自己的公司："我们要跟你们一起来做市场,把我们的货物放在你们的渠道上。而分销网络、物流系统等都由竞争者来搞,我们只完善自己的品牌建设。"

当时,有的人觉得李新鹏可能是一个傻瓜,这等于公开了自己公司的所有秘密,觉得这是一个阴谋。最终只有一家表示愿意和他合作。

李新鹏首先拿出了自己的诚意,让对方消除了戒心。他想,能在这个时候同意和自己合作的人如果可以把他变成自己的朋友,不仅可以在这个时期让永亮渡过难关,就是以后也可以彼此照应,应对各种商场变化。

就这样,经过几次的合作,李新鹏通过自己的努力博得了对方的信任,彼此成了真正的朋友,而双方的领导者各自也得到了一个不可多得的朋友。在他们的合作之下,永亮照明在新西兰有了更好的发展轨道,而对方也得到了更好的制作经验。双方的业绩也奇迹般地都得到了双赢。

所以说,竞争对手并不都是敌人。最高明的做法是在竞争中把对手变成朋友,变成合作伙伴。

杨桥在高中的时候,学习成绩还不错,但是比较偏科,不喜欢学习理科。这有点致命,每次摸底考试排名,在班级前几名徘徊,还不稳定,却又从来没有拿过第一。当时班级的物理课代表刘强是公认的学习尖子,但是同学们都感觉他很孤傲,不容易相处。很巧合的是,高三时,位置调整,杨桥和刘强成了同桌。当时杨桥感觉压力很大,准确地说,是感觉竞争对手就在自己的身旁坐着,有点不愉悦。但是私下里还是暗暗下决心,下一次考试要超过刘强。不知不觉中,他们竟成了很好的朋友。学习上,有不清楚杨桥就会向刘强请教,刘强都耐心的给指导。而就因为如此,杨桥可怜的物理成绩却在那以后有了奇迹般的进步。

其实,一个人在成长的路上,会随时随地遇到竞争对手。过去那种仅仅把对手看成是"冤家",认为在竞争中把对手置于死地的人是强者的观点是片面的、有害的,它往往造成不必要的摩擦、内耗及浪费。而能把对手争取过来,成为自己的朋友显得比打败他更为重要。

　　竞争在所难免，但不必整天想着厮杀。如果能成为朋友是最好不过的了，如果能找到更好的切入点，则对双方都是一个更大的促进。

向你的对手致谢

　　永远不要试着消灭你的对手，有时候甚至要乐于看到对手的强大和优秀。去感谢你的对手吧！要知道，将我们送上领奖台、让我们成功的，往往不是我们的朋友，而是我们的对手。

　　日本的北海道出产一种鳗鱼，这种鱼味道极其鲜美。海边渔村的许多渔民都以捕捞这种鱼为生。但是鳗鱼的生命非常脆弱，只要一离开深海区，过不了半天就会全部死亡。所以渔民们捕获的鳗鱼，运到市场上时，基本上都是死的。奇怪的是有一位老渔民天天出海捕捞鳗鱼，运到市场上时，他的鳗鱼却总是活蹦乱跳的。由于鲜活的鳗鱼价格要比死亡的鳗鱼几乎贵出一倍以上，所以没几年功夫，老渔民一家便成了远近闻名的富翁。而周围的渔民做着同样的营生，却一直只能维持简单的温饱。老渔民在临终之时，把秘诀传授给了儿子。原来，老渔民使鳗鱼不死的秘诀，就是在整仓的鳗鱼中，放进几条叫狗鱼的杂鱼。这种鱼是鳗鱼的死对头，一放进仓里，惊慌的鳗鱼便四处游动，这样一来，原本死气沉沉的的船舱便充满了生机，自然，这些鳗鱼也不会过早死掉。

　　鳗鱼正是因为有了狗鱼这样的对手，才长久地保持着生命的鲜活。现实生活中，也正是因为有了对手的存在，才叫你不得不在压力中超越自我。即使在顺境中，拥有寸步不离的对手，你前行的路上怎敢有一点疏忽，为了不被对手追上，别无选择，只能一路前行。所以，一个人没有理由不去感谢他的对手。

　　在第 27 届奥运会上，孔令辉在男子乒乓球单打决赛中，艰难地以 3∶2 战

109

胜了瓦尔德内尔,获得了冠军。全国人民为之欢呼雀跃,而孔令辉在接受记者采访时却说了一句让人难忘的话:"其实,我应该感谢瓦尔德内尔……"

的确如此,瓦尔德内尔多年来竞技不断提高,让垄断世界乒坛的中国队找到了真正意义上的对手,并让中国队变得更加强大,怎么能不值得感谢呢?

可见,对手不再是我们的敌人,也不是我们的冤家,而是与我们在同一个战壕中的战友。我们应该懂得感谢对手。

有这样一个男孩,他初中毕业后,选择了去省城一家技校学厨师。毕业后回来,开了一家小吃店。生意虽不算红火,但是也说得过去。他很自足,这样安安稳稳,细水长流,收入也是相当可观的。他唯一感到心满意足的就是,在这条街上,只有他一家小吃店,这为他的生存奠定了基础,风险也减轻了许多,比如竞争、排挤。

一年后的一天,街角的童装店突然关门了,紧接着开始转租、装修,开起了一家小吃店,但是新装修的店面更卫生、漂亮。

他所担心的危机来了,站在马路上,他不时地遥望对方,人家的食客满堂,而自己的店里冷冷清清。他的心态极不平衡,甚至他都想找人去砸对方的店,教训一下人家,不要来抢他的买卖。可最终,他还是控制了自己,因为那样的结果只能是两败俱伤。

和气才能生财。慢慢地,他有所转变了,开始分析彼此的优势:对方的店地理位置好,条件也好,这已是既定事实;而自己的优势在于,有一批老顾客,并且积累了一定的经验。所以,要想取长补短,就必须进行改革,打铁还要自身硬啊!

于是他把店内的布局进行了调整,更换了物品,这样也令人耳目一新了。他新招聘了一位厨师,带来了新的菜谱,饭店又增色不少。最关键的是,他开始经营早餐了。每天刚一放亮,员工齐上阵,油条、面包、豆浆等等,早点的花样繁多、实惠,又带来了新的客源。

每天早晨他的店独秀一枝,为上班的人们提供了便利,中午和晚上,对方店里的客人很多,而他的店也不含糊,回头客越来越多,还呈上升趋势。

一个月下来,盈利竟是以前的三倍。他开始感激对手了,正是他的出现,才刺激了他疲惫的神经,从而激发他的勤奋,创造了新的辉煌。

从一定意义上讲,对手有时就是催化剂,它能引发彼此之间的相互竞争,挖掘潜能,并且取得更大的成绩。感谢你的对手吧,千万别把他当成"敌人",而应该把他当作是你的一剂强心针,一个加力挡,一条警策鞭。

选择好的对手

一个人在社会上生存,常常会在竞争中遇到对手。没有对手的人生是苍白的人生,但不会选择对手的人生却是不幸的人生。

美国有一位名叫阿扎洛夫的作家,由于他的努力和勤奋,使他的年轻时候就有了辉煌的成就。然而,后来,由于他在故乡小城里与一个名叫马利丁的文坛小丑较上了劲,并将其视为竞争对手,从而使他年轻时候的那一点辉煌淡然无存。马利丁为了抬升自己的身价,得到名利和地位上的双赢,以他卑鄙的钻营伎俩不断地在报刊上制造一些低劣的花边新闻,并向阿扎洛夫叫板。凭着阿扎洛夫的人品和地位,他本不该去理会这种"跳梁小丑"式的人物,但是,不幸的是,他被这个小丑激怒了,并丧失理智地与这个叫马利丁的人在小报上展开了长达数年的论战。结果,这个马利丁靠着他既得到了名又得到了利,而他,在无端地空耗青春与生命的同时,竟成了世人耻笑的对象,从此一蹶不振,郁郁而终。

著名的成功学大师卡耐基也曾说一个类似的故事:

某公司的一名高层管理人员不知道为什么,总看不惯一个清洁工,一见那个清洁工就烦。那个清洁工因此很敌视那位高管,总是对他报以冷眼,不是在他经过时拖地,就是在他下楼时关走廊的灯。这名高管想发火,可每次又找不到理由,只好把火憋在心里。于是他更加的讨厌那个清洁工,每次见到他总是做出鄙视的姿态,而清洁工也加倍的做出各种激怒他的举动。终于有一天,高管忍无可忍,找碴把那个清洁工痛骂一顿。出乎他意料的是,清洁工在高呼怒骂时始终不吭一声,等高管骂得筋疲力尽了,才不以为然地问他一下:"你天天和一个清洁工较劲,值得吗?"

一句话让这位高管无比难勘,他在较高职上的优事势立刻荡然无存。他很羞惭的感到,长久以来为了一件鸡毛蒜皮的小事,竟然和一个与自己没有关系的人产生了对峙,而且这严重影响了平时的心情。

一个人一辈子会有很多对手,对不值得付出精力应对的人,你其实可以一笑而过,不予理会。这就是人们常说的要正确选择对手,选对了,会促使你不断向上;选错了,也许就选错了人生的方向。

威廉·詹姆斯说过:"明智的人就是清醒地知道该忽略什么的人。"不要被不重要的人和事过多打搅,因为成功的秘诀就是抓住目标不放,而不是把时间浪费在无谓的牺牲上。明智的人就应该如同下面这个故事中的老虎:

在一个森林里,一个自不量力的鼹鼠很是羡慕森林之王老虎的威风与地位,于是找到老虎向老虎挑战,要同它决一雌雄。它对老虎说,如果它胜了,就让老虎将自己森林之王的位置让给它,如果它输了,它就从此远离老虎统治的这片森林,迁移到别处生活。对于它提出挑战的建议,老虎想也没想就断然拒绝了。见老虎这样,鼹鼠说:"人人都说你是大王,我看你是徒有虚名,你连我的挑战都不敢答应,你还能做什么?"听了它的话,老虎轻蔑地俯视着它说:"如果我答应你,不管最终你向我挑战的结果如何,你都是最后的赢家,而我呢,以后所有的动物都会耻笑我竟和一只鼹鼠打架。同你比武的麻烦在于,即使赢了,也是赢了老鼠,赢了老鼠的老虎还算得上森林之王吗?所以,不是我不敢答应你,是不屑于选择你这样的鼠辈作为对手!"

所以说,如果一个人与一个不是同一重量级别的对手争执不休,就会浪费自己的很多时间,降低人们对你的期望。

其实,选择什么人做对手,取决于所选择之人的人品、学识、实力与为人处世的胸襟。选择一个德才兼备、光明磊落的人做对手,竞争中因为对手的出色可以带动自己提升自己的能力和素养,从而获得竞争的快感;反之,同能力低下，各方面条件都比不上自己的低能儿，甚至是跳梁小丑式的人物做对手，不仅白白消耗了自己的精力、浪费了自己的感情，而且即使在竞争中赢了对手，也不可能获得竞争的快感，相反还会令自己变得鄙俗和堕落。

青春感悟

人，总是有对手的。学习上，比你多考几分的同学是你的对手。生意里，斜对面又开了一家店铺卖着和你一样的货物的老板是你的对手；赛场上，迈过起跑线和你一起奔向终点的与动员是你的对手；同事间，工作绩效考核比你高的人也是你的对手。对手，是一个促进你超越自我，勇往直前的朋友。有了对手就有无尽的动力。所以，我们要选择好我们的对手。

利用竞争激发你的潜能

现代社会是一个充满竞争的社会，国家之间，企业之间，个人之间，不论何时何地都存在着竞争。面对诸多的竞争对手，我们便产生了危机意识和紧迫感，也就是孟子所说的"忧患"，正是这种意识才是我们不断进取，取得更好地成就。

然而，在现实生活中，许多人把竞争对手看做是心腹大患，是异己，是眼中钉、肉中刺，恨不得马上除之而后快。其实，这种观点是错误的，竞争对手是你成功的帮手，有了对手，才会使你有危机感，才会有竞争力，才会使你奋发图强，不得不革故鼎新，锐意进取。否则，你只有被社会所淘汰。

非洲草原上曾生活着一种鹿，世代处于狼群的威胁之下，擅长奔跑，健壮无比。后来人们为了保护它，将狼清除出草原。始料不及的是，鹿从此懒散起来，在无忧无虑中患起富贵病，整个种群渐渐退化。

由此类推，人一旦没了对手，生活与工作将失去激情和动力，社会将失去生机。因此，现代社会流行一种豺狼哲学。说是没有了豺狼，老弱病残的动物会太多,以致形成流行疾病;没有了豺狼,吃草的动物会太多,以致动植物不均衡。正是有了豺狼这个强大的对手,动物界才能生机勃勃,不断地淘汰老弱病残,维持良好的生态平衡。豺狼使普通的动物树立了一定的危机意识,要想生存,要想不被豺狼吃掉,就要不断提高躲避豺狼的能力。

挪威人在海上捕得沙丁鱼后,如果能让其活着抵港,卖价就会比死鱼高好几倍。但只有一只渔船能成功地带活鱼回港。该船长严守成功秘密,直到他死后,人们打开他的鱼槽,才发现只不过是多了一条鲇鱼。原来当鲇鱼装入鱼槽后,由于环境陌生,就会四处游动,而沙丁鱼发现这一异己分子后,也会紧张起来,加速游动,如此一来,沙丁鱼便活着回到港口。这就是所谓的"鲇鱼效应"。

运用这一效应,通过个体的"中途介入",对群体起到竞争作用,它符合人才管理的运行机制。这种方法能够使人产生危机感,从而更好地工作。

动物没有竞争对手,也就没有了野性;一个人没有竞争对手,就会自甘平庸与堕落;一个群体如果没有竞争对手,就会因过度安逸而丧失活力;一个国家如果没有了对手,就会逐渐走向懈怠和腐败;一个行业如果没有竞争对手,就会丧失革新的动力,安于现状而逐渐走向衰亡。

有这样一个寓言故事:一只猴子偶然得到一面镜子,它拿在手里左照右看,并不知道镜子里的猴子就是自己,他踢踢身边的黑熊说:"老兄,你快瞧瞧,你瞧瞧里面这个丑八怪,你瞧,他还做鬼脸呢,还活蹦乱跳呢。不过,我不得不说,我们猴子家族中,这样装腔作势的丑八怪还着实不少呢,我都能把它们的名字一个个数出来给你听!"他自负地接着说,"不过,也没有那个必要,反正我不像它就是了。如果我有一丁点跟它相像,我真要愁得不知道如何去死了!"黑熊懒洋洋地抬起眼皮,看了一眼自以为是的猴子,不屑地讽刺道:"老兄,镜子里正是你自己,别再笑话别人了,回过头来看看自己的丑态吧!"猴子傻眼了,它说什么也不相信自己竟是这副嘴脸!

猴子手握镜子却无法看清自己,说明它缺少自知之明。现实生活中,如同故事里猴子一样看不清自己,看不清身边同类的人大有人在。竞争对手就在眼前,他们的一举一动你历历在目。

一个强劲的对手,会让你时刻有种危机四伏感,它会激发起你更加旺盛的精神和斗志。

法国化学家普鲁思特和贝索勒为探讨定必定律,从 1799 年至 1808 年,争吵了 9 年。最后普鲁思特证明了定必定律,成为胜利者。但是,他没有因此而趾高气扬,而是感谢对手的质难,才促使他深入地研究下去。他认为发现这条定律,应该有贝索勒一半的功劳。而贝索勒也为对方发现真理而高兴,写信向普鲁思特祝贺。

有竞争,就免不了有输赢。即使你在竞争中失败了,也不要怨恨对手,而是把对手当做你的良师益友,虚心向他学习。学习他的长处,反思他的不足,不让自己再犯同样的错误;更不要置对手于死地,现代竞争是一种高级商战,我们必须要学会更理智更高明的竞争方法,认真研究对手,进而超越对手,要以柔克刚,少搞针锋相对,这才是功力。

青春感悟

是竞争对手激发了我们的潜能,使我们走向成功。我们的成功离不开竞争对手的陪伴和激励。只有不断让自己的实力更雄厚,勇敢地参与各项竞争,才能立于不败之地。

第六章 磨难，让我们更坚韧

如果说缺少太阳的人生是黯淡的，那么缺乏磨难的人生则是苍白的。有日照中天时惬意的光明，必然有黎明前黑暗的陪衬。漫漫人生路，但却没有平坦的大路，多经历一些事情，多经历一些磨难，你才会变得更加成熟，更加坚韧。

苦难是人生必经的河

苦难，对于那些渴望成功的人来说是一种财富，在苦难中人才能挖掘自己的所有潜力。苦难是一所大学，凡成大事业者都是从这所学校合格毕业的学生，经历了苦难的磨炼，才能够更加强壮。

时下很多年轻人，看到成功人士的耀眼光环时，便常常埋怨人生和命运不公。其实这些人只看到了美好的一面，却没有看到他们也是从风雨中走过来的。

杨怀保，一个在苦难中跋涉的年轻人，2006 年湖南省学联授予其大学生品学奖，让我们从他的经历中感悟一下人生。

杨怀保是一个普通家庭出生的孩子，父母的重病缠身、弟弟的年幼，使这些繁重的生活琐事都压在了他的身上。他从 12 岁起就成了家庭的顶梁柱，一路走到如今，由于那些生活的磨难，使他比同龄人更加坚强和懂事。

杨怀保上初中时，他的母亲因病丧失了劳动能力，这无疑是使这个贫困的家庭雪上加霜。对于年幼的杨怀保来说，生活的磨难才刚刚开始。读高中一年级时，他的弟弟也开始上学。多病的父亲来到县郊的一个建筑工地上干活，才干了几天，膝盖便被钢筋砸伤。

由于没有到正规医院接受手术治疗,父亲的脚落下了后遗症,丧失了干重活的能力,一家人的生活陷入绝境。学校在获悉杨怀保的家境后,决定免除他3年的学费。

在父亲养病的日子里,杨怀保上高二了,家里想办法给他借来了200元钱。杨怀保把账一算,每天伙食费等一切开支不能超过2元钱,才能把这个学期读完。于是,杨怀保每天早上买好一天的6个馒头,早上吃一个馒头,喝一碗稀饭,中午就去学校餐厅盛一碗免费的汤,和着3个馒头吃,剩下的两个馒头晚上吃。那时候,正值长身体的年纪,杨怀保常常因为饥饿而体力不支。

然而,即使如此恶劣的条件,杨怀保还是坚持下来了。高三那年,当别人都在抓紧每一分每一秒冲刺的时候,他利用课下的时间和父亲去县城附近帮人收割油菜和小麦。那段时间里,杨怀保下午放了学便骑自行车带父亲到地里,一直干到凌晨1点多。拿工钱的时候,杨怀保惊喜地发现,一个晚上自己跟父亲居然可以赚60多元。

即便干活耽误了他很多宝贵的学习时间,他依然考上了湖南省的湘潭大学,成为村里第一个大学本科生。高考结束后的第4天,杨怀保独自一人来到西安找工作。在班主任老师的催促下,杨怀保揣着打工挣来的1200元,走入了湘潭大学。

在大学的每一天,当别人都在享受初来大学的闲暇和娱乐时,杨怀保却一下课就穿梭在校园里,寻找着可以赚到生活费的工作。

2004年春节,回到告别半年的家中,杨怀保发现父母的身体状况越来越差,正在长个子的弟弟也十分瘦小,他们都需要人照顾。杨怀保做出了一个令所有人大吃一惊的艰难决定:带着家人上大学。租房子、给弟弟找学校、帮父亲找份力所能及的活,杨怀保终于把一切都打点好,将父亲、母亲和弟弟都接到了湘潭。

为了挣钱养家,学习之余,杨怀保四处寻找打工的机会。2004年暑假,杨怀保在长沙一口气找了3份工作:白天骑上自行车,沿街推销口香糖,同时利用空隙兼做某大学的招生工作,晚上则到学生家中做家教。每天杨怀保清早出门,一直要忙到晚上10点多。一个暑假下来,他赚了5200多元钱。

2006年,杨怀保成功应聘到TCL公司。然而,因为父母需要人照顾,他最终忍痛把远方的工作辞掉了,做出了考研究生的决定。

短短二十几年,杨怀保却经受了其他年轻人所从来没有遇到过的苦难,然而他丝毫没有向生活的磨难低头。走到现在,他已经跨越了最困难的时期,他一直坚信自己以后的路会越来越好。

苦难成就人生。罗曼罗兰笔下的约翰·克利斯朵夫也是一个苦难的宠儿,从出生到死亡,这个坚强的行者从未因磨难或是诱惑而改变自己心中坚强的信仰。

在《我们的地球》这部大型纪录片中,有一段镜头是蓑羽鹤飞越喜马拉雅山。为了生存和繁殖,蓑羽鹤必须翻越这座世界上最高的山脉到达它在印度的越冬地。它们除了必须克服高海拔的艰险外,还得面对金雕的袭击。在生命的禁区,看到这样的情形,就像看到人类攀登喜马拉雅山一样,顽强的生命力在蓑羽鹤身上体现得更加淋漓尽致。

超越极大的苦难越过珠穆朗玛峰,蓑羽鹤才能到达越冬地进行繁殖,开始新的生活。这进一步印证了一个道理:只有经过苦难的洗礼,世界万物才能获得新生。

青春感悟

苦难是必经的磨难,这不仅仅是一条人生哲理,更是一条人生信仰。有了这样的信仰,无论受到多大的磨难,你都能坚强地走过去。

挫折可以是我们的恩人

一个乐观的年轻人,往往会成为一个大无畏的人,他们愈为困境所迫,反而愈加奋勇、胸膛直挺、意志坚定,敢于对付任何困难、轻视任何厄运、嘲笑任何阻碍。因为忧患、困苦不足以损他毫发,反而锤炼了他的意志、力量与品格,使他成为了不起的人物。

他刚从军中退伍时,只有高中学历,无一技之长,只好到一家印刷厂担任送货员。一天,这年轻人将一整车四五十捆的书送到某大学的七楼办公室。当他先把两三捆的书扛到电梯口等候时，一位中年警卫走过来，说："这电梯是给教授、老师搭乘的，其他人一律都不准搭。你必须走楼梯！"

年轻人向警卫解释："我不是学生，我是要送一整车的书到七楼办公室，这是你们学校订的书啊！"可是警卫一脸无情的说："不行就是不行，你不是教授，不是老师，不准搭电梯！"

两人在电梯口吵半天，但警卫依然不予放行。年轻人心想，这一车的书要搬完，至少要来回走七层楼梯二十多趟，会累死人的！后来，年轻人无法忍受这无理的刁难，心一横，把四五十捆书搬放在大厅角落，不顾一切的走人。

后来，年轻人向印刷厂老板解释事情原委，获得谅解，但也向老板辞职，并且立刻到书局买整套高中教材和参考书，含泪发誓，一定要奋发图强，考上大学，绝不再让别人"瞧不起"。

这年轻人在联考前半年，天天闭门苦读十四个小时，因为他知道，他的时间不多了，他已无退路可走，每当他偷懒、懈怠时，脑中就想起警卫不准他搭电梯，被羞辱、歧视的一幕，也就打起精神，加倍努力用功。

后来，这年轻人终于考上某大学，毕业后留校任教。如今，二十多年过去了，他也成为了一名教授。然而，他静心一想，当时，要不是警卫无理刁难和歧视，他怎能从屈辱中擦干眼泪，勇敢站起来，而那位被他痛恨的警卫，不也是他一生中的恩人吗？

邹韬奋说："我认为挫折磨难是锻炼意志增加能力的好机会，讲到这一点，我还要对千方百计诬陷我者表示无限的谢意！"挫折对于人生是一种不利因素，是一种阻力，但是只要我们在挫折中不仅能够不屈服，反而能够更加激发起自己实现理想的坚强决心，那么，我们就可以化不利因素为有利因素，变阻力为动力，促使自己更加努力地去奋斗，从而最终获得巨大的成功！从这个意义上讲，我们难道就不应该把挫折当作我们的恩人吗？

幼鹫一旦毛羽生成，母鹫立刻会将它们逐出巢外，带它们做空中滑翔的练习。那种历练，使幼鹫能于日后成为禽鸟中的君主和觅食的能手。自然就是遵循这样的辩证法，它往往在给予人一分困难时，也给人平添一分智力！

火石不经摩擦，火花不会发出；同样，人们不遇挫折的打磨，他们的生命火焰不会燃烧！因为挫折可以使他的身心更坚毅、更强固。

许多伟大人物的成功都是在极度困难的情况下取得的。如贝多芬是在两耳失聪、生活最悲惨的时候,写出了他最伟大的乐曲;席勒为病魔困扰 15 年,而他的最有价值的作品,也就是在这个时期写成的;弥尔顿在双目失明、贫病交迫的时候,写下了他的名著。所以,有诗人说:"假如那是正当的话,为了要得到更多的幸福,我宁愿祈祷更多的忧患到来。"

在人生的航道中,遭遇挫折并不可怕,只要你愿意用一种积极的心态去应对,变换一种角度去看待它。无论你的处境多么艰难困苦,你都没有理由自暴自弃,消沉不振,意志困乏。站起来吧!"宁愿站着死,绝不跪着生"因为你还拥有富贵的生命!如此,你应勇敢地大声高喊"感谢挫折"!果真如此,你的人生,你的奋斗将会靓丽多彩,永不褪色!

青春感悟

精良的斧头,其锋利的斧仞是从炉匠的锤炼与磨砺中得来的。森林中的大树,要不是同狂风暴雨搏斗过千百回,树干就不能长得十分结实。所以说,挫折并不是我们的仇敌,而是我们的恩人。因为没有充分的挫折磨砺,就难以激发起奋进的动力。

坎坷是磨炼心志的锉刀

青春应该是一段坎坷的路程,青春应该是一幅伴着坎坷无怨无悔的画卷。青春的路上总是要经历一些坎坷,它考验着一个人的灵魂,磨炼着一个人的意志。

1983 年的一天,在美国亚利桑那州图森市的一家医院,一个女婴呱呱坠地。令她的父母异常惊愕的是,女婴居然一出生就没有双臂,连见多识广的医生也无法解释这个奇怪的现象。

在父母的疼爱下,女婴一天天地长大,成为一个可爱的小女孩儿。

那天,站在阳台上的女孩儿,看到与自己同龄的一群孩子正张开天使般的双臂,在阳光下欢快地奔跑着追逐翩翩起舞的蝴蝶,女孩儿十分伤感地向母亲哭诉命运的不公,竟然不肯馈赠她拥抱世界的双臂。

母亲平静地安慰她:"孩子,上帝的确有些偏心,但上帝是要送给你更多的梦想,要让你用行动去告诉人们,即使没有翅膀,也可以高高地飞翔,就像没有修长的十指,你同样可以弹出美妙的琴声,可以写出漂亮的文章……"

"我真的能做到那些吗?"女孩儿仰起头来。

"只要你肯努力,就能做得到,只要你的梦想没有折断翅膀,你就一定能飞得很高很高。"母亲温柔的目光里充满了不容置疑的坚定。

女孩儿相信了慈爱的母亲的话,目光一遍遍地抚摸着自己那双看似普通的脚,心中暗暗地告诉自己:我有一双非凡的脚,不只是用来奔走的,还是用来飞翔的。

此后,在父母的指导帮助下,女孩儿开始有计划地锻炼自己双脚的柔韧性、灵活度和力量。怀揣梦想的她,克服了人们难以想象的困难,经历了谁都无法数清的失败,终于在人们的惊讶中,练出了一双异常自由灵活的脚——她不仅可以用双脚吃饭、穿衣,轻松地实现生活的自理,还学会了用脚弹琴、写字、操作电脑……她用双脚做到了几乎是常人所能做到的一切。

女孩儿开始在人们面前自豪地展示自己非同寻常的"脚功",起初遇到的那些异样的眼光里,渐渐地充满了钦佩。在她14岁那年,女孩儿彻底地扔掉了那副装饰性的假肢,一脸阳光地穿着无袖的上衣,走进校园、商场、街区……仿佛自己根本就不缺少什么,除了常人那样的一双臂膀。

女孩儿在继续着创造奇迹的脚步。她读书刻苦,作业写得总是一丝不苟,从小学到中学,她的学习成绩始终名列前茅,老师和同学们都十分敬佩她的坚毅和自强。当她拿到亚利桑那大学的心理学专业的学士学位证书时,一家人幸福地拥抱在一起。父亲自豪地鼓励她:"孩子,你还可以做得更棒!"

"是的,我还可以做得更棒!"女孩儿自信地笑着。

为了增强腿部肌肉的力量,保持腿部的灵活性与韧性,女孩儿不仅坚持经常性的跑步,还成为碧波荡漾的泳池里的一条自由穿梭的美人鱼,还成了一家跆拳道馆里小有名气的高手……一位医生曾指着给她拍的X光照片,惊奇地喟叹:"经过锻炼,她的双脚已变得异常敏捷,她的脚趾关节已像手指关节一样灵活自如。"

女孩儿的梦想还在不停地放飞着,她又走进了汽车驾驶学校。在教练员惊讶的关注中,她很快便掌握了驾车的各项技术,通过了近乎苛刻的各项考试,顺利地拿到了驾照，开始用双脚娴熟地驾车御风而行……

接下来，女孩儿要去圆自己心中埋藏已久的梦想了——她要亲自驾驶飞机，拥抱苍穹。

曾经培养出许多飞行员的著名教练帕里什·特拉威克一看到亲自驾车来报名的女孩儿，就知道她一定会飞上蓝天的，就像一只矫健的雄鹰那样，不仅仅因为她那娴熟的驾车技术，还因为她目光中流露出的从容、淡定与果决。

果然，女孩儿在学习飞机驾驶的时候，丝毫不逊色于那些身体健全的飞行员，她一只脚操纵着控制板，另一只脚操纵着驾驶杆，滑行、拉起、升空……她冷静、沉着，每一个动作都十分准确、到位，比不少学员表现得都出色。教练帕里什·特拉威克后来回忆说："事实证明，她是一个优秀的飞行员，她驾驶飞机时非常冷静和稳定。一旦你和她在一起呆上20分钟，你甚至就会忘掉她没有双臂的事实。她向人们展示，人可以克服所有的限制，她真是太令人难以置信了。"

25岁的女孩儿如愿地拿到了轻型运动飞机的私人驾照，成为美国历史上第一个只用双脚驾驶飞机的合法飞行员，开创了飞行史的先例。女孩儿的名字叫做杰西卡·考克斯。

如今，杰西卡·考克斯已是美国家喻户晓的英雄，她靠双脚生活和奋斗的感人故事，给世人带来了巨大的心灵震撼和精神鼓舞。

忧患和安逸同样是生活方式，但一个可以培育强者、能人、伟人，一个只能播种平庸、平凡、懦弱。

有个小和尚从小在寺中长大，每天早上，他都五点起床去山下挑水，挑完水后把寺院上上下下全部打扫一遍，然后等做过早课后去寺庙后的市镇上购买寺中一天所需的日常用品。回来后，还要干一些杂活，晚上还要读经到深夜。就这样，年复一年，一晃十年过去了，小和尚长大了。

有一天，小和尚干完活与其他和尚在一块儿聊天，聊天中发现别人过得都很悠闲，只有他一个人从早到晚忙忙碌碌。他还发现，虽然别的小和尚偶尔也会被分派下山购物，但方丈让他们去的市镇，路途平坦距离也近，买的东西也不多。而十年来方丈一直让他去寺后的市镇，道路崎岖难行，距离也很远，要翻越两座山才能到，方丈让他买的东西多而且很重，回来时要连拖带拽才能拿回来。方丈为什么要这样对我呢？于是，小和尚带着诸多不解去找方丈，问："为什么别人都比我清闲呢？没有人强迫他们干活读经，而我却要干个不停？"方丈微笑不语，没有回答。

第二天，小和尚依旧得五点起床、挑水、扫地，忙完这些之后，方丈让他去寺庙后的镇上买一袋大米回来。中午时分，当小和尚扛着一袋大米从后山走来时，发现方丈正站在寺门旁等着他，方丈让他放下大米，和他一块坐在寺门旁等其他小和尚买东西回来。太阳快要落山了，前面山路上方才出现几个小和尚的身影，他们说说笑笑、打打闹闹，一会儿跑去摘花，一会儿跑去捉鱼，短短的一段山路，他们走了很长时间，来到寺门前天已经黑了。当他们看到方丈时，一下愣住了。方丈平静地问那几个小和尚："我一大早让你们去买盐，路这么近，又这么平坦，怎么回来得这么晚呢？"几个小和尚面面相觑，说："方丈，我们说说笑笑，看看风景，就到这个时候了。十年了，每天都是这样的啊！"

方丈又问坐在身旁的小和尚："寺后的市镇那么远，翻山越岭，山路崎岖，你又扛了一大袋米，为什么回来得还那么早呢？"小和尚说："我每天在路上都想着早去早回，由于肩上的东西重，我才更小心去走，所以反而走得稳走得快，十年了，我已养成了习惯，心里只有目标，没有道路了！"

方丈闻言大笑，说："道路平坦了，心反而不在目标上了。只有在坎坷的路上行走，才能磨炼一个人的心志啊！"

后来，寺里要从众多僧人当中挑选一位去西天取经，路途遥远，困难、诱惑重重，一般人是无法担当如此大任的，所以选拔时非常严格。小和尚经历了十年的磨炼，无论从体力、毅力、悟性还是诵经讲学方面都胜过其他人，他理所当然成了最佳人选。说到这儿你可能已经猜到这个小和尚是谁了，他就是玄奘法师。

磨难、坎坷可以磨炼一个人的心志，在温室中健康成长，依然是缺乏一些生命的元素。因为痛苦、磨难、艰辛，不管是生理上或是心理上的，都是人生中不可避免的一部分。所以让自己在苦难中历练成长吧，穿过苦难到达另一端的快乐，远比绕过它所得的快乐更健康。

青春感悟

喜欢回忆的人，大都会发现记住的磨难多于幸福时光。一路坎坎坷坷地走下来,蓦然回头才发现,没有这些坎坷与挫折,你无论如何走不到今天的这个高度。磨难能让一颗柔嫩的种子长成参天大树,能把一块无奇的石头打磨成漂亮的美玉,能让一个平凡的人成就不平凡的事业,走过那段艰难岁月,你会发现人生更加丰富、充实。

磨难成就人生

青春是把厚实的镐头,镐头就是用来开垦的,否则它就会生锈。青春是用来吃苦的,只有苦学苦练,你才能学本领,长才干,才有可能赢得事业的成功。

一位屡屡失意的年轻人面对人生的困惑不知如何解答,便千里迢迢来到普济寺,慕名寻到老僧释圆,沮丧地说:"像我这样屡屡失意的人,活着也是苟且,有什么用呢?"

老僧释圆静静听这位年轻人叹息和絮叨,什么也没说,只是吩咐小和尚:"施主远道而来,烧一壶温水送过来。"少顷,小和尚送来一壶温水,释圆老僧把一撮茶叶放进杯子里,然后用温水沏好,放在年轻人面前,笑着说:"施主,请用茶!"年轻人俯身看看杯子,只见杯子里微微地飘出几缕水气,那些茶叶静静地浮着。年轻人不解地询问释圆:"贵寺怎么用温水冲茶?"释圆微笑不语,只是示意年轻人说:"施主,请用茶吧。"年轻人只好端起杯子,喝了两口。释圆说:"请问施主,这茶可香?"年轻人摇摇头说:"一点茶香也没有呀。"释圆笑笑说:"这是福建的名茶铁观音啊,怎么会没有茶香?"年轻人听说是上乘的铁观音,又忙端起杯子喝了两口,再细细品味,然后放下杯子说:"真的没有一丝茶香。"老僧释圆微微一笑,吩咐门外的小和尚:"再烧一壶沸水送过来。"

少顷,小和尚便送来一壶刚烧好的沸水,水咝咝吐着浓浓的白汽,释圆起身,又沏了一杯茶,年轻人俯身去看杯子里的茶,只见那些茶叶在杯子里上上下下地沉浮,随着茶叶的沉浮,一丝清香便从杯里飘了出来。闻着那清清的茶香,年轻人禁不住去端那杯子,释圆忙微微一笑:"施主稍候。"说着便提起水壶朝杯子里又注了一缕沸水。年轻人见那些茶叶上上下下,浮浮沉沉得更厉害了，同时，一缕更醇更醉人的茶香升腾出杯子，在禅房里弥漫。释圆笑着问道："施主可知道同是铁观音，却为什么茶味迥异吗？"年轻人说："一杯用温水冲沏，一杯用沸水冲沏，用水不同吧。"

释圆笑笑说："用水不同，则茶叶的沉浮就不同。用温水沏的茶，茶叶就轻轻地浮在水之上，没有沉浮，茶叶怎么会散逸它的清香呢？而用沸水冲沏的茶，冲沏了一次又一次，浮了又沉，沉了又浮，沉沉浮浮，茶叶就释出了它春雨般的清幽，夏阳似的炽烈，秋风一样的醇厚，冬霜似的清冽。世间芸芸众生，又何尝不是茶呢？那些没有经受过苦难，没有吃过苦头的人，每天平平静静的生活，就像温水沏的淡茶平静地悬浮着，弥漫不出他们生命和智慧的清香。而能吃得苦中苦的人，他们就像被沸水沏了一次又一次的酽茶，在风风雨雨的岁月中沉沉浮浮，溢出了他们生命的一脉脉清香。"

《梅花三弄》中有一句歌词："若非一番寒彻骨，哪得梅花扑鼻香。"写得多好，没有经过苦难的人生，很难品味历久的迷香。人的一生，特别是青春时光，除了享受阳光和雨露之外，更要学会接受很感恩生活给予的苦难。

杨澜在回忆自己年轻时受到的教育时说："父母的独到之处就是老让我干家务，我在家里是独生女儿，他们觉得女儿太懒了，可能嫁不出去，所以有很多固定的家务是我做的，比如拖地，扫地，倒垃圾，打开水，换煤气都是我做的。高中的时候，家里买菜也是我的事。"

事实上，杨澜小时候也不是什么神童、天才，和绝大多数人一样，也是一个在学习上非常吃力的人，甚至一度在学习上不如人。但是，她有着坚强的意志，不怕吃苦、不甘落后、努力拼搏，最后，战胜了自己，超越了自我

我们再来看看被评为台湾第37届十大杰出青年赖东进先生的故事：

谁也不能选择自己的出身，赖东进也是如此，如此地不幸。父亲是个盲人，母亲是个盲人且弱智，除了姐姐和他，几个弟弟妹妹也都是盲人。生活在这样一个家庭里，他们没有好的生活条件，甚至只能住在乱葬岗的墓穴里。

他能有幸读书，源于9岁时别人对他父亲说的一句话："如果不让你的儿子去读书，将来他长大了还是要跟你一样做乞丐。"

于是，父亲再苦再累也要送他去读书，但毕竟经济能力有限，才 13 岁的姐姐为了能让弟弟有出头之日，自愿到青楼里卖身。姐姐走了，照顾一家人的重任就落在他的身上，他既要读书，又要照顾失明的父母弟妹，甚至还不得不忍受同学们歧视的目光。但是他从来没有缺过一天课。每天一放学就去讨饭，讨饭回来就跪着喂父母，甚至失明且弱智的母亲每次来月经，都是他给换草纸。后来，他上了一所中专学校。也许是他的优良品德和命运对他的垂青，他竟然获得了一份纯真的爱情。但从一开始就受到未来丈母娘的阻拦："天底下找不出他家那样的一窝窝人。"为了阻止自己的女儿跟赖东进交往，她甚至不惜动用暴力，把女儿锁在家里，然后用扁担一次次把来找她女儿的赖东进打回去……

但这些都没有击退赖东进对生活的热情。相反，经过一次次的磨难，他开始感恩生活，甚至感谢苦难的命运。在他看来，正是苦难的命运给了他磨炼，给了他这样一份与众不同的人生。他甚至感谢他的丈母娘，正是她的扁担，让他知道要想得到爱情，必须奋斗、必须有出息……

经过不懈的努力和勤奋的学习、工作，他成为了一家专门生产消防器材的大公司的厂长，一家人的生活得到改善，并与当初的女同学结了婚。他自强不屈、努力拼搏的故事激励了无数人。

青春感悟

每个人都可能有处境不顺，遭遇坎坷，做事失败的时候。面对生活中大大小小的磨难，只要我们忍一忍、熬一熬，拿出加倍的勇气和信心就能挺过去，成就非凡人生。当你以坚毅的态度去正视问题时，奇妙的力量会成为源泉，从你的心中涌流出来，智能和勇气也将随之而来。有一天，你将会对这些生命的磨难充满了感恩，因为在这些艰辛的过程中，你反而找到更大的力量，它为你创造了更广的生机，并且带来更大的幸福。

吃苦就是最好的补药

年轻的心不怕痛苦,只怕丢掉刚强;年轻的心不怕磨难,只怕失去希望。只要把经历的风雨看作是生活的一个新尝试,一次新挑战,一种对生命的磨砺,就能感悟到:吃苦就是吃补。

歌曲《吃苦就是吃补》,用闽南语的韵味唱出了一种吃苦精神。正如歌词所写的那样:"人生吃甜先吃苦,苦中练出好步数。"在尝遍了人生的百味之后,才能明白,苦其实是人生的补药。

现实中,大多数人都喜欢尝甜头,不喜欢吃苦,可"酸甜苦辣"皆是人生本味,缺一不可。吃苦,是成功必经的过程,要想有所成就,就必须埋头苦干、勤劳苦作、寒窗苦读。如果不经过苦读、不经过苦学、不经过苦练、不经过苦磨,是不能成功的。

司马迁入狱执笔写《史记》;屈原被流放后创作《离骚》;曹雪芹满腔辛酸作成《红楼梦》;贝多芬用苦难谱写《第九交响曲》……纵观古今中外,大凡名人伟人,其成就都是从血汗、辛苦、委屈、忍耐、受苦中点滴累积而成。人只有在吃苦头,被他人百般刁难、岐视、嘲讽时才能"敲醒自己",让自己被"当头棒喝"而惊醒过来!这岂不是一生中最好的补品?

生命,总是在挫折和磨难中苗壮;思想,总是在徘徊和失意中成熟;意志,总是在残酷和无情中坚强。苦难是人认识社会、理解人生的生动教材;苦难是人成熟的机会;苦难是竞争社会中人面临的必然挑战;苦难中最需要的是坚定的人格和不屈的斗志。

2002 年 3 月 24 日,辽宁省大石桥市博洛铺镇学校的小女孩王洋被附近的邻居喊出来,原来她爸爸从 6 米多高的树上不小心摔下来,送到了医院。听到这个消息,小王洋觉得天都蹋了下来,在去医院的路上,她祈祷着:爸爸一定没事,爸爸一定没事。小王洋的家境很贫寒,妈妈从小患有小儿麻痹症,生活勉强能够自理,爸爸是家里唯一的劳动力,平时靠种地,打零工挣钱养家,如果爸爸再倒下去,以后的生活……小王洋想都不敢想。小王洋到了医院,医生说,她的爸爸脊椎错位,需要赶紧做手术,否则下肢会瘫痪。因为交不起昂贵的手术费,爸爸坚持不做手术,只住了6天院就回家了。

爸爸的腿始终没有知觉,有时会突然抽筋,抽起来一直疼到胸口,全身扭曲成一团,非常痛苦,每当这时候懂事的小王洋就赶紧去给爸爸按摩双腿。爸爸摔伤后,大小便完全失禁,因此要经常去医院洗肠,每次二三十元钱。为了让自己减少排泄,少去几次医院,少花点儿钱,他每天少吃饭,少喝水,即使这样,时间一长,他的肚子就会胀得鼓鼓的。小王洋看了很难受,每次陪爸爸去医院洗肠,就偷偷看大夫怎样洗,慢慢地,她就可以为爸爸洗肠了。

自从小王洋的爸爸遭遇不幸后,她们的生活也越来越艰难,为了照顾爸爸妈妈,她决定要放弃上学。后来在老师、同学的鼓励下,社会的援助下,她又重返了校园。

但王洋觉得不能一直在别人的帮助下生活,要自强自立。于是在学习之余,她学着养猪、养鹅、种庄稼等。3年里,王洋饲养的肥猪共出栏两批,果树年年结果,玉米没有减产,大鹅也下了蛋,有近万元的收入。虽然不够还清债务,但一家人已经看到了希望。王洋用自己单薄的身躯为父母撑起了一片天,当同龄人还躲在父母臂膀中时候,她已经能为了父母的精神支柱。苦难让这个曾经不谙世事的小姑娘多了一份成熟,多了一份坚强。

著名成功学大师卡耐基说:"苦难是人生最好的教育。"大量事实说明,伟大的人格无法在平庸中养成,只有经历熔炼和磨难,愿望才会激发,视野才会开阔,灵魂才会升华,人生才会走向成功。

李嘉诚幼年丧父,家庭的重担由他一肩扛起。14岁,正是一般青少年求学的黄金岁月,应该是无忧无虑的,然而迫于生计他不得不选择辍学,走上谋职一途。他好不容易在港岛西营盘的春茗茶楼找到一份担任服务生的工作。每天清晨五点左右一般人都还在睡梦中的时候,他就必须提起精神从温暖的被窝中爬起,然后赶到茶楼准备茶水及茶点。每天他的工作时间长达15小时以上。生活简直就是一场严酷的考验与磨练。

舅父非常疼爱李嘉诚,为了让他能够准时上班,就买了一只小闹钟送他。他把闹钟调快了十分钟,以便能最早一个赶到茶楼开门工作。茶楼的老板对他的吃苦肯干深为赞赏,所以李嘉诚就成为茶楼中加薪最快的一位员工。

曾有人问李嘉诚的成功秘诀。李嘉诚讲了下面这则故事:

在一次演讲会上,有人问 69 岁的日本"推销之神"原一平其推销的秘诀是什么,他当场脱掉鞋袜,将提问者请上讲台,说:"请你摸摸我的脚板。"

提问者摸了摸,十分惊讶地说:"您脚底的老茧好厚呀!"

原一平说:"因为我走的路比别人多,跑得比别人勤。"

李嘉诚讲完故事后,微笑着说:"我没有资格让你来摸我的脚板,但可以告诉你,我脚底的老茧也很厚。"

人生中任何一种成功都不是唾手可得的,不能吃苦、不肯吃苦,是不可能获得任何成功的。

青春感悟

一个人如果能吃常人不能吃的苦,必然能做常人不能做的事。从这个意义上来说,人生吃苦就是吃补,是补意志,补知识,补才能,补道德,补灵魂。所以,当遭受苦难之时,请自我期勉,真诚面对,把它当作一种心志的历练与灵魂的洗练吧!

在挫折中学会成长

温室中培养不出参天大树,这是很简单的常识;成长过程,需要挫折的锻造,这是被无数事实证明的真理。

城里的儿子回农村老家,发现自家玉米地里玉米长得很矮,地已干旱,可周围其他地里的苗子已长得很高。当儿子买了化肥、挑起粪桶准备浇地时,却被父亲阻止了。父亲说,这叫控苗。玉米才发芽的时候,要旱上一段时间,让它深扎根,以后才能长得旺,才能抵御大风大雨。过了个把月,一个狂风骤雨的日子,儿子果然看到除了自家地里的玉米安然无恙外,别人都在地里扶刮倒了的玉米。

这个故事,告诉我们这样一个人生道理:年轻时苦一点,受一点挫折,没关系,它只会让人多一点阅历,长一点见识,并因此而坚强起来,因此而获取成功。

在生活中,挫折是不可避免的。但是,只要我们正确地看待挫折,敢于面对挫折,在挫折面前无所谓惧,克服自身的缺点,在困难面前不低头,那么,顽强的精神力量就可以征服一切。曾任美国总统的林肯一生中就遭遇过无数次失败和打击,然而他英勇卓绝,败而不馁,不正是因为这惊人的顽强毅力才使他走上光辉大道吗?

挫折是可怕的,但却是人生和成长过程中不可缺少的基石。挫折是会给人带来伤害,但它还给我们带来了成长的经验。被开水烫过的小孩子是绝不会再将稚嫩的小手伸进开水里的。即使他再顽皮,他也会记得开水带来的伤痛。被刀子割破了手指的小孩子是绝不会再肆无忌惮地拿着刀子玩耍的,因为他知道刀子很危险。孩子们经历了挫折,但他们换来了成长的经验。这不正是我们所说的"坏事变好事"吗?

人生需要挫折。在挫折中,一个人会更快的成长。

有一位穷困潦倒的年轻人,身上全部的钱加起来也不够买一件像样的西服。但他仍全心全意地坚持着自己心中的梦想——他想做演员,当电影明星。

好莱坞当时共有500家电影公司,他根据自己仔细划定的路线与排列好的名单顺序,带着为自己量身定做的剧本一一前去拜访。但第一遍拜访下来,500家电影公司没有一家愿意聘用他。

面对无情的拒绝,他没有灰心,从最后一家电影公司出来之后不久,他就又从第一家开始了他的第二轮拜访与自我推荐。

第二轮拜访也以失败而告终。第三轮的拜访结果仍与第二轮相同。但这位年轻人没有放弃,不久后又咬牙开始了他的第四轮拜访。当拜访第350家电影公司时,这里的老板竟破天荒地答应让他留下剧本先看一看。他欣喜若狂。

几天后,他获得通知,请他前去详细商谈。就在这次商谈中,这家公司决定投资开拍这部电影,并请他担任自己所写剧本中的男主角。

不久这部电影问世了,名叫《洛奇》。这个年轻人就是好莱坞著名演员史泰龙。

面对 1850 次的拒绝,需要的勇气是我们难以想象的。但正是这种勇敢,这种不轻言放弃的精神,这种对自己理想的执著追求,让故事中的年轻人的梦想得到了实现。在我们实现梦想的路途中,也会不可避免地遭遇到种种挫折,让我们用执著为自己导航,坚定地树起乘风破浪的风帆,坚信终有一天成功的海岸线会在我们眼里出现。

挫折是一座大山,想看到大海就得爬过它;挫折是一片沙漠,想见到绿洲就得走出它;挫折还是一道海峡,想见到大陆就得游过它。

有位名人说过:"勇者视挫折为走向成功的阶梯,弱者视之为绊脚石。"上天之所以要制造这么多的挫折,就是为了让你在挫折中成长。当你战胜种种挫折,蓦然回首时,你就会惊喜地发现,你成熟了。

青春感悟

在我们的成长过程中,不可能一帆风顺就抵达理想的彼岸,没有不经历挫折而成功的人。相反,正是挫折丰富了我们的人生,磨炼了我们的意志,成就了我们的事业。

在逆境中提升

逆境是意志的磨刀石,逆境是信念的冶炼炉,逆境是希望的再生地。逆境能坚强毅力,逆境能健康体魄。逆境造就人才,逆境造就英雄。

曾经,因为潦倒,他将自己的诗仅卖了 10 块钱,而被人嘲笑为"弱智",而这首诗花了他整整 10 年的时间;曾经,"穷鬼"一词变成了他的代名词,生活的一连串打击一度让他几近崩溃,走投无路。

他出生在美国的波士顿,是个苦命的孩子,3 岁时就失去了双亲,成了可怜的孤儿。后来,当地一位做烟草生意的商人收养了他,并送他上学读书。兴趣经商的养父始终不理解爱写诗的他,更不喜欢他,经常骂他是个"白痴"。长大后，他的浪漫不羁与养父的循规蹈矩形成了鲜明的反差，两人不可避免地发生激烈的冲突，最终他被赶出家门。

后来，他进了美国西点军校就读，酷爱写诗的他竟然无视校规，不参加操练，被军校开除。从此，他用写诗来打发自己的时光。

在他26岁时，他遇见了生命中最重要的女人——表妹唯琴妮亚，并不顾世俗的眼光与阻挠，两人相爱并很快结婚。这是一段令他刻骨铭心的时光，也是他一生中最难以忘怀的美好记忆。

婚后，因为贫困潦倒，他们甚至连每月3美元的房租都无法支付，经常饿着肚子。体弱的妻子不堪重负病倒了，他只能眼睁睁地看着，无能为力。很多人嘲笑他、讥讽他，说他是个十足的"穷鬼"，连自己的妻子都保护不了，而她的妻子面对人们的讥笑，始终对他不离不弃。他们用真爱诠释了世间最牢固的爱情。

在这样艰难的环境中，酷爱写诗的他始终没有放弃手中的笔，每天都在疯狂地写诗，将自己对妻子的爱深深融入文字中。他渴望有朝一日能改变现状，让妻子过上好的生活。就是这种愿望强烈地支撑着他，让他忘记痛苦，忘记世间所有的不快，一心只想着要"成功"，要"奋斗"。

然而，尽管他从未放弃努力，深爱他的妻子还是带着眷恋与不舍离开了他。几近崩溃的他忍着悲伤的泪水，将对妻子所有的爱恋付诸笔端，写出了闻名于世，感人肺腑的经典诗作《爱的称颂》，最终获得了巨大成功。

"每次月儿含笑，就使我重温美丽的'安娜白拉李'的旧梦；每次星儿升空，就像是我那美丽的'安娜白拉李'的眼睛，因此啊！整个日夜我要躺在——我爱，我爱，我生命，我新娘的身旁，凭吊那海边她的坟墓……"如此深情的文字，让人读后唏嘘动容，他的爱妻泉下有知，也该欣慰了。

他就是美国著名的作家和诗人爱伦坡，被称为世界文坛上最著名最浪漫的文学天才之一。

卓越人士的一大优点就是在不利和艰难的遭遇里百折不挠。爱伦坡的经历告诉我们，逆境中不要沉沦，唯有奋起，方能成就辉煌人生。面对苦难与失败，高人的选择是站起而庸人的选择是逃避。

科学家霍金小时候的学习能力似乎并不强，他很晚才学会阅读，上学后在班级里的成绩从来没有进过前 10 名,而且因为作业总是"很不整洁",老师们觉得他已经"无可救药"了,同学们也把他当成了嘲弄的对象。

在霍金 12 岁时,他班上有两个男孩子用一袋糖果打赌,说他永远不能成材,同学们还带有讽刺意味地给他起了个外号叫"爱因斯坦"。谁知,20 多年后,当年毫不出众的小男孩真的成了物理界一位大师级人物。这究竟是什么原因呢?

原来,随着年龄渐长,小霍金对万事万物如何运行开始感兴趣起来,他经常把东西拆散以追根究底,但在把它们恢复组装回去时,他却束手无策。不过,他的父母并没有因此而责罚他,他的父亲甚至给他担任起数学和物理学"教练"。

在十三四岁时,霍金发现自己对物理学方面的研究非常有兴趣,虽然中学物理学太容易太浅显,显得特别枯燥,但他认为这是最基础的科学,有望解决人们从何处来和为何在这里的问题。从此,霍金开始了真正的科学探索。

青春感悟

人的一生不可能是一帆风顺的,难免会遇到这样那样的挫折、磨难、不幸甚至失败,只有直面挫折,战胜逆境,做生活的强者,才能铸就辉煌绚丽的人生。

挫折让青春更精彩

有人认为青春就是亮丽、明快的,其实不然,青春中也有阴晦的一面,那就是挫折难免。纷呈人生需要有阴晦的一面才叫五彩人生,青春需要有挫折才叫精彩的青春。若青春无风无雨,没有任何波折,太过温和,又有何鉴赏价值呢?又谈何精彩呢?

生活在英国一座小城市里的云蒂·贝尔,天生就患有一种奇怪的病,从她出生的那天起,她就没有皮肤。从此,她只能待在无菌的病房里,她的妈妈从未抱过她一次,她甚至不能哭泣,因为那咸咸的泪水也会腐蚀她的肌肤。那么小的孩子,从出生的那一刻起就面临着上帝给她的莫大考验。可是,面对此挫折,她并不憎恨上帝,因为她看到在窗外还有着鸟儿在为她歌唱,她还能够倾听到鸟儿们告诉她的悄悄话。后来,通过医学家们的共同努力,她终于成为了一个"完人",她终于通过了考验,战胜了挫折,这对她来说莫不是一笔巨大的财富,她凭着顽强的毅力战胜了挫折。

巴尔扎克说:"挫折就像一块石头,对于弱者来说是绊脚石,让你却步不前,而对强者来说是垫脚石,使你站得更高。"

奥地利音乐神童莫扎特,在他15岁那年,他为了抓紧时间创作一首曲子,连续三晚他都在寒冬中伏案创作,手冻僵了,呵一口热气暖暖。但后来,他的曲子被淘汰了,他的希望瞬间变成了泡影。但他并没有在挫折面前低头,还是一如既往地在音乐事业下苦功。最终,他终于在世人的敬仰与羡慕中成就了他一生的辉煌,在历史的篇章熠熠生辉。

"这是第一千次。"一位助手对着一位正苦苦思索的科学家说。"不,我不能放弃,即使是一万次,我也要找到合适的灯丝。"一遍又一遍,一个又一个,他经历了无数次挫折,饭不思,夜不寐,终于他找到了,找到了适合做灯丝的金属——钨,由此发明了给予无数人光明的电灯,他就是爱迪生。他战胜了挫折,发明了电灯,得到了精彩的人生。

若没有挫折,他们还能这样伟大吗?还能拥有那么精彩的人生吗?莫扎特、爱迪生,他们的青春年华可以说是在挫折和失败中渡过的。但也正因为有了这些失败的教训,他们才有了精彩的人生。

每个人都有属于自己的青春,人生中青春是最最美好的,精彩的阶段,经历了青春的酸、甜、苦、辣、你才会成长为一个真正有意义的人。青春短暂,会从你手边轻轻流走,把握好青春意味着充实的人生就在不远的前方等待着你!

青春感悟

在坎坷的人生道路上,我们应为挫折而喝彩,为青春而喝彩。在青春的道路上,只有挫折,那这段路程才会更精彩。挫折就等于是一次考验,只有顺利战胜了这场考验,那你才能成功的走向人生的道路。

挫折是人生的考验

挫折是一种有力度的人生考验,也是一种有价值的人生境界,没有这种考验和境界,日子只会过得平庸,人也轻飘飘没有力量。面对挫折,如果因此而放弃,便前功尽弃;如果继续坚持不懈,便有可能反败为胜。

我们先来读读金利来的掌门人曾宪梓的故事。

曾宪梓在年轻的时候并没有像今天这么出名。当时他还是一个籍籍无名、在社会底层混生活的人。但由于自己一直不懈地努力,很快他就发现领带这个市场存在着广阔的发展空间,于是,就按照当时的审美观设计出了一种新样式的领带。

但新事物的成长总要经历众多的波折。领带被开发出来之后,由于自己的品牌没有名气,一段时间以来,新式领带并没有像他预期那样打进广阔的市场。于是,他决定亲自出马去推销自己的领带。

一天,在街上观察了很长之间之后,他将目标锁定在一家西装品牌店。

一进门,他直接找到这家店的老板,开门见山地自我介绍道:"你好,我是来推销领带的,我仔细观察了很久,我们公司的领带正好能够……"

"出去,出去,我们这里不需要!"还没等他说完,西装店的老板就不耐烦地将他赶了出去,甚至还骂了他好几句。

遇到这样的情况,曾宪梓感觉十分尴尬,脸上好像被人吐了一口唾沫那样难堪,他恨不得在地上找个洞钻进去。

出来之后,他懊恼地在街边踱了很久,忽然想到父亲曾经跟自己说过的一段话:"孩子,如果你也遇到了这样的情况,先不要计较别人为什么会骂你,而是先想想看,自己做错了什么,自己有没有做得不好的地方!"

父亲的这句话一下子提醒了他:是不是自己用的方法不对,才导致了人家的拒绝?想到这一点之后,曾宪梓立刻改变了策略,他走到街边的一个咖啡馆买了一杯咖啡之后,再次走进了那家西装店。

"你怎么又来了?你这个人的脸皮怎么那么厚!"看到刚才那个不懂事的毛头小伙子再次走进来,那个老板立刻气不打一处来地问道。

但这次,曾宪梓丝毫也没有觉得难过,反而诚恳地对那个老板说道:"先生,真是很对不起。我这次过来不是跟您推销领带的,我特意买了咖啡来跟您道歉!我想,我让您那么生气,一定是因为我做错了什么事,您能告诉我我究竟做错了什么吗?"

听曾宪梓这么诚恳,本来还火气十足的老板觉得再责备他面子上也过不去,于是就微笑着请他坐下来,告诉他:"小伙子,推销领带哪有你这么推销的!你知道我刚才在做什么吗?"

看曾宪梓一副难以理解的样子,他哈哈大笑道:"看来你也是个初出茅庐的小伙子,我刚才正在和一个大客户交谈。谈成了,我的西装店就能赚很大一笔钱,但偏偏就在我们谈得热火朝天时,你这个小伙子插进来了,你说我生气不生气?你差点让我失去一笔大生意呢!"

"原来如此!"听到这里,曾宪梓才如梦初醒,脸一下子羞得通红,局促不安地站在那里。

"小伙子,这样吧,我看你的态度这么诚恳,就留下你的领带样本,我看过之后会给你答复的!"

后来,这个西装店的老板在比较之后,觉得曾宪梓的领带不错,就从他那里买下了很多领带,曾宪梓也第一次推销出了自己的领带。

但此时,曾宪梓并没有沉浸在成功的喜悦里,相反,他将那天那个老板对自己所说的道理谨记在心,在下次上门推销时充分考虑对方当时当地的处境,依实际情况而推销。

曾宪梓的这个招数果然见效,为金利来领带打开了市场,并使"金利来"这个品牌迅速跃居许多大名牌之列。

其实,"金利来"领带之所以会有今天的名气,与当年曾宪梓经受挫折的考验是分不开的。试想,如果当时曾宪梓吃了闭门羹之后就一蹶不振,很可能他就会从此失去再次推销领带的勇气。

在日本,就流传这样一个经不起挫折考验的小故事:

一位大学毕业生报考某大公司,因榜上无名想轻生,幸好被人及时发现而救起。正在该生神昏意迷之际,忽然传来他已被录取的喜讯,原来此生成绩名列前茅,只因统计有误,才使信息误传。就在他准备把喜讯告知亲朋好友之时,又有消息到来说,他被公司解聘了。公司经理说:"此人连如此小的挫折都经受不起,又怎么可能建功立业呢?"

这位公司经理的做法似乎不近人情,但他重视人的心理素质,其选才标准值得欣赏。传统的人才观念只讲究品德和才干,忽略人的心理素质;而从现代的人才观念看,能否在困难与挫折面前不灰心、不气馁,并积极地与困难做斗争,往往是一个人成材的重要前提。

青春感悟

大浪淘沙,优胜劣汰。成功总是属于那些备尝艰辛、异常顽强的人,属于那些在挫折中愈挫愈勇、勇敢站起来的人。

贫穷也是一种财富

有过贫穷,便不会再丧失那些艰难岁月磨砺的性格;有过贫穷,便会踏踏实实地向目标前进。贫穷就像那冰山下的火种,冰冷的外表下,有一颗火一般热情的心。它不是万丈深渊,而是沙漠绿洲,是一种财富。

一位父亲带儿子去参观凡·高故居。在看过那张小木床及裂了口的皮鞋之后,儿子问父亲:"凡·高不是一位百万富翁吗?"父亲答:"凡·高是位连妻子都没娶上的穷人。"

第二年,这位父亲带儿子去丹麦,在安徒生的故居前,儿子又困惑地问:"爸爸,安徒生不是生活在皇宫里吗?"父亲答:"安徒生是位鞋匠的儿子,他就生活在这栋阁楼里。"

这位父亲是一个水手,他每年来往于大西洋各个港口。他的儿子便是伊尔·布拉格,是美国历史上第一位获普利策奖的黑人记者。

布拉格曾在回忆童年时说:"那时我们家很穷,父母都靠出卖苦力为生。有很长一段时间,我一直认为像我们这样地位卑微的黑人是不可能有什么出息的,好在父亲让我认识了凡·高和安徒生,这两个人告诉我,上帝没有这个意思。"

由此,我们可以看到促使他成功的无疑是那两位贫贱的名人。

从类似布拉格这一类人的故事中,我们可以发现这样一个事实:造化有时会把它的宠儿放在下等人中间,让他们操着卑微的职业,使他们远离金钱、权力和荣誉,可是在某个有意义、有价值的领域中却让他们脱颖而出。因此,我们可以说,贫穷并不可怕。

贫穷可以让一个人更加坚强,贫穷可以让一个人明白吃苦的韧劲。埃塞俄比亚著名的长跑运动员,曾经十五次打破世界纪录的格布雷西拉耶,这位优秀的运动员,在小时候,每天都是赤脚跑步上学和回家,因为贫穷,他不可能有车坐或者借用其他的交通工具去上学的奢望,每天十分钟的路程,他只能来回奔波。就这样,经过若干年的磨练,以及他坚持不懈的毅力,终于,使他成为了当今最著名的长跑运动员。

贫穷,就如同一台运动器械,可以锻炼人,使人体格强健。所以说,贫穷是我们成就事业最有利的基础。安德鲁·卡内基说:"一个年轻人最大的财富莫过于出生于贫穷之家。"贫穷本是困厄人生的东西,但经过奋斗而脱离贫穷,便是无上的快乐。

他出生在苏黎世郊外的一个贫穷的农家。儿时,给他最深记忆的只有两个字:一是穷,二是苦。那时,他的家庭异常贫苦,唯一的家产就是一盘石磨,全家人都要靠它来维持生活。贫穷,几乎吞噬了他所有童年的快乐,也剥夺了他少年时期求学的权利。还没有读完初中,他就被迫辍学了。从此,他就开始了艰难的打工生活。可是,他"折腾"了几年后,贫穷不但没有被赶走,反而更如蛇一般死死地缠住他。

为此,父亲曾无奈地对他说:"你别再折腾了,认命吧!"可他却说:"我绝不会像您那样,一辈子在磨道里转圈圈。"父亲听后,也只能悲哀地叹息:"唉,那你又能怎样?以前不都这样对付着过的吗?难道你还能从石磨里磨出金子来?"他反驳道:"以前是以前,以后,我要磨出一份属于我自己的生活!"说这话时,他的眼里闪出不屈的目光。

为了改变自己穷苦的命运,获得自己想要的生活,他绞尽脑汁地想了很多门路,但是结果都失败了。而这时,父亲也因病去世了,留给他的唯一遗产,就是那盘简陋的石磨。此后,他常常对着石磨发呆,思索着怎样才能磨出幸福的生活,转出一个圆满的人生。

在他20岁那年,朋友的一句话点醒了他,终于让他找到了那把打开财富之门的钥匙。这天,他与一位医生好友闲聊,当聊到蔬菜营养时,这位医生说:"干蔬菜不会损失营养成分。"就这句话,让他脑袋里灵光一闪,突然想到:如果将干蔬菜和豆类放到一起来磨,会是什么样呢?没准还能磨出一种营养丰富的汤料呢!

说干就干,他马上开始着手磨自己想象中的那种汤料,结果大获成功。这种速溶汤料刚被投向市场,就备受顾客欢迎。因为这种汤料方便快捷,只要5分钟就能做出一盆营养丰富的香汤来。

但是,这并没有让他满足,随后他又开发出数十种速溶汤料,继而又开发出万能调味粉、浓缩食品等高档产品,产品迅速畅销欧洲市场。为此,他也被誉为"汤料食品大王"。

他就是尤利乌斯·马吉。

青春感悟

泡一泡苦水,方知万物来之不易,经历过贫困,才能把自己锻造成一块久经考验的宝石。古人有"糟糠养贤才"的说法。的确,贫穷可以让我们坚强,催我们奋进。贫穷这两个字,也注定了我们不能活得随心所欲,不能活得潇洒自如。虽然贫穷无法选择,我们却可以选择对待贫穷的态度。走出艰辛,走出困惑,在与贫穷抗争的日子里,我们才能更真切地感受到贫穷带给我们的历练与勇气,那将是我们一生都无法用完的财富!

感激你拥有的贫穷

"穷人的孩子早当家!"这句话一点也没错。其实贫穷并不是一件坏事情,身在贫困之中,一定不要抱怨、不要气馁,而是要努力挑战贫穷、战胜贫穷。当有一天你将贫困踩在脚下时,你一定会感激贫困带给你的力量和勇气。

曾两度出任美国总统的格鲁夫·克利夫兰,年轻时候也不过是个穷苦的店员,每年仅能得到微薄的工资。然而,当他经过奋斗获得成功后,他说:"我感谢曾经的贫困,因为极度的贫困可以使人全力地去奋斗。"

一个只有七岁的男孩,因为战争失去了童年的快乐,贫困占满了他生活的全部。

幼小的他卖过冰棍,卖过萝卜,但依然难以维持最基本的温饱。于是,他又开始卖报纸。一年半后,他成了当地无人不知的报童,并且成了一名卖报的领班。他一方面向其他报童收取领班费,另一方面自己也卖报,这样就拥有了双份收入。

后来,他考取了延世大学商学院经济系,24岁时就以优异的成绩大学毕业。再后来他成了世界第46位拥有200亿资产的企业总裁。

在回忆起童年的困苦生活时,他是既有酸楚,又有自豪。他特别感谢童年的艰难困苦,因为正是苦难赋予了他坚韧和聪慧,帮助他创造了人生的伟业。

他就是韩国大宇集团董事长金宇中。

芸芸众生,谁都不能逃得掉诸如逆境的折磨、贫苦与痛苦的挣扎、灾难与失败的考验。但是,只要我们无所畏惧,勇往直前,就会如《大宅门》导演郭宝昌所说的那样:"有狮子一样的野心,老虎一样的活力,狼一样的凶残,牛一样的勤奋,十年至少经历三到五次巨大挫折而仍然站立。"如此经过千锤百炼,与命运的不断抗争,贫穷又算得了什么呢?恐怕在你战胜这些痛苦之后,你会深深地感激贫穷带给你的力量、勇气和信心,才让你不屈于命运的安排,不消沉于逆境之中。

我们再来看华为公司总裁任正非，这个著名民营企业家，年轻时候的生活也是极为贫寒的。

任正非在家中排行老大，下面还有6个弟妹，一家九口人全靠在学校当教员的父母每月一点微薄薪水过活。有一年自然灾害留给任正非不可磨灭的印象："本来生活就十分困难，儿女一天天在长大，衣服一天天在变短，而且都要读书，开支很大，每个学期每人交2~3元的学费，到交费时，妈妈每次都发愁。与勉强可以用工资来解决基本生活的家庭相比，我家的困难就更大。我经常看妈妈月底就到处向人借3~5元钱度饥荒，而且常常走了几家都未必借到。直到高中毕业我没有穿过衬衣。有同学看到很热的天，我穿着厚厚的外衣，说让我向妈要一件衬衣，我不敢，因为我知道做不到。我上大学时妈妈一次送我两件衬衣，我真想哭，因为，我有了，弟妹们就会更难了。我家当时是2~3人合用一条被盖，而且破旧的被单下面铺的是稻草。'文革'造反派抄时，以为一个高级知识分子、专科学校的校长家，不知有多富，结果都惊住了。上大学我要拿走一条被子，就更困难了，因为那时还实行布票、棉花票管制，最的一年，每人只发0.5米布票。没有被单，妈妈捡了毕业学生丢弃几床破被单缝缝补补，洗干净，这条被单就在重庆陪我度过了五年的大学生活。"

对于任正非而言，那些贫穷就是他的老师，教会了他生存。贫穷也给了他压力，使他的脊梁比一般人都硬些，坦然吃苦、不屈不挠。这些也是他创立华为的"精神爆点"和凝聚力所在。

青春感悟

肥沃的土地可以培育出美丽的鲜花，但是枝拂天堂的大树却生长在岩缝中，因为艰苦贫困的环境磨炼了它们的意志。生活对于我们来说，本来就是一种磨炼，而生活中的贫困对我们来说更是一种激励。一个人要想成功，也必须经过努力、坚持不懈的追求，才能达到目的。所以，我们应该感谢贫困，因为它在使我们饥寒交迫的同时，也赋予我们乐观与坚强，而这正是迎接幸福与未来的希望。

人生的磨难也是转机

　　人生之路，难免有曲折坎坷，生活的磨难并不是致命的，也不是长久的。有时候，磨难是一种幸运，是一种难得的契机。

　　于丹教授在《论语》心得里提到一则寓言：佛寺里供奉着花岗岩雕刻的精致佛像，每日都有人踩着佛像前的石阶顶礼膜拜，终有一日，石阶不服气的问："你我同属一种石料，为何你接受万人膜拜，而我就要被踩在脚下？"佛像淡然的回答："因为你只经过4刀便走上今天的岗位，而我是经过千刀万剐才得以成佛。"

　　的确，不经过千刀万剐的磨练，又怎会成佛？不经过恒久的努力，又怎能成就人生的高度？人生的青春，多经历一些磨难，总会是好事。

　　丹麦的一名大学生，有一次到美国旅游。他先到华盛顿，下榻威勒饭店，住宿费已经预付。上衣的口袋放着到芝加哥的机票，裤袋里的钱包放着护照和现金。准备就寝时，他发现钱包不翼而飞，立刻下楼告诉旅馆的经理。

　　"我们会尽力寻找。"经理说。

　　第二天早上，皮包仍然不见踪影。他只身在异乡，手足无措。打电话向芝加哥的朋友求援？到使馆报告遗失护照？呆坐在警察局等待消息？

　　突然，他告诉自己："我要看看华盛顿。我可能没有机会再来，今天非常宝贵。毕竟，我还有今天晚上到芝加哥的机票，还有很多时间处理钱和护照的问题。我可以散步，现在是愉快的时刻，我还是我，和昨天丢掉钱包之前并没有两样。来到美国，我应快乐，享受大都市的一天。不要把时间浪费在丢掉钱包的不愉快之中。"他开始徒步旅游，参观白宫和博物馆，爬上华盛顿纪念碑。虽然许多想看的地方，他没有看到，但所到之处，他都尽情畅游了一番。

　　回到丹麦之后，他说美国之行最难忘的回忆，是徒步畅游华盛顿。

五天之后,华盛顿警局找到他的皮包和护照,寄给了他。

许多人一陷入困境,就悲观失望,并给自己增加了很重的压力。其实,应告诉自己,困境是另一种希望的开始,它往往预示着明天的好运气。因此,你应该主动给自己减压。

只要放松自己,告诉自己希望是无所不在的,再大的困难也会变得渺小。困境自然不会变成阻碍,而是又一次成功的希望。

人生中有很多障碍或磨难,同时所有的磨难都藏匿着成长和发展的种子。但能够发现这种子,并好好培养出来的人,往往只有少数。

1822年的冬天,庄严肃穆的音乐大厅里正在演出歌剧《费德里奥》,许多名门贵族观看了这场演出。但在歌剧进行到一半的时候,观众发现乐队、歌手无法协调,而指挥却毫无察觉,仍在台上竭力指挥着。

观众终于忍无可忍了,他们在台下窃窃私语。指挥发现了,他让乐队、歌手重来,但情况更糟。

有人在喊:"让指挥下台。"

指挥已听不到观众在说什么,但是从他们的神情中,他读懂了所有。

他从台上下来,流泪了。

在世界音乐史上,这是一个值得纪念的日子,伟大的音乐天才贝多芬在这一天完全失聪了。

所有人都预感到他不会再在音乐上有所发展了,但是两年后,也就是1824年,贝多芬的《第九交响曲》在维也纳上演。这首曲子是他在失聪的情况下写成的,继而在厄运不断的打击下,贝多芬完成了世界音乐史上辉煌的篇章。

贝多芬的苦难与成就是成正比的,苦难给予他多几分,他的音乐才华就增长几分;苦难逼近他的灵魂几分,他灵魂的光彩就会绽放几分。著名指挥家卡拉扬说:"是苦难成就了他。没有苦难,谁知道会发生什么?"

碰到危机时,一部分人会陷入恐怖状态,另一部分人反而会利用这个机会取得成功。这种差别才是改善人生的决定性的差别。我们应记住,不管怎样不利的条件,只要我们能正确处理,都可能把它转变为有利的条件。

法国哲学家狄德罗曾经说过："经历磨难是人生最必要的力量泉源之一，也是成功的利器之一。"王洛宾，一生历经坎坷，他却以"胜似闲庭信步"的态度，栖身于大西北的沙漠孤烟之中，收集创作了近千首西部民歌，赢得了"西部歌王"的美誉和荣耀。

磨难是人生道路上不竭的动力。英国生物学家达尔文研究进化论，呕心沥血，花了22年时间，写出了《物种起源》。徐霞客一生野外考察30年如一日，曾三次遇险、四次断粮。他战胜各种艰难险阻，写成了驰名中外的《徐霞客游记》。邰丽华从不幸的谷底到艺术的巅峰，于无声处展现生命的蓬勃……这些杰出人物如真金遇烈火，似红梅披风雪，饱经磨难志愈坚，最终使平凡的生命放出了夺目的色彩。

磨难是人生乐章中最美的音符。楚大夫沉吟泽畔，九死不悔；魏武帝扬鞭东指，壮心不已；陶渊明悠然南山，饮酒采菊……在历经磨难之中，帝王将相成其盖世伟业，贤士迁客成其千古文章。

青春感悟

人的一生往往与困难相伴，与挫折相随，前进的道路不可能一帆风顺，必定会有障碍、有阻力。倘若能把磨难当作黎明前的黑暗，获得成功的动力，视为宝贵的精神财富，这对个人进步、成就事业大有益处。

辉煌在挫折中孕育

山里住着一位以砍柴为生的樵夫，在他不断地辛苦建造下，终于盖起了一间可以遮风挡雨的屋子。有一天，他挑了砍好的木柴到城里交货，但当他黄昏回家时，却发现他的房子起火燃烧了。

左邻右舍都前来帮忙救火，只是因为傍晚的风势过于强大，还是没有办法将火扑灭，一群人只能静待一旁，眼睁睁地看着炽烈的火焰吞噬了整栋木屋。

大火终于灭了，只见这位樵夫手里拿了一根棍子，跑进倒塌的屋里不断地翻找着。围观的邻人以为他是在翻找藏在屋里的珍贵宝物，所以也都好奇地在一旁注视着他的举动。

过了半晌，樵夫终于兴奋地叫着："我找到了！我找到了！"

邻人纷纷向前一探究竟，才发现樵夫手里拎着的是一柄柴刀，根本不是什么值钱的宝物。

樵夫兴奋地将木棒嵌进柴刀把里，充满自信地说："只要有这柄柴刀，我就可以再建造一个更坚固耐用的家。"

一无所有的樵夫并不因此而跃入生命洼谷一蹶不振，而是如他自己所言，用那柄柴刀为自己重建了一个更加美好的家园。

一个人不能把自己禁锢在眼前的困苦中，放眼长望，当你看到成功在未来展现出的远景时，便能抓住信念的圣火，成就辉煌的目标。

马克在肯萨斯州经营农场，家人的生活只够温饱，他的身体强壮，工作认真勤勉，从来不敢妄想财富。在一次意外的事故中，马克瘫痪了，躺在床上动弹不得。亲友都认为他这辈子完了，事实却不然。

马克的身体瘫痪，意志却丝毫不受影响，他依然可以思考和计划。他决定让自己充满希望、乐观、开朗地活着，做一个有用的人，继续养家糊口，不要成为家人的负担。

他把自己的构想告诉家人："我的双手不能工作了，我要开始用大脑工作，由你们代替我的双手。我们的农场全部改种玉米，用收获的玉米养猪，趁着乳猪肉质鲜嫩的时候灌成香肠出售，我想香肠一定会很畅销！"

"马克乳猪香肠"果然一炮打红，成为家喻户晓的美食。

马克事业有成，是因为他在挫折面前没有低头，没被挫折吓住，而是另辟蹊径。他身残志不残，乐观地对待残酷的现实，一步步走向了成功。

天无绝人之路。生活丢给我们一个问题，同时也赐给我们解决问题的能力。人生不总是一帆风顺的，各种各样的挫折都会不期而遇。幸运和厄运，各有令人难忘之处，不管我们得到了什么，都没有必要张狂或沉沦。

巴雷尼小时候因病成了残疾，母亲的心就像刀绞一样，但她还是强忍住自己的悲痛。她想，孩子现在最需要的是鼓励和帮助，而不是妈妈的眼泪。母亲来到巴雷尼的病床前，拉着他的手说："孩子，妈妈相信你是个有志气的人，希望你能用自己的双腿,在人生的道路上勇敢地走下去!好巴雷尼,你能够答应妈妈吗?"母亲的话,像铁锤一样撞击着巴雷尼的心扉,他"哇"地一声,扑到母亲怀里大哭起来。

从那以后,妈妈只要一有空,就给巴雷尼练习走路、做体操,常常累得满头大汗。有一次妈妈得了重感冒,她想,做母亲的不仅要言传,还要身教。尽管发着高烧,她还是下床按计划帮助巴雷尼练习走路。黄豆般的汗水从妈妈脸上淌下来,她用干毛巾擦擦,咬紧牙,硬是帮巴雷尼完成了当天的锻炼计划。

体育锻炼弥补了由于残疾给巴雷尼带来的不便。母亲的榜样作用,更是深深教育了巴雷尼,他终于经受住了命运给他的严酷打击。他刻苦学习,学习成绩一直在班上名列前茅。最后,以优异的成绩考进了维也纳大学医学院。大学毕业后,巴雷尼以全部精力,致力于耳科神经学的研究。最后,终于登上了诺贝尔生理学和医学奖的领奖台。

另一个同类名人故事:

奥斯特洛夫斯基只有手腕能活动,眼睛又看不见,写字很吃力,也很慢。他躺在床上先构思整部书的轮廓,并把每章每节想好,再由他口授,妻子亚拉为他记录。时间长了,这也不是个办法,一旦妻子不在就写不了啦。于是他要人用硬纸板做了一个框子,在上面刻成一个个方格,把稿纸放在下面,然后用手摸着框子自己写。夜深了,只有他房间里传出写字的沙沙声。他不需要光,只要大脑和手就够了。他不停地写下去,写好一页就用僵硬的左手颤颤抖抖地抽出一页。为了避免一行字写到另一行里,他的铅笔从来不离开纸。每天清晨,当妻子醒来,写好的稿纸已散落一地。她赶忙帮他拾起来理好。这时,妻子发现,睡着的奥斯特洛夫斯基嘴唇上有一层淡淡的血痕。显然,这是为了抵抗病痛的折磨,忍痛写作而咬出来的……

最后他完成了《钢铁是怎样炼成的》名作。

每个人都不必总乞求阳光明媚,暖风习习。要知道,随时都会狂风大作,乱石横飞。无论是哪块石头砸着了你,你都应有迎接厄运的气度和胸怀,在打击和挫折面前做个坚强的勇者,跌倒了爬起来重来,将自己重新整理,以勇者的姿态迎接命运的挑战。

苦尽才能甘来,随之才有散淡潇洒的人生,才会不屈服于挫折的压力。在不断前进的人生中,凡是看得见未来的人,也一定能掌握现在的浮浮沉沉,因为明天的方向已留存于他的希望之中,他知道自己的人生将走向何方。

请享受无法回避的痛苦

人生无法回避的痛苦就是必须接受由生到死的事实,享受无法回避的痛苦,也就是享受人生的过程,享受这个过程中所遭遇的一切,活在当下。

美国著名黑人摄影师肯尼在出生时,只有半截身子。他在父母的精心照顾下,终于活了下来。渐渐长大的肯尼,不想成为父母永久的负担,他要自己照顾自己。

肯尼学着用双手走路,靠胳膊的力量支撑身体。他在家里的楼梯,房间的木板墙上,钉着许许多多的把手,用以作为支撑自己的着力点。

肯尼家的楼梯虽然只有短短的 17 级,但是每爬两三级楼梯,他就大汗淋漓,需要休息一下。爬完 17 级楼梯,肯尼常常累得瘫在地上,大口大口地喘气。但他从不放弃,天天用这种方法锻炼自己的毅力和肢体活动能力。就这样,肯尼不仅能照顾自己,还帮着爸爸做家务:他会洗车,修剪草坪等等。后来,肯尼迷上了摄影,他每天用两只胳膊代替双腿,行走在大自然中,把身边的一切美景拍下来,和世人一起分享。

坚强的肯尼说:"上帝虽然少给了我两条腿。但我从不放弃自己。千万别对自己说'不可能'。如果我可以做到,你一定也可以!"

每个人都可能承受痛苦,但痛苦带给人的结果是完全不同的。有的人从中获取了坚强,最终获得了新生;有的人一蹶不振,最终被痛苦压垮。

数年前,有一位年轻人想在音乐界发展,因而放弃了学业投入实际工作。作为一个没有相关工作经验且又高中辍学的人,要想找份工作,并不容易。最后他只有将就着在一些较低级的酒吧中弹琴和演唱以糊口。

这个年轻人对音乐事业抱着如此高的憧憬,却终日得面对那些无视于他存在且喝得醉醺醺的酒徒,那种沮丧和屈辱让他感到非常痛苦。由于他没有什么钱,晚上只好在自助洗衣店里打地铺睡觉,幸好还有一位极其相爱的女友安慰,使他还能撑下去。

可是有一天,就连女友也因受不了困境而离去,这给他带来了沉重的打击。他觉得人生毫无指望,因此决定自杀。就在他要付诸行动之前,他联络了一家精神病院,看看他们能否给予什么帮助。

在医院里,他的人生发生了改变,不仅不再沮丧,甚至打消了自杀的念头。他觉得问题全是自找的,意志消沉无济于事,今后要竭尽一切努力,成为所企望的成功音乐家。毕竟,任何的失望,都不足以让一个人因而自杀,毕竟生命宝贵,值得为它好好珍惜。

于是,他就这么持续地努力着,虽然未能马上见着回报,但最终他还是成功了。今天,他所作的曲子被唱遍全球每个地方。他就是比利·乔——上世纪末的音乐超级巨星。

痛苦并不可怕,可怕的是我们失去了勇敢面对痛苦的信心和战胜困难的勇气。

有一个叫米契尔的青年,一次偶然的车祸,使他全身三分之二的面积被烧伤,面目恐怖,手脚变成了肉球。面对镜子中难以辨认的自己,他痛苦迷茫。

他想到某位哲人曾经说的:"相信你能,你就能!问题不是发生了什么,而是你如何面对它!"

他很快从痛苦中解脱出来,几经努力、奋斗,变成了一个成功的百万富翁。此时此刻,他不顾别人的规劝,非要用肉球似的双手去学习驾驶飞机。结果,他在助手的陪同下升上天空后,飞机突然发生故障,摔了下来。当人们找到米契尔时,发现他脊椎骨粉碎性骨折,他将面临终身瘫痪的现实。

家人、朋友悲伤至极,他却说:"我无法逃避现实,就必须乐观接受现实,这其中肯定隐藏着好的事情。我身体不能行动,但我的大脑是健全的,我还是可以帮助别人的。"他用自己的智慧,用自己的幽默去讲述能鼓励病友战胜疾病的故事。他走到哪里,笑声就荡漾在哪里。

一天,一位护士学院毕业的金发女郎来护理他,他一眼就断定这是他的梦中情人,他把他的想法告诉了家人和朋友,大家都劝他:"这是不可能的,万一人家拒绝你多难堪。"

他说:"不,你们错了,万一成功了怎么办?万一答应了怎么办?"

抱着这样的心态,米契尔勇敢地向她约会、求爱。两年之后,这位金发女郎嫁给了他。米契尔经过不懈的努力,成为美国人心中的英雄,成为美国坐在轮椅上的国会议员。

青春感悟

在遭遇不幸和痛苦的时候,我们不能一味地抱怨命运的不公,而是要对未来充满信心,以豁达的心态去迎接痛苦的到来。

沙漠尽头就是绿洲

我绝不考虑失败,我的字典里不再有放弃、不可能、办不到、没法子、成问题、失败、行不通、没希望、退缩……这类愚蠢的字眼。我要尽量避免绝望,一旦受到它的威胁,立即想方设法向它挑战。我要辛勤耕耘,忍受苦楚。我放眼未来,勇往直前,不再理会脚下的障碍。我坚信,沙漠尽头必是绿洲。(摘自《羊皮卷》)

大卫·贝克汉姆是英格兰著名的足球运动员,但在他小时候,却想做一名越野跑车队的选手。贝克汉姆的家人,倒是十分支持,全家人省吃俭用,给他交清了所有的费用。

贝克汉姆加入车队后不久,就迎来了一次机遇:著名的 Essex 越野跑大赛将在四个月后拉开序幕。但是遗憾的是,知道这个消息时,已经错过了报名的时间。尽管如此,车队的老板还是下定决心,无论如何也要借这个机会把车队的名气打出去。接下来，老板买了很多礼物，去拜访大赛的组织者亨特里先生。

结果，老板提着礼物垂头丧气地回来了。只是他仍然不死心，又派几个得力的助手去拜访，依然是无功而返。

在车队的内部会议上，不少选手沮丧地说："难道我们眼睁睁地看着与Essex越野跑大赛失之交臂。"

这时，年少的贝克汉姆自告奋勇地说："让我去试试吧，我相信我能拿到这个名额。"老板望着这个乳臭未干的孩子，有点嗤之以鼻地说："凭你？连我去都被无情地拒绝了，你确信你能说服他，可是你凭什么呢？"

贝克汉姆拍拍胸脯说："我敢立下军令状，不过我要是能顺利拿到的话，我希望我能代表车队出战。"见贝克汉姆如此自信，老板爽快地答应了他。

拿着老板给的地址，贝克汉姆顺利找到了亨特里的别墅，却被保姆拦在了门外。

"你好。"贝克汉姆客气地拿出车队的名片说："请转告亨特里先生，我想和他聊聊赛车。"

几分钟后，保姆走了出来说："对不起，先生说，你们已经来过几次了，没有必要再联系了。"

贝克汉姆依然微笑着说："没关系的，请转告亨特里先生，我明天还会来的。"

第二天晚上，贝克汉姆早早来到了亨特里的别墅前，他选择在八点的时候准时敲门，依然是保姆接待的。贝克汉姆微笑着说："请转告亨特里先生，我想和他聊聊赛车。"

保姆不忍心拂他好意，进去汇报了，片刻后，保姆出来说："孩子，你还是走吧。先生不愿意见你。"

贝克汉姆信心百倍地说："我明天还是会来的。"

此后的三个月内，贝克汉姆天天都过来。周末的时候，贝克汉姆还坚持一天过来拜见两次，尽管他一次都没见到亨特里先生。但贝克汉姆仍然没有放弃。

一个下雨的晚上，他再一次过来了。依然是保姆开的门，保姆说："孩子，我给你算过了，加上这次，你已经来过整整一百次了。我们先生正在看球。他应该不会见你。"

当知道亨特里还是名铁杆球迷时，贝克汉姆的眼睛顿时一亮，他走到大厅里说："亨特里先生，我今天不跟你谈车，我们谈谈足球吧。"当听到亨特里房间里的电视声音弱了很多时，贝克汉姆开始大谈英格兰足球现今的局势和自己的雄心壮志。

过了一会儿，门开了，亨特里走了出来："你是个对足球有深刻见解的人，对于这么执著的人，我相信你的未来是一片璀璨。所以，我愿意与你谈谈这次比赛的细节。"接下来，两个人在书房里谈了两个小时，谈妥了贝克汉姆车队参加 Essex 越野跑大赛的所有细节。

一个月后，Essex 越野跑大赛如期进行，凭着出色的表现，贝克汉姆摘得了 Essex 越野跑大赛的冠军。多年后，贝克汉姆转战足球，因为坚持不懈，他的足球事业同样风生水起，他苦练出来的任意球和长传技术，也成了赛场上屡战屡胜的法宝。每一次去和球迷见面，都有不少球迷问他成功的秘诀，贝克汉姆总是语重心长地说："我想告诉你们的是，这个世界上没有什么比坚持更厉害的武器了，我要送给你们一句话，同时也是我人生的总结：一次挫折是失败，一百次挫折便是成功。"

当我们遇到挫折的时候，不妨再试一次，或许下一次就是我们去的成功的机会。失败并不可怕，可怕的是我们在经历多次失败以后选择了退却，从而失去了真正成功的机会。

1832 年，林肯失业了，这显然使他很伤心，但他下定决心要当政治家，当州议员。糟糕的是，他竞选失败了。在一年里遭受两次打击，这对他来说无疑是痛苦的。接着，林肯着手自己开办企业，可一年不到，这家企业又倒闭了。在以后的 17 年间，他不得不为偿还企业倒闭时所欠的债务而到处奔波，历经磨难。随后，林肯再一次决定参加竞选州议员，这次他成功了。他内心萌发了一丝希望。认为自己的生活有了转机："可能我可以成功了！"

1835 年，他订婚了。但离结婚的日子还差几个月的时候，未婚妻不幸去世。这对他精神上的打击实在太大了，他心力交瘁，数月卧床不起。

1836 年，他得了精神衰弱症。

1838 年，林肯觉得身体良好，于是决定竞选州议会议长，可他失败了。

1843 年，他又参加竞选美国国会议员，但这次仍然没有成功。

　　林肯虽然一次次地尝试，但却是一次次地遭受失败：企业倒闭、情人去世、竞选败北。要是你碰到这一切，你会不会放弃？放弃这些对你来说是重要的事情？

　　林肯没有放弃，他也没有说："要是失败会怎样？"1846年，他又一次参加竞选国会议员，他又一次参加竞选国会议员，最后终于当选了。两年任期很快过去了，他决定要争取连任。他认为自己作为国会议员表现是出色的，相信选民会继续选举他。但结果很遗憾，他落选了。

　　因为这次竞选他赔了一大笔钱，林肯申请当本州的土地官员。但州政府把他的申请退了回来，上面指出："做本州的土地官员要求有卓越的才能和超常的智力，你的申请未能满足这些要求。"

　　接连又是两次失败。在这种情况下你会坚持继续努力吗？你会不会说"我失败了"？

　　然而，林肯没有服输。1854年，他竞选参议员败了；两年后他竞选美国总统果被对手击败；又过了两年，他再一次竞选参议员，还是失败了。林肯一直没有放弃自己的追求，他一直在做自己生活的主宰。1860年，他当选为美国总统。

　　每个人斗渴盼成功，但是这需要你时刻在追求中，不能因为一直很受挫折就萎靡退缩，只要你一辈子都在追求中，只要一次机会，你就走向成功；如果你放弃了长久的追求，哪怕再多的机会放在你面前，你都不会成功。下面我们来看一个著名富豪的故事，他据说经历1009次失败，88岁终于成功。有一个人，一生中经历了1009次失败。但他却说："一次成功就够了。"

　　5岁时，他的父亲突然病逝，没有留下任何财产。母亲外出做工。年幼的他在家照顾弟妹，并学会自己做饭。

　　12岁时，母亲改嫁，继父对他十分严厉，常在母亲外出时痛打他。

　　14岁时，他辍学离校，开始了流浪生活。

　　16岁时，他谎报年龄参加了远征军。因航行途中晕船厉害，被提前遣送回乡。

　　18岁时，他娶了个媳妇。但只过了几个月，媳妇就变卖了他所有的财产逃回娘家。

20 岁时，他当电工、开轮渡，后来又当铁路工人，没有一样工作顺利。

30 岁时，他在保险公司从事推销工作，后因奖金问题与老板闹翻而辞职。

31 岁时，他自学法律，并在朋友的鼓动下干起了律师行当。一次审案时，竟在法庭上与当事人大打出手。

32 岁时，他失业了，生活非常艰难。

35 岁时，不幸又一次降临到他的头上。当他开车路过一座大桥时，大桥钢绳断裂。他连人带车跌到河中，身受重伤，无法再干轮胎推销员工作。

40 岁时，他在一个镇上开了一家加油站，因挂广告牌把竞争对手打伤，引来一场纠纷。47 岁时，他与第二任妻子离婚，三个孩子深受打击。

61 岁时，他竞选参议员，但最后落败。

65 岁时，政府修路拆了他刚刚红火的快餐馆，他不得不低价出售了所有设备。

66 岁时，为了维持生活，他到各地的小餐馆推销自己掌握的炸鸡技术。

75 岁时，他感到力不从心，因此转让了自己创立的品牌和专利。新主人提议给他 1 万股，作为购买价的一部分，他拒绝了。后来公司股票大涨，他因此失去了成为亿万富翁的机会。

83 岁时，他又开了一家快餐店，却因商标专利与人打起了官司。

88 岁时，他终于大获成功，全世界都知道了他的名字。

他就是肯德基创始人哈兰·山德士。可以说，他为肯德基付出了毕生的心血和努力，就在他以 90 岁高龄辞世前不久，每年还要做长达 25 万英里的旅行，四处推销肯德基炸鸡。他的年龄及财富并没有影响到他对工作的热诚，他仍然孜孜不倦地经营他的事业。

青春感悟

失败的经历并不可怕，它是一面镜子，让我们看到自己的不足；它又是一句话语，给我们信心和勇气，让我们坚强地走向成功。失败了能够站起就有可能成为高人，而失败了一蹶不振等待你的就只会是庸庸碌碌平淡一生。

第七章 缺憾中锻造理性、从容

一部《红楼梦》以"未完成"的姿态成就了明清章回体小说的经典,世代流传。维纳斯因为残缺的断臂而成就了"完美"。原来,有时缺陷也能成为一种优势,也可以让我们更加的理性和从容。

正视缺憾

在群星中,因为有了转瞬即逝的流星,才愈发美丽;在百花中,因为有了风雪侵袭的腊梅,才愈显芬芳;在雕塑中,因为有了维纳斯,才更加神秘。同理,世间万物只有存在缺憾才更显完美。

一只毛毛虫曾向上帝抱怨:"上帝啊,你也太不公平了。我作为毛毛虫的时候,相貌丑陋,行动又缓慢,而当我变成了蝴蝶后,却美丽又轻盈。前期遭人厌恶,后期又招人赞美。这也太不平衡了吧!"

上帝点了点头,说:"那你准备怎么办?"

毛毛虫接着说:"这样吧,平衡一下。我现在虽然丑陋点,但你让我行动轻盈点;当我化为蝴蝶后,让我行动迟缓一点。"

"这样啊,那恐怕你活不了多久啊!"上帝摇了摇头。

"为什么啊?"毛毛虫焦急地反问。

"如果你有蝴蝶的漂亮却只有毛毛虫的速度,是不是很容易就被人捉了去呢!现在之所以没人碰你,就是因为你的丑陋啊。"上帝语重心长地说。

毛毛虫想了想,决定还是做一只缓慢而丑陋的毛毛虫。

缺憾不一定都是坏的,有可能就是你的长处和优点。只要会利用,可能还会给你带来意想不到的效果，但是，前提是你必须得正视缺憾。

有这样一则小寓言：

从前有一个圆，被弄掉了一个边，它总想找到那个小边，好让自己变成一个完美的圆。可是，由于它的不完整而滚动得非常慢，也因而领略了沿途鲜花的美丽，它和虫子们聊天，它充分享受阳光的温暖。它找到许多不同的碎片，但都不是原来那一块。

它坚持着找寻……直到有一天，它实现了自己的愿望。然而，成了一个圆以后，它滚得太快了，错过了花开的时节，忽略了虫鸣……当它意识到这一切时，它毅然放弃了历尽千辛万苦找回的碎片。

这个小故事，其实也就是告诉我们"金无足赤，人无完人"的道理。每个生命体都不是完美无瑕的，我们也很难找到一位绝对完美主义者，因为完美主义者对事物一味理想化的要求导致了内心的苛刻与紧张，这与完美所要求的内心平和是相矛盾的，两者不可以融为一体。

现实生活中，有许多人都过得很不开心、很不惬意，就是因为他们对环境总存有这样、那样的不满，他们没有看到自己所拥有的和幸福的一面。也许你会说："我并非不满，我只是指出还存在的问题而已。"其实，当你觉得问题存在时，你的潜意识已经让你感到不满了，你的内心已不再平静了。

要求完美是件好事，但如果过了头，反而比不求完美更糟。完美主义者生活中没有好朋友，找不到生活上的伴侣，工作收效不大或一次次失去工作，因而整日闷闷不乐。这是因为他谁都看不上，只看到别人身上的缺点儿，因而交不到朋友；工作中，完美主义者总是想使客观条件和自己的能力达到尽善尽美时才去做，要定一个方案总是想找到一个最完美的，因而在等待和找寻中失误，被领导批评、开除。这样的人一生都不会快乐起来。

人生永远都是有缺憾的，佛经里说的"婆娑"世界就是永远存在缺憾而不得完美的世界。世界并不完美，留些遗憾倒可以使人清醒，催人奋进，反而是好事。有句话叫做"没有皱纹的祖母是可怕的，没有遗憾的过去无法链接人生"，所以正视缺憾才会生活的从容、达观和上进。

　　武田信玄是日本战国时代最懂得作战的人，连织田信长也相当怕他，所以在信玄有生之年当中，他们几乎不曾交过战。而信玄对于胜败的看法实在相当的有趣，他的看法是："作战的胜利，胜之五分是为上，胜之七分是为中，胜之十分是为下。"这和完美主义者的想法是完全相反的。他的家臣问他为什么，他说："胜之五分可以激励自己再接再厉，胜之七分将会懈怠，而胜之十分就会生出骄气。"连信玄终身的死敌上杉彬也赞同他这种说法。上杉彬曾说过这么一句话："我之所以不及信玄，就在这一点上。"

　　实际上，信玄一直实行着胜敌六七分的方针。所以他从十六岁开始，打了三十八年的仗，从来就没有打败过一次。而自己所攻下的领地与城池，也从未被夺回去过。将信玄的这个想法奉为圭臬的是德川家康。如果没有信玄这个完美主义者的话，德川家族三百年的历史也不一定存在。

　　世界并不完美，人生当有不足。有了不足，人们才会不断奋斗，不断拼搏，武田信玄对于作战的看法，不仅适用于打仗，还适用于人类的发展。从哲学意义上讲，人类永远不满足自己的现状，包括自己的住房条件、自己的生活水平、自己的经济水平，这就决定了人类需要不断奋斗、不断创造。从手工制作到机器化，从初级水平到高级水平，没有缺陷，产品就不会一代代升级。没有缺陷就意味着圆满，绝对的圆满便意味着没有追求，没有奋斗的价值，人们的思想和生活就会停滞。生活中也正是有缺憾的存在，我们才会有梦想，有希望，当为梦想和希望而付出努力时，我们就会赢得自己完整的人生。

　　所以，如果你有过于要求完美的心理趋向，就应尽快调整。当你认为情况应该比现在更好时，要努力把握住自己，礼貌地提醒自己现实中的生活其实很好。当你放弃自己苛刻的眼光时，一切事情都变得美好起来了。不刻意追求完美，你不会感觉到生活到处充满明媚的阳光。

青春感悟

　　生活不可能完美无缺，正因为有了残缺，我们才有梦、有希望、有追求。当我们为梦想和希望而付出努力时，我们就已经拥有了一个完整的自我。生活不是一场必须拿满分的考试，生活更像一个足球赛季，当我们能继续在比赛中前进并珍惜每场比赛时，我们就赢得了自己的完整。

缺憾也是一种美丽

月亮是美的,但总有缺亏的时候;日子是美的,但白天过后总有黑夜;花开是美的,但花谢总会紧随着花开而来;蝴蝶是美丽的,但它要经历破茧成蝶的痛苦……世间万事万物都有不完美的一面,正如硕大珍珠上的斑点,微瑕中彰显美丽。

一个渔夫在大海里打捞到了一个蚌,打开后,发现其中有一颗硕大无比的珍珠。它光彩夺目,颗粒圆润饱满,唯一的缺憾就是有一个小黑点。渔夫心想:如果没有这个小黑点,这颗珍珠一定会变得十分的完美。于是他剥下了一层珍珠,可黑点仍在;他又继续的剥,黑点纹丝不动,最终黑点终于消失了,可那颗珍珠也变成了粉末。渔夫追求完美的决心固然可贵,可是他忽略了世间万物都无法完美这一事实。他的止步是被紧紧的束缚在那一个很小的缺憾上,为了弥补它,竟不惜以整颗珍珠作为代价,最后玉石俱焚。假若渔夫能够包容它,不苛求完美,那颗珍珠就会很好地保存下来,上面的黑点也许还会成为一点缺憾的美丽呢。

西方有位先哲曾说过:"人性格中最大的不完美就是追求完美。"事事都追求完美的人,活得很累,因为他总会发现事物中不完美的地方,从而唉声叹气,对生活失去了信心,甚至付出了生命的代价。

有一位美国老人,他终身都在海边的小房子内写作,为了写出完美的作品,他拒绝了任何社会活动,包括没有时间出席诺贝尔文学奖的颁奖典礼,这个老人就是海明威。可后来他觉得自己才思枯竭了,无法再写出更好更完善的作品,便用猎枪结束了自己的生命,留下了文学史上的一个遗憾。可是,作为世人的我们并不苛求他作品的绝对完美,中间的瑕疵反而给文学作品以可贵的真实,可是作为作家的海明威并没有体会到这一点,最终亲手断送了自己的人生,付出了惨痛的代价。

试想,如果他能够笑对人生和自己,明白"长江后浪推前浪,一代新人长旧人"的道理,用燃烧不息的余热来培养年轻的文学作家,也让自己的思想得以流传,岂不更好?

据说,每个人其实都是上帝咬了一口的苹果,来到世界上就是为了不断修复那个缺口,使自己日趋完美。与其说这个缺口是一个巨大的遗憾,不如说它是一个美好的希望。

美神维纳斯雕像,因为无臂而更美丽。她无臂,所以她有无数种更加美丽的可能性。人在空白如纸的时候,是一个完全的缺憾,但他却可能为自己描绘无数幅未来的图画。无论他最后选择哪一幅作为自己的目标去为之奋斗,他都是在向着完美迈进。人在失意的时候,也被失意的缺憾本身就是创造一种美。如果一切称心如意,那么人生似乎到了头,没有了希望,生命也就是一潭死水了。

真正的美总是在缺憾中创造的。

姜馨田,那个聋哑女孩,当她作为中国的代表去参加世界小姐选美时,我们记住的不仅仅是她的美貌、才艺,还有她追求完美的自强不息的精神。或许她的努力并没有使她成为一个健全无缺憾的人,但她在另一方面创造了动人心魄的美丽,使缺憾的阴影在美丽的光环下淡得可以忽略。

再者,缺憾往往对我们有意外的帮助。

因为我们在缺憾中会更需要完美,更有创造完美的灼烈的愿望。我们不能带着缺憾的生命演绎着遗憾的故事。人生中的许多过错,或许在当时是让人惋惜的事,但多年后就会发觉它激励我们创造了最美丽的结局,缺憾之美,在此时发挥到了极致。空白或留有余地地要比毁灭或污染好得多。

青春感悟

人生没有缺憾,就只能是一条单调的直线不会有什么起伏,也不会让你尝到奋斗的快乐。有了缺憾,就有了起伏。大起大落的曲线,才是人生真正的写照,才会折射出最美丽彩虹。有低谷,有高潮,有缺憾的人生,最后肯定会留在最高点,享受"一览众山小"的快乐!

懂得包容不完美

这个世界本就由很多的不完美组合成一个完美，每个生命都在不同的角落努力的绽放着属于它的光彩！能懂得欣赏残缺包容不完美才是真正热爱生命的人。

父亲接到了儿子从旧金山打来的电话。电话里，儿子说自己已经从越南战场平安回来，可是想带一个战友同自己一起回家。

"当然好啊！"父亲回答，"我们会很高兴见到他的。"

"不过，"儿子接下去说，"有件事我想先告诉你和妈妈，他在越战中受了重伤，少了一条胳臂和一只脚，他现在走投无路，我想请他回来和我们一起生活。"

父亲沉默了一会儿，说："儿子，我很遗憾，不过或许我们可以帮他找个安身之处。"

儿子的声音有些颤抖："难道你们不能接受一个残疾人和你们生活在一起吗？"

父亲说："儿子，你不知道自己在说些什么，像他这样的残疾人会对我们的生活造成很大的负担。我们还有自己的生活要过，不能这样让他破坏了。我建议你先回家，然后忘了他，他会找到属于自己的一片天空的。"

儿子沉默了，挂断了电话，他的父亲再也没有收到他的消息。

几天后，孩子的父母接到了来自旧金山警局的电话，告知他们自己亲爱的儿子已经坠楼身亡了。警方相信这只是单纯的自杀案件。于是他们伤心欲绝地飞往旧金山，并在警方带领之下到停尸间去辨认儿子的遗体。那的确是他们的儿子，可是，令他们惊讶的是，儿子居然只有一条胳臂和一条腿。

也许有很多人会指责那位父亲，认为正是他对残缺的拒绝导致了儿子的死亡。但是，如果那个儿子能坚强一些，忍耐一点，相信父亲对自己的爱，毕竟血浓于水,父亲终究会接纳他的。

可惜的是,这个儿子对自己和亲人都已失去了信心。正是由于他不能包容残缺的自己,甚至不能面对残缺的自己,才选择了不归路。

要知道一切都取决于自己的心,而不是别人对自己的看法。每个人都有这样那样的缺憾或不足,只要我们懂得包容甚至欣赏自己的不完美,尽管外表会老去会残缺,但绝美的心灵之花是会永远丰盈不凋零的。

事实上,很多乐观豁达的人正是这样想这样做的。

中国著名专栏作家罗西曾见过这样一位人力三轮车师傅,50多岁,相貌堂堂,如果去唱歌,应该属偶像级的。问他为什么愿干这样的"活儿",他笑着从车上跳下,并夸张的走了几步,哦,原来是跛足,左腿长,右腿短,天生的。

问者有点不忍。可他却很坦然,仍是笑着说,为了能不走路,踩三轮车便是最好的伪装,这也算是"英雄有用武之地"。不时,他还转过头"告慰"问者:"我太太很漂亮,儿子也很帅!"

坐他的车,如沐春风。他说,自己没有什么文化,有好体力,踩三轮车很环保,也可养家糊口,一天可挣上百元。他有人生三愿,即吃得下饭,睡得着觉,笑得出来。

这样乐观豁达的心态怎么会不快乐?

一位腿有残疾的私营企业主。他在南京,经过自己十几年的奋斗拼搏,终于成了远近闻名的雕刻家和经营雕刻精品的大老板。有人对他说:"你如果不是腿有残疾,恐怕会更有成就。"他却淡然一笑说:"你说得也许有道理,但我并不感到遗憾。因为如果没得小儿麻痹症,我肯定早下地当了农民,哪有时间坚持学习,掌握一枝之长?我应该感谢上帝给了我一个残缺的身体。"

完美欲是人类的天性之一,有了它,人类才会永不满足地向前发展。我们要努力追求完美,但同时我们必须学会包容我们的不完美。

不能包容自己的不完美,源自我们常常拿理想的自我与现实的自我进行比较而产生的焦虑感。必须明白,理想的自我是要经过若干年或一生的不懈努力才能接近而始终不能百分之百达到的一个终极目标,只要每天进步一点,快乐一点,我们离目标也就近了一点。倘若因为不能接纳自己的缺陷而生出健忘失眠等痛苦,只能使我们离目标越来越远。不能接纳自己的不完美,还源自和别人不正确的比较而产生的自卑感。拿自己与高过自己一大截的人比,拿自己的缺点与别人的优点比,拿自己的各个方面分别与不同人的优点比,比较的结果是事事不如人,谁都比自己好。

青春感悟

认同现况的自己,接纳不完美的自己,反而可以成就自己完美的人生!不要让外表的不完美影响人生乐章的流畅演奏,如果你的高跟鞋有一个跟断了,就将鞋脱下,愉快地、自信地跳完你的人生之舞吧。

让缺陷成为一种优势

世界上,没有缺陷的人或事是不存在的。有缺陷并不可怕,不能因为自己身上的某些缺陷或是某些事情不成功就气馁,不妨换个思维方式——想方设法把缺陷和不足变成优势,来个"扬短避长"。

也许你会说,缺陷与优势就是一对死对头。其实,你眼中的某些缺陷,有的时候可能就会是你的保护伞。

在一个海岛上,一种昆虫正常发育都有翅膀,而有的发育不良,就是残翅或无翅。没有了翅膀,活动范围小,捕食也受到很大的限制,这是不是很大的缺陷呢?然而遭遇大风时,有翅的飞行中常被海风卷入海水中淹死,而没翅的往往得以保存性命。

狐狸讨厌自己那又大又笨而又单调的尾巴,一门心思羡慕孔雀那漂亮的尾巴,于是割掉自己的尾巴装上向孔雀借来的漂亮尾巴,甚是得意。寒冬到了,狐狸外出觅食,被猎人发现了,它慌忙收起尾巴逃跑,可猎人仍然紧追不舍,它想起以前那条毛茸茸的大尾巴,以前逃跑时,那条大尾巴扫过雪地,能将自己的脚印掩盖,再高明的猎人也找不到自己的踪迹。可是,现在……后悔已经晚了。

我们不能去埋怨自身的缺陷，恰恰相反，我们要懂得把缺陷变成一种优势。

一个聋子，一个瞎子，一个跛子，三个人都有缺陷，一般来说，不会让他们上战场拼杀，那无异于让他们去送死。但是，这并不能说他们就不能用于战斗。清代有个将军就想到让这样的三个人去守炮台，聋子负责点炮，瞎子夜间听动静，跛子守望炮台。因为，聋子一般眼力好，打炮瞄得准，而且震耳欲聋的声音对他没有丝毫影响；瞎子听觉异常敏锐，敌军欲夜晚偷袭，稍有嘈杂声就会被他发觉；跛子腿脚不便，上下炮台很难，不会擅离岗位。这样，三个有缺陷的人都能为国立功。

卡耐基曾经说过："一种缺陷，如果生在一个庸人身上，他会把它看做是一个千载难逢的借口，竭力利用它来偷懒、求恕、懦弱。但是如果生长在一个有作为的人身上，他不仅会用各种方法来将它克服，还会利用它干出一番不平凡的事业来。"

有一个孩子生下来就有残疾，一条腿长一条腿短。从小他就看惯了太多人的白眼，听惯了太多人的嘲笑，于是他变得沉默而敏感，用自卑把自己封闭了起来。

每次上体育课都是他最难熬的时间，行走在队列之中，他是那样显眼。而且，许多活动他都无法参加，只能坐在一边眼巴巴地看着别人玩儿。还有就是每天上午第二节课后的课间操，是更令他难堪的事，在大操场上，全校的学生都在，他摇摇晃晃做操的时候，周围总会有人小声地笑。

于是他每天就更沉默，拼命地学习，什么活动也不参加。有一天，班里组织去爬山，老师说每个人都要去，谁也不能请假。这让他慌乱不已，因为自己的腿，他从没爬过山。他无法想象在爬山的时候，别人会怎样地嘲笑他。可他必须去。下了车，到了山脚下，那山不是很高，却很陡，而且没有现成的路，只能一步步地向上硬爬！

老师一声令下，同学们向山上冲去，他也向前猛冲，一开始还跟跟跄跄，可一上了山坡,这种感觉立刻没有了。原来在爬山的时候,别人是看不到他的缺陷的。而且,由于一条腿长一条腿短,他迈步攀登在高低不平的山坡上竟比别人省力得多!这一发现让他惊喜不已,很快,他已超过所有的人而遥遥领先。他回头看时,身后的老师同学都对他报以热烈的掌声。

那天回到家,他忽然问:"妈妈,为什么我在平地上走路摇摇晃晃的,而爬山的时候却又稳又快呢?"妈妈说:"孩子,上天给了你两条不一样长的腿,就是让你比别人走得更高啊!"他一下子愣住了。

其实,你的劣势或许就是你的优势。当你在为自己的缺陷而悲伤难过时,请记下这样一句话:来到这个世界,每一个人都像是天上的一颗星星,没有远近,没有大小。即使你是最不亮的一颗,也一样拥有深邃的天庭。

很多时候,我们不是跌倒在自己的缺陷上,而是跌倒在自己的优势上,因为缺陷常能给我们以提醒,而优势却常常使我们忘乎所以。

晨晨很胖,为了减肥,她又是运动,又是节食,但是她的体重还是居高不下。不过自从参加了演讲比赛后,她再也不喊着减肥了。晨晨参加了那次全市高校大型演讲比赛,但是由于音响故障导致9点半才开赛,而参赛人数多达32个。临到抽签了,晨晨向上帝祈祷说千万别让自己抽到后面的,因为时近中午,再动听的演讲也不如一碗米饭来得实在。但是上帝并没有站在晨晨这边,没听到她虔诚至极的祈祷——抽了个32号,最后一个。晨晨倒吸了一口凉气,回到座位上,心怦怦跳得快极了。也听不清带队老师的劝慰,更听不清选手们的演讲,脑子里一片空白,愈慌愈急便愈想不出对策。果真如晨晨所料,过了12点,赛场上的人群开始骚动了起来,而差不多要半小时才能轮到晨晨演讲。在这可贵的关键时刻,一个念头突然闪过晨晨的脑海。当主持人宣布"32号选手上场"时,她一扫开始时的沮丧和担心,信心百倍精神抖擞地站了起来。在讲台上站定后,她用微笑而平静的目光环视赛场一圈,骚动的人群渐渐平静下来,视线也集中到演讲台上来了。这时晨晨不慌不忙地开口了:"今天我是最后一个上场,好在我体重比较重,希望能压得住这台戏!"话音刚落,全场一片笑声,随即是热烈的掌声。饥肠辘辘的大家以难得的耐心听完了晨晨为时7分的演讲,并一再响起潮水般的掌声。最后评委团主席评点赛事,说了一句这样的话:"表现尤为突出的是32号选手,她以她的体重,更以她的实力压住了这台戏！"台下又响起大家默契的笑声和掌声。

每一个人都有劣势，有优势。总是有许多人为自己的劣势、缺陷而苦恼不已。然而，与其为自己的缺陷费心费神，倒不如想想，怎样弥补自己的缺陷，利用自己的缺陷，让自己在别的方面成为优势。

流氓兔虽然身材矮小，但是他充分运用了矮小的特点，让自己的行动灵活，身材矮小别人不容易注意，于是就可以趁此给对手致命一击。

有这样一个小故事：

一户人家，主人每天提着水桶到几里外的井里打水，其中一只水桶有一条小裂缝，因此，他每天提回的水总会在路上漏掉一些。有一天，这只有缺陷的水桶终于对主人说："我感到非常地过意不去，每天你打水都要从我身上漏掉一半，害得你白费了许多劲，你不如换一只新桶，把我扔掉吧。"主人没说什么，只是在下次打水时让他留意走过的小路：只见沿路开遍了美丽的鲜花！主人告诉水桶，就是因为它漏水，所以特地在路旁撒下花种，这样有裂缝的水桶反而成了最方便最有效的灌溉工具。

青春感悟

人生苦难重重，每一个人都在不断经历中丰富自己。我们不能让自己内心封闭，在自己狭小的空间里，诅咒命运。其实上帝对每一个人都不薄，上帝对每一个人也都一样。当你能以积极的心态看待自己的缺陷时，你会发现你并非比别人差什么。让缺陷变成优势，让人生充满自信！

勇敢面对你的缺陷

这个世界上没有任何一个人是完美的。不要害怕自己有缺陷，会受到别人的嘲笑，要勇敢的面对它，把这些缺陷化作自己的前进动力。

残疾运动员何军权曾说："许多残疾人都觉得自己抬不起头来，其实，这个世界上就没有完美的人,有人敢说自己的人生是没有遗憾的吗?所以,心态是最重要的,不要想着别人怎么看你,关键是你怎样看自己。"

1981年,刚刚3岁的何军权因为淘气爬上了村里的高压变电器,也就是在那一刻,他失去了双臂,但他以顽强的毅力和坚苦训练实现了自己的人生价值。从1996年到2004年,何军权在国内、国际大赛上共夺得了26枚金牌,7枚银牌和7枚铜牌。他被誉为"无臂蛟龙"的称号。

是的,缺陷不一定都是坏的,有可能就是你的长处和优点。只要会利用,可能还会给你带来意想不到的效果,而前提是你必须要正视缺陷,不要因为缺陷而自卑,不要让缺陷成为成功路上的"绊脚石"。

英国教育大臣戴维·布伦基特是位盲人,他是位聪明过人且具有远见卓识的学者。他生下来就没有视力。母亲得知儿子是盲人时,当即休克。

布伦基特4岁进入盲人学校学习,12岁时父亲因工伤去世,从此家庭失去了经济来源,布伦基特转入技术学校学习。他学会了挡车工、调琴师、速记员等多种职业所需要的技能。

从1987年起,布伦基特就被选为英国下议院议员,而且是工党影子内阁的教育大臣。在议会中,他经常与保守党议员唇枪舌剑。他用词尖刻,论据有力,常使保守党议员处于被动。伦敦一家报纸的老总曾怀疑布伦基特不是个盲人,于是派一女记者去调查。布伦基特故意恭维说:"您的连衣裙真漂亮!"这更让调查者莫衷一是。

布伦基特每周工作6天,每天工作16个小时。早晨7点起床后,一边喂狗,一边听新闻。狗是他的向导,即使开会,也要把狗带在身边。

这件事情看起来真不可思议,天生就是盲人的布伦基特竟然在教育非常发达的英国当上了教育大臣。这之间有多少动人心魄的故事,他付出了多少代价,是难以想象的,我们也无从知道。但从中我们可以肯定的是,他并没有因为自己的缺陷而放弃自己,更没有因为自己是盲人就一蹶不振、自暴自弃。

这些成功人士都有着这样或那样的缺陷,但他们都没有因此而自卑,而是超越了这些弱点,成就了他们自己的精彩人生。

笨鸟学会先飞

一首叫《笨鸟先飞》的歌中曾唱到:"我知道我其实真的是个笨鸟,孤独地飞着默默寻找。"一个人,为着自己的梦想去打拼时,常常要面对着孤寂和冷清。更有时会因为自悲,让自己畏缩不前。成功其实离我们也不遥远,关键看你是否懂得比别人先行一步。

清代著名的史学家、思想家章学诚,小时候是一个很笨的孩子。常常会因为记性不好背不出课文而挨老师的板子。

当时很多同学都笑话他,但他并不放在心上,反而深刻反思自己为什么比别人笨。后来,他对自己说"记性差不要紧,我要笨鸟先飞"。

下定决心之后,为了不落在别人后面,每次背课文他都是等别人还没开始学习就已经开始背诵了。一篇课文,他总要背上十几遍二十几遍,甚至上百遍才能背出来。

后来,长久的自学使他发现了很多问题。他要么抄下来问老师,要么去查工具书。当他读到《中庸》中的"人一能之,己百之,人十能之,己千之。果能此道矣,虽愚必明,虽柔必强"这句话时,才明白自己之前竟然错过了这样一个好方法。这句话的意思是:当别人的聪明智慧比我们好很多的时候,可能他一次就学会了,但是我们如果用一百次的工夫来反复训练,自己也可以达到,也可以像他人一样;如果人家用十次工夫就学会了,就能达到,我们如果差一点没有关系,只要不怕困难,我们用一千次,说不定就可以完成。

此时的章学诚豁然开通,他说:"我终于明白了,我的学问之所以不好,就是我功夫没用到。"后来,功夫不负有心人,章学诚的学问大有长进,终于成为一代学术大师。他的《文史通义》等著作流传后世，影响至今。

其实，章学诚之所以能成为一代学术大师，跟他聪明不聪明根本没多大关系，关键还在于他的勤快。古人尚且如此明理，用这个道理来改进自己，我们为什么不谨记在心呢？

我们每个人都有这样那样的缺陷。有时候记性不好，有时候五音不全，有时候不聪明。但这一切都是可以靠勤快来弥补的。只要我们愿意"笨鸟先飞"，所有的缺点都会成为我们成长的起点，使我们越来越优秀。

从初出茅庐的一个女演员，到享誉世界的国际巨星，章子怡享受着无数影迷的热爱。然而所有这一切荣誉的取得，在章子怡本人看来，那都是自己懂得笨鸟先飞的道理。

所有曾与章子怡共事过的演员和工作人员，都无一例外地用"努力"来形容她。站在如今的事业巅峰，作为成功的"非凡女人"，章子怡却笑着说自己其实并非泡在糖水，而是泡在泪水中长大的。

章子怡坦言对"笨鸟先飞"这句俗语，她比大多数的人都懂得更早。尤其小时候为了练功没少掉眼泪，因为感觉自己的先天条件实在不太好，为了不让师傅失望，也为了争一口气，只能比别人付出加倍的努力。

的确，没有不能干好的事情，就看努力程度如何。有时候我们做得不好，并不是因为我们缺少这个能力，而在于我们太懒了。如果能真正做到人生在勤，把有限的时间用到无限的学习中去，活到老学到老，相信我们一定都是优秀的人。

青春感悟

曾经有一个成功的人这样说过："一个人能完成自己计划的60%，那他就是一个很不错的人，能完成80%，他就是一个成功的人了。"由此可以看出，无论我们是否存在这样那样的缺憾都不重要，重要的是我们是否按照计划去执行了，是否"笨鸟先飞"了。

认识自己的长处

要正确地认识自己，既要了解自己的长处，又要接受自己的短处，这样才能生活的轻松，才能保持内心的平静。

有一部叫《弱点》的电影，影片主人公迈克尔是一个并不太热爱学习的孩子，但是在橄榄球上，却有着天赋。这种天赋，最终在亲情的感召下得以开发。

生活中，很多人很容易看到别人的优点，比如某人皮肤好身材好，某人工作能力很强，某人人缘很好等等，但却很少能看到自己的长处和价值，这是因为千百年来传统教育下过度谦虚的产物，因为要严于律己，所以对自己的要求和批评就很多，期望也很高。因此，常常造成否定自己的心态，认为自己很多地方都不够好，久而久之就产生了自卑感，失去了自信心，认为自己的存在没什么价值，因而活得非常消沉，有些人甚至出现了厌世的心态。

我们知道，文学作品需要写作背景作陪衬，舞台演出需要服饰、灯光、音响、舞美等的效果配合。同样道理，在我们生存环境周围，要正确认识自己，了解自己的长处更是不可或缺的必要条件。

美国社会专家研究显示，人的智商、天赋都是均衡的，或许你在某一方面有优势，但不一定在别的方面能够赢过人家。有优势的同时就会存在劣势。

其实，每个人都具有自己的某种优势，都有适合自己的工作、事业。有的人擅长发现自己的长处，从而合理利用，所以很容易取得成功。而有的人在未发现自己的才能和专长时，往往做事不得要领，学无成就，做无成果，总是感觉自己很卑微。这可能是因环境条件或形势逼使而不能显示自己的才能，如同黑夜行路，坎坷不平。

伟大的马克思有许多天赋，但他在写给燕妮许多诗后，发现自己并不具备杰出的诗才，并作了深刻的自我解剖："模糊而不成形的感情，不自然，纯粹是从脑子里虚构出来的。现实和理想之间的完全对立；修辞上的斟酌代替了诗的意境。"

作家朱自清也曾分析过自己缺乏小说才能的短处,在散文集《背影》自序中说:"我写过诗,写过小说,写过散文。25岁以前,喜欢写诗,近几年诗情枯竭,搁笔已久……我觉得小说非常地难写,不用说长篇,就是短篇,那种经济的、严密的结构,我一辈子也写不出来。我不知道怎样处置我的材料,使它们各得其所。至于戏剧,我更始终不敢染指。我所写的大抵还是散文多。"

有一句话说,战胜自己最难,其实真正了解自己也很难。充分的了解自己才能战胜自己。我们有时候穷其一生都只在这样的过程中,也许到临死的那一天,发现自己其实是选错了职业,走错了人生。这固然是可悲的,更有的人到死也执迷不悟,失去的那个有可能是我们最爱的,为什么我们不早一点认清呢。所以,做决定的时候,多想一想,看看是不是认清自己脚下的路。

达尔文《自传》表明,正因为他对自己的深刻认识,才使他把握住自己的素质特点,扬长避短,做出了突破性的成就。他十分谦逊又自信地谈到:"热爱科学,对任何问题都不倦思索、锲而不舍,勤于观察和收集事实材料,还有那么点儿健全的思想。"但又认为自己的才能很平凡:"我的记忆范围很广,但是比较模糊。""我在想象上并不出众,也谈不上机智。因此,我是蹩脚的评论家。"

他还对自己不能自如地用语言表达思想深感不满:"我很难明晰而又简洁地表达自己的思想……我的智能有一个不可救药的弱点,使我对自己的见解和假说的原始表述不是错误,就是不通畅。"

其实每个人都了解自己的,只是最大的难题是:人们了解自己后,不能很好地有效地及时地改造自己。经常让自己换一个角度,去审视自己;经常让自己站在别人的立场上,观察自己;如果自己是一块璞玉,精雕细琢是能成器的;如果自己只是一块石头,让她做一块建筑的材料,也是材有所用。更多的人其实不愿意承认自己是普通的砖石。

20世纪20年代,著名史学家姜亮夫考入清华大学研究院。当时他极想成为"诗人",把自己在成都高等师范读书时所写的400多首诗词整理出来,去请教梁启超先生。不料梁毫不客气地指出他囿于"理性"而无才华,不适宜于文艺创作。姜亮夫回到寝室用一根火柴将"小集子"化成灰烬。诗人之梦醒了,从此他埋头攻读中国历史、语言、楚辞学、民俗学等,取得一系列成果。可谓"失之东隅,收之桑榆"。

青春感悟

人无完人,不可能在每个领域都很突出,有的方面甚至缺陷十分明显。不同的人,生理素质、心理特点、智能结构等千差万别。有的多条理,善于分析;有的多灵气,富有幻想;有的擅巧计,能于谋略;有的富形相,善于表演。只要比较准确或大致对应地找到自己的目标或方向,你就或早或晚、或近或远会有突出的表现。

人生是段充满缺陷的旅程

生活中,我们总有这样那样的缺陷,只要我们能通过自身的不懈努力,一定能找到生活的意义。

有一个年轻人对自己坎坷的命运深感悲哀,于是祈求上帝改变自己的命运。上帝对他承诺:"如果你在世间找到一位对自己命运心满意足的人,你的厄运即可结束。"于是此人开始了寻找的历程。

一天,他来到皇宫,询问高贵的天子是否对自己的命运满意,天子叹息道:"我虽贵为国君,却日日寝食难安,时刻担心自己的王位能否长久,思虑国家能否长治久安,还不如一个快活的流浪汉!"

这人又去询问在阳光下晒着太阳的流浪人是否对自己的命运满意,流浪人哈哈大笑:"你在开玩笑吧?我一天到晚食不果腹,怎么可能对自己的命运满意呢?"就这样,他走遍了世界的每个地方,被访问之人说到自己的命运竟无一不摇头叹息,口出怨言。这人终有所悟,不再抱怨生活。

我们很难找到一位内心平和、生活愉悦的绝对完美主义者。我们对事物一

170

味理想化的要求导致了内心的苛刻与紧张，所以，完美主义与内心平和相矛盾，两者不可能融入同一个人的人格。事物总是循着自身的规律发展，即便不够理想，它也不会单纯因为人的主观意志而改变。如果试图使既定事物按照自己的要求发展变化而不顾客观条件，那么开始就已经注定失败了。

现实中，我们许多人都过得不是很开心、很惬意，因为他们对环境总存有这样那样的不满，他们没有看到自己幸福的一面。也许你会说："我并非不满，我只是指出还存在的问题而已。"其实，当你认定问题的存在时，你的潜意识已经让你感到不满了，你的内心已不再平静了。

一床凌乱的被褥，车身上一道划伤的痕迹，一次不理想的成绩，数公斤略显肥胖的脂肪……种种事情都能令人烦恼，不管是否与自己有关。如此，我们的心思完全专注于外物了，失去了自我存在的精神生活，在不知不觉中迷失了生活应该坚持的方向。

没有人会满足于本可改善的不理想现状。所以，我们应努力寻找一个更好的方法：要用行动去改善事物，而不是"望洋"空悲叹，一味表示不满。同时还应认识到：我们总能采取另一种方式把每一件事都做得更好，但这并不是说已经做了的事情就毫无可取之处，我们一样可以享受既定事物成功的一面。有句广告词不是说"没有最好，只有更好"吗？所以，不要苛求完美，它根本不存在。

生活总有一些这样那样的缺陷，正是这些缺陷体现了多姿多彩的人生。试想，如果没有宽容，其他的美德几乎都是空中楼阁，成为无趣的标榜而已。10年前的"理解万岁"，曾经让无数人潸然泪下，但是和宽容的境界相比，"理解"的确不算什么。有的时候理解和嘲讽、落井下石没有任何的矛盾，而宽容则和忍让、尊重、悲悯、毫不张扬等美德同生。而且宽容应该是人们的归宿，是储存一定的生命和阅历后，理所应该达到的一种境界。如果一个老年人雍容洒脱，虚怀若谷，我们会觉得是很自然很可亲的；但是一个人到了老年还是斤斤计较、心胸狭隘，上帝也会厌烦他。

如果你有过于要求完美的心理趋向，就应尽快调整。当你认为情况应该比现在更好时，要努力把握住自己，礼貌地提醒自己现实中的生活其实很好。当你放弃自己苛刻的眼光时，一切事物都变得美好起来了。不刻意追求完美，你就会感觉到生活到处充满明媚的阳光。

人生确有许多不完美之处，其实，没有缺憾我们便无法去衡量完美。仔细想想，缺憾其实不也是一种完美吗？

人生就是充满缺陷的旅程。从哲学的意义上讲，人类永远不满足自己的思维、自己的生存环境、自己的生活水准。这就决定了人类不断创造、追求。从简单的发明到航天飞机，从简单的词汇到庞大的思想体系。没有缺陷，产品便不会一代代更新。没有缺陷就意味着圆满，绝对的圆满便意味着没有希望，没有追求，便意味着停滞。人生圆满，人生便停止了追求的脚步。

青春感悟

生活也不可能完美无缺，也正因为有了残缺，我们才有梦，有希望。当我们为梦想和希望而付出我们的努力时，我们就已经拥有了一个完整的自我。生活不是一场必须拿满分的考试，生活更像一个足球赛季，当我们能继续在比赛中前进并珍惜每场比赛时，我们就赢得了自己的完整。

第八章 批评,让我们更加进步

批评就是一剂苦口的良药,虽然让人难以接受,但有利于自身的发展。批评让人看到自己的不足和缺点,并加以改正,进而提高、完善自己。所以,我们应该感谢他人的批评,没有批评就没有成长、进步,进而走向成熟、成功。

成长离不开批评

青春会散场,然而,成长的痕迹将永远停留在岁月的长河里。当你在自己单薄的青春里打马而过,穿过紫藤、穿过木棉、穿过时隐时现的批评,站在青春转弯的地方时,你会觉得失去了很多吗?若生活唯有鲜花和表扬,也许我们更容易迷失方向。

在一个人成长的过程中,需要许多物质与精神上的支柱。有时,成长不仅仅需要阳光,还需要批评。

有一个小孩,他的妈妈很少教育他。有一次,他从隔壁家偷了一根针,告诉了妈妈。他原本以为妈妈一定会严厉地批评他,可妈妈却夸他聪明。于是,他的胆子大了一些,开始偷班上同学的东西。偷来的画板据为己有,偷来的毛衣,妈妈帮他改了之后再穿。后来,他的胆子越来越大,成为了臭名远扬的"江洋大盗"。杀人放火、奸淫掳掠,对他来说早已是"家常便饭"。终于,他被捉到了。行刑那天,妈妈来看他。他要求和妈妈说几句话。他妈妈喜出望外,以为儿子要和自己说"宝藏"的所在。连忙把头伸过去,他一口咬掉妈妈的耳朵,悔恨地说:"当初我偷针,您没有批评、教育我,才导致了今天这个后果。我真的很恨您!"

　　故事虽老,隐藏的教育意义还是值得深思的。"从小偷针,长大偷天"这样的俗语也绝不是危言耸听。倘若故事中的小孩在偷邻居家的针回来,被其妈妈批评教育一顿,一定不会堕落成后来的样子。

　　批评,绝不是伤害,而是对一个人的帮助,帮助你认识的自己的错误,帮助你改正很多不足。

　　高中二年级的学生小艾不知从什么时候迷上了电子游戏。开始时,他站在旁边看,后来学着亲自操作,越玩越上瘾,上课常常迟到,放学后就急忙跑到电子游戏厅里去玩,有时一天能玩四五个小时。有一次,他玩某个游戏上了瘾,竟忘了上课的时间,等这个游戏结束,第一堂课已经上过了。他不敢到学校去,怕见了老师不好交待。后来,他心一横,想:"我干脆接着玩,玩到放学时回家,第二天再编个谎骗过老师。"于是他玩了整整一天,下午很晚才回家。妈妈问他怎么放学这么晚,他胡乱说了一通打扫卫生一类的理由,算是把妈妈骗过去了。第二天,他又撒谎说自己昨天病了,没法来上学,于是又轻松地骗了老师。就这样,他常常旷课,常常撒谎,使老师有些怀疑了。

　　一次家访,老师问到小艾的身体情况,他妈妈很奇怪老师为何问这样的问题。经老师细致调查,终于发现小艾制造的一个又一个的骗局。老师严厉地批评了小艾,小艾也终于认识到自己的错误,后来再也不旷课了,也不再迷恋电子游戏了。

　　可以说,老师对小艾的批评,是为了他今后的成长之路与人生之道打好铺垫,让他提前做好准备,去迎接必须面对的问题;老师是用另一种方式表达对小艾的教育,这种爱比打骂更温柔。

　　小丽,大学学的是广告设计,毕业后进入了一家广告公司工作。公司虽然不是很大,每天业务却很繁忙。一次,小丽设计好一张广告宣传图片,印刷后才发现了有一处错误。第二天上班,小丽提心吊胆,甚至都做好了辞职的最坏的打算。果然,吃中饭的时候,经理喊小丽到办公室去一趟。

　　小丽忐忑不安的推开了经理的房门,经理示意小丽坐下。经理的脸色不怎么好看,点着了一支烟,深吸了一口,像连珠炮似的把小丽狠狠的数落了一番。小丽低着头,不敢吱声。良久,经理对小丽说:"公司因为你这个错误承担了不小的损失,这个责任也不能让你一个刚毕业的大学生来承当。但是今天找你来,就是要让你记住,工作一定要仔细,千万不能再犯这样的错误。今天批评你,是要你长个记性……"

小丽一直记者经理的一番话,也在这次批评中,深刻认识了自己的错误。此后,工作上,一直兢兢业业,再没有出现类似的糟糕情况。

还有在工作上,一个人也难免会因为失误遭遇批评。人并不是完美的,挨批也是情理之中的!虚心接受批评,可以让自己更好的成长。

青春感悟

当你看到繁花落尽时,还能释然地微笑;当你知道人生不只有阳光时,还能无畏远方;当你知道生活还有着批评伴随你成长,那你就正在走向成熟。

换个角度看批评

批评,通常是指对缺点和错误进行揭露和剖析的行为。对常人而言,批评通常带给人的是不愉快,是对自我的一种否定,给人的是负面心理影响,因此每个人都是不愿意被批评的。

但是,每个人都会遇到批评,甚至可以说,批评和你终身相伴。孩提时代,经常受到父母的批评;学生时代,经常受到老师的批评;参加工作,受到上司或部门领导的批评;甚至在朋友之间,也会受到朋友的批评。

金无足赤,人无完人,所以我们应该接受别人的批评!正确的批评对我们是有益无害的,因为它能及时指出我们的缺点和失误,让我们少走弯路,更快成功,那里面还包含着父母、老师、领导、朋友对自己真诚的帮助和无私的关怀。因此我们应该对别人的批评心存感恩。

感恩批评是一种胸怀,是一种勇气,是一种素质,是一种品行。善于接受批评的人才能有大成就,有大成功。

贞观年间，太宗对群臣道："现在我想听听自己有何过失，你们要畅所欲言，专谈我的缺点。"长孙无忌等大臣都说："陛下以恩德教化，使天下太平，有何过失？"侍中刘洎却说："陛下圣德确如长孙无忌所言，但近来有人上书，陛下觉得不称心，当面诘难，使上书者惭愧退下，这不是褒奖进言之路。"太宗听后，高兴地表示："你说得对，我一定改正。"果然，名臣魏征向唐太宗提出无数次批评或建议，甚至有时当着全体朝臣的面疾言厉色，冒死顶撞，太宗仍然重用他，接受批评，采纳建议，事后还表示由衷的感谢和敬意，对魏征大加赞赏，称他为自己的一面镜子。

正是唐太宗正确对待批评的态度，使得唐朝有了贞观之治的繁荣景象，也让人们对这位明君产生了深深的敬仰。

我国春秋时期的邹忌和齐王，也是两位善于接受他人批评的典范。有一次，邹忌问自己的妻子和客人，他与城北的徐公相比谁美。他的妻子和客人都说他美。邹忌听了后并不自满，而是一个人独自思索起来，很快他就发现了问题，于是进宫进谏了齐王，告诉他要让众人对他的缺点进行批评和指正，齐王同意了他的意见，让众人对他的错误进行批评，并给予相应的奖赏。一年之后，齐王的缺点得到了很大的改善，齐国也变得富强起来。其他国家的王都很佩服齐王的举动，于是出现了"皆朝于齐"的场面。

与唐太宗、邹忌、齐王不同的是，有一些人却气量狭小，听不得他人的意见，最终的下场也只能是对自己不利。

商代暴君纣王，整日沉迷于酒色，不管国事。王叔比干进宫劝谏，谁想纣王不但不听劝告，而且还残忍的把比干的心给挖出来。纣王这种灭绝人性的举动，使天下人寒心，最终导致了"武王伐纣"，商朝灭亡的结局。如果商纣王能听进别人的意见，及时改正自己的缺点，就不会落个亡国之君的下场。正是批评的缺席，使商纣王生命的天平倾向于骄纵的极端，并最终陷入无法挽救的失败的漩涡中。

导演陈凯歌在决定拍《风月》之前，听不进老板徐枫女士的忠告，最终导致这部影片遭遇滑铁卢，并且一直未能在大陆上映。

青春感悟

在一个人的成功路上，批评是不可缺席的，有了它才能使你的前途光明；有了它才能使你健康地成长；有了它才能赢得你辉煌的人生。生活在现代社会中的我们，应该握住批评这把钥匙，去开启一个个成功的大门。

批评是成长的"添加剂"

一棵树长了多余的枝杈，只有及时修剪，才能长成栋梁之材。一个人有了缺点毛病，只有敢于正视现实，诚恳接受批评，才能清除身上的"细菌"和污垢。

每个人都喜欢受到表扬，而不喜欢受到批评。但是，一个人却应该学会坦然接受批评，这对于他的成长是有好处的。接受批评应该从小做起，这不仅能够塑造孩子的完整人格，而且可以帮助孩子在其他方面取得成功。从小没受过批评，在家人溺爱中长大的孩子，往往偏激、高傲、不明是非，以至于走错路。

报纸上曾有这样一篇文章：

浙江一位年过百万的富商，他的女儿因高考成绩不理想而跳海自杀，其中主要的原因是因为富商夫妇平时对女儿过分的溺爱，对于以往女儿所犯的过错没有及时批评，一味儿的给予关心与爱护，而且对女儿抱有过大的期望，最终由于家庭的压力，父母不及时的批评，就造成了这样一场悲剧。

西方谚语说："恭维是盖着鲜花的深渊，批评是防止你跌倒的拐杖。"听惯了谀辞的人常常狂妄自大，只有虚心接受批评的人，才能改正缺点，提升自己。所以，我们必须养成虚心接受批评的习惯。

作为一个学生，在学习、成长的过程中能受到老师的批评应该是一种荣幸。批评让我们养成了良好的学习态度，并学会了如何与人相处，批评让我们确立了正确的人生观和价值观,为将来成材打下坚实的基础。

"良药苦口利于病",批评就是这样一剂苦口的良药。在别人的批评中,我们看到了自己的缺点和短处,看到了自己的不足,从而埋头苦干,谋求自己的发展。

如果我们每个人都能做到在批评后反思,乃至找到解决的办法,那么我们就有好的价值让自己发挥。吸收能量后的我们会变得更强大,拥有了强大的基础才能够成功。

每个人的成长过程中,批评是不可缺席的,有了它才能使你的前途光明;有了它才能使你健康地成长;有了它才能赢得你辉煌的人生。不论我们担当何种角色,我们都会受到他人的批评、指责,但你不要以此抱怨,因为他们的目的都是为了你,为了你有更好的未来。因此,我们要以感恩的心来接受这些批评。

青春感悟

充满鲜花的生活不是最美的,人生的路上需要荆棘。在那些迷人的芬芳中我们往往会失去自我,所以我们要在乎别人的批评,要感谢别人的批评,重视批评的力量,去拥抱属于自己的更好的明天!

批评是一种自律

在物质生活日益发达的今天,我们稍不注意,就会陷入欲望的泥潭之中,难以自拔。一个人只有勇于接受别人的批评,勇于面对各种各样的诱惑,才能打开属于自己的窗外美景。

赵洋曾经是个漫不经心、对一切都无所谓的人,处世的态度是"不必太认真",凡事过得去就行,无论对人还是对己都是马马虎虎,得过且过。他一直把这看成是自己做人的优点,认为这样可以少生很多烦恼。但在德国短短几分钟的经历,使赵洋的人生观发生了改变。

2005年,赵洋有机会去德国继续学习。那一年的除夕之夜,赵洋在德国的汉堡参加留学生组织的春节晚会,因为这样可以使他逃避思乡的痛苦。晚会结束时,整个城市已经沉浸在安静之中,到处都是静悄悄的。为了早点儿到家,赵洋走得飞快,只差跑起来了。刚走到十字路口,红灯就亮了,灯里那个小小的人影从绿色的、甩手迈步的形象变成了红色的、双臂悬垂的立正形象。如果在平时,包括赵洋在内的所有行人都会停下来等绿灯。可这时候已经是深夜人静,马路上没有一辆车,即使可以看见车灯,也是在很远的地方。

这时的赵洋没有犹豫,大步走向马路。

"站住!"身后飘过一个严厉的声音,打破了夜的沉寂。赵洋的心猛然一惊,他转过身看,原来是一位值勤的义工。

义工严肃地说:"现在是红灯,你没看到吗?"

此时赵洋的脸突然感觉很热,他喃喃地说:"对不起,我见周围没有车就想……"义工说:"交通规则就是原则,要我们从内心去遵守,而不是看有没有车。在任何情况下,都必须遵守原则。"

义工的话使赵洋受到很大的震动。从那一刻起,他再也没有闯过红灯。他一直记着:在任何情况下,都必须遵守原则。"

如果小的陋习任其发展,不加以控制,那么它就会像滚雪球一样越滚越大,最终造成严重后果。生活中这样的例子不是很多吗?一个孩子在小时候有小偷小摸的坏习惯,如果父母、老师不加以管教、批评,长大后这个孩子有可能抢银行、杀人放火等。所以,我们需要批评。批评让人严于律己,批评让人学业有成,批评让人生之路越走越宽。

泰戈尔说:"没有经历过地狱般的磨炼,怎能练过创造天堂的力量;没有流过血的手指怎能弹就出人间的绝唱。"然而成功是需要磨炼的,泰戈尔最后成功了,但是在成功与磨炼背后一直指引着人们的是谁呢?它就是人们最好的老师——批评。

功夫巨星成龙在出国的时候,父亲告诫他三点:"不许赌博,不许吸毒,不许加入黑社会。"成龙将父亲的话谨记在心。任何时候在金钱、地位、利益面前,都能够约束自己、抵制诱惑,这样他才能在经受一次次磨难和诱惑后保持最好的状态。相反,如果当初他没有将父亲的话记在心上,则可能已经沦为一个不为人知的失败者了。

在人生的道路上充满各种各样的诱惑,如果没有顽强的自律精神,就会陷入欲望的泥潭,难以自拔。恰当、善意的批评和自我批评时时提醒自己,时时警告自己,让我们减少了犯错误的机会。

青春感悟

批评是自律的良方,批评警示着做人做事的标准、原则,勇于接受别人的批评才能高度自律。有了接受批评和自律的精神,我们的社会才能有章可循,生活、快乐、幸福、成功等等美好的东西才能存在。

批评也是一种动力

列车奔驰千里,是因为有源源不断的动力,其实,批评也可以转化为人生列车的动力。在人生路上,前进途中,时刻接受他人的批评,让它在无形中激励你前进。得意时,它会压低你的头,以防高仰而迷失了方向;失意时,它会扶起你的头,以防失落而放弃了前进。

正在上高中的小涛是个优秀生,不但天资聪颖、反应灵敏,而且思维活跃、考虑周全。在课堂上,第一个举手回答问题的通常都是他。因此,他常常得到老师的表扬和赞许。但慢慢地老师却有了意外的发现:小涛在上课时总是时不时地扭过头去和身后的同学说话,被警告之后仍然不理不睬;不仅回答问题的次数逐渐减少,做作业也是潦潦草草,不是抄错字就是写白字。这样一个原本优秀的学生就在老师的表扬里变"坏"了。

有一天,班主任把他叫到办公室,笑着问他:"小涛,近些日子,你不觉得你发生了什么变化了吗?"

"没有啊!"他头一仰,一脸的不在乎。

"你好好想想,上课回答问题还和以前一样吗?作业是不是写工整、做正确了?"班主任继续温和地问,想引导他认识到自己的错误。

"可是老师你讲的我都会,我想没有必要再说一遍。"他仍然没有醒悟,态度愈加傲慢,"作业嘛,只要完成就行了呗!"

班主任立刻火冒三丈,拿出他的作业本,指着上面的错误,厉声说:"小涛,你是听惯了表扬就摸不着东南西北了?老师告诉你,响鼓还得重锤敲!再这样下去,你会永远落于他人之后,成不了大气候!"

小涛被班主任生气的样子惊呆了,也意识到了自己的错误,泣不成声地说:"老师,我错了,我不应该骄傲自满。"

从此以后,小涛又变成了以前那个认真、积极的优等生。不同的是,他再也不妄自骄傲了。他时刻把老师的批评记在心里,激励着自己前行。在高考时,以超出全校第二名学生50分的好成绩,被清华录取了。

骄傲的人需要批评,若没有批评,也许他永远也骄傲不起来了。批评让人保持了清醒的头脑,给予了人们不断提升自我的动力,从而走向成功。

不知进取、碌碌无为的人同样需要批评,而此时的批评犹如霹雳,其强大的力量,足以唤醒那沉睡的灵魂。

一代诗仙李白,小时候不努力学习。直到有一天,他遇到一位老奶奶在磨铁柱,恍然大悟,明白了"铁柱磨成针"的道理。他知道是上天对他的懒惰批评,他把这一批评转化为动力。从此勤奋好学,写出了"长风破浪会有时,直挂云帆济沧海"的绝唱,成就了唐朝伟大诗人的美名。

批评并不是对一个人的否定,也不会扼杀人的意志。只要你换个角度,懂得思考,批评也可以转化为动力,转化为人生当中成就未来的动力。

成就千里马的,不仅是伯乐,更是那条不时抽打它的马鞭。前行的路上,不仅需要鲜花与赞美,更需要批评的鞭策。

青春感悟

人生得意与失意总是对半平分的,好比一台天平的两个托盘。当一个得意或失意时,天平便不再平衡,而是不停地摇晃。在这个时候,我们往往需要一个关键的"砝码",那就是批评。批评有助于缓冲天平的失衡,从而鞭策人们,使人们有所警惕,不至于酿成大错。

迎接别人的挑剔

当面对别人的抱怨和挑剔的时候,要汲取失败的教训,加以改进。因为有了"挑剔",你就会谨慎、认真,就不会居功自傲、"大意失荆州"。

春秋战国时期墨子的得意门生耕柱,因为聪慧好学成为大家公认的优秀生,但他却时常遭到老师批评与指责,有时甚至被弄得无地自容。一日,耕柱窃问老师:"难道这么多学生中我竟如此差劲,以至于令您老人家这样责骂我吗?"墨子慢条斯理地回答道:"假如我现在要上太行山,依你看,我是应该用良马来拉车呢,还是用老牛来拉车呢?""当然是用良马来拉车呀!"耕柱不容置辩地答道。"为什么不用老牛来拉呢?"墨子反问道。"理由非常简单,因为良马足以担负重任,值得驱遣。"墨子笑了笑:"你答得非常正确。我之所以时常责骂你,也是因为你能够担负重任,值得我一再地教导你与匡正你!"耕柱如释重负。

严格要求,尽量挑出显露的或隐匿的毛病,以便完善完美,这无论是作为学生的还是下级的,不能说是坏事。因为有了"挑剔",你就会谨慎、认真,就不会居功自傲、"大意失荆州"。因此,正确对待无论来自何方的挑剔,尤其是来自上司的挑剔,这作为一名管理者来说,是明智之举、自我完善之举。

时下,很多小年轻,在工作中,常常就不能接受别人的挑剔。总是期望听到自己最舒服的声音,那怎么成?我们来看看乔治在面对挑剔的时候是如何做的。

在纽约郊外,坐落着著名的卡瑞度假村,乔治就在这里的厨房部工作。

有一天,乔治正在厨房里忙得不可开交,服务小姐端着盘子急匆匆地走进来:"一位客人对你的油炸马铃薯不满意,他说切得太厚了。"

乔治第一次听到客人的抱怨,他不敢怠慢,急忙把马铃薯切薄些,重做一份儿,请服务小姐给那位挑剔的客人送过去。

本以为万事大吉了,哪知道服务小姐又端着盘子回来了:"客人还是不满意,我猜他一定是遇到了不顺心的事,所以把怨气都撒到咱们这里了。他还是嫌你切得太厚了。"

乔治一言不发,耐着性子把马铃薯切成更薄的片,然后炸成诱人的金黄色,最后,他又别出心裁地在上面撒了一些椒盐和孜然。

过了一会儿,服务小姐又跑了进来,不同的是,她手里的盘子是空的。服务小姐对乔治说:"客人满意极了,其他客人也对你的油炸马铃薯赞不绝口,他们要再来几份。"

从此,薄薄的油炸马铃薯片成了乔治的招牌菜,许多顾客慕名而来。乔治在实践中,又开发出了各种口味,赢得了更多人的青睐。今天,薯片已经成了地球上不分地域人种喜欢的休闲零食。

面对客人的挑剔和责备,乔治默默地接受批评,把薯片做得越来越好吃,结果竟然发明出一种广受欢迎的大众食品。

青春感悟

面对批评,我们需要乐观的心态。弱者面对批评,总认为那是旁人的嘲讽,愤然处之,恶言相向。强者面对批评,笑而迎之,来者不拒,理性分析,让其成为事业成功的垫脚石。用乐观的心态面对顾客的批评吧!你就会站得更高,看得更远。

接受批评学会自省

接受批评,并转化批评。只有将批评看做一面镜子,我们才能看到自己的不足,获得成长,活得快乐而坦然。

王志在上初中时,教他体育课的是一位姓杨的老师。杨老师刚从体校毕业分配到这个学校，给学生上第一节课时，王志又习惯性地告诉老师，他有病不能上体育课。老师说："你怎么不能上体育课，我知道你腿不太好，但还不至于连体育课都不能上吧。"王志固执地站着不动，杨老师看着这个学生，口气缓和了一下，说："你和我们一起做做广播操总可以吧。"看着杨老师那征求的目光，王志点头同意了。

杨老师领学生做了一套广播体操后，就在沙坑边指导同学们跳高。王志站在旁边看同学们一个个从跳杆上跳过去，突然听到杨老师叫自己的名字。老师说："你，该你跳了。"王志不相信地看着他："什么，让我也跳高，我一个瘸子，能行吗？"

杨老师以为王志没听见，又大声叫他的名字。王志气愤地说："不，我不行的，你明知道我是这个样子，为什么非要我这样做？"杨老师严肃地说："你看看这跳杆的高度，我知道你是能跳过去的，你为什么不跳呢？你的腿没有你想像的那么严重，你干吗一定要把自己当成一个残疾人、窝囊废，而不敢去面对这个跳杆呢？"

王志突然像疯了一样向跳杆冲过去。对"残疾人"这个字眼，对于王志来说是最敏感的语言，一定要跳过那个跳杆。等跌落在沙坑之后王志回头看，跳杆竟纹丝不动。他不相信自己真的跳了过去。杨老师的声音又一次响起："再来一次。"起跑、冲刺、跳，王志又轻松地跳过去了。老师没有看他一眼，"再次说道：再跳一次。"第三次，王志含着泪水轻松地跳过了那个高度。

下课时间到了，杨老师一声解散后同学们都四散地跑开了。王志眼中仍然噙着愤怒的泪水，一瘸一拐地离开操场，在路上王志的肩膀被人轻轻地拍了一下，回过头，竟然是杨老师。他说："你知道吗？其实在你第二次第三次起跳的时候，我都暗暗地把跳杆往上抬升了，但是你仍然跳了过去。你的腿我早就观察过了，真的没那么严重，现在你正是长身体的时候，多锻炼锻炼对你那条腿是有好处的。你一直以为你不行，是因为在你的心中早已为自己设置了限制。记着，以后不管什么时候都不要给自己设限，而是要把跳杆不断往上抬。"

原来，自己不但跳了过去，而且跳杆还在不断地往上升；原来，自己也可以跳得很高呀，王志心想。从此以后，王志开始和同学们一起出早操，一起跑步，每次上体育课时，他都主动地把跳杆不断往上抬，一次次往上，一次次成功超越。初三的时候，王志发现，那条残疾的腿已经很有力了，而且，走路的时候，似乎也不那么瘸了。当王志大学毕业以后，走向了社会，每当自己在事业上徘徊不前的时候,常常想起当年杨老师对自己说的那句话:"不要为自己设限,要把跳杆不断往上抬。"

他说:"感谢杨老师,是杨老师的批评,使我不仅有了健康的身体,更有了坚强地意志。"

批评并非是坏事,它能准确地指出一个人的缺点和不足,让人加以改进。因此,面对别人的批评,我们要虚心接受并努力改正,这样才能不断地提升自己,成就自己。因为是他指出了我们脊背上的灰,促使我们激发了斗志,增长了智慧,磨砺了性格。所以,我们应该感谢那些给予我们批评的人。

青春感悟

剪去近乎腐朽的枯枝,方能长出生嫩翠绿的新叶;清除臭气的腐质,方显河水的澄澈;脱去陈旧的茧衣,方能焕发蝶儿绚丽的身影……我们眼睛所及之处,无不提醒我们:只有摒除瑕疵,方能一睹无余。所以,要想让自己不断完善、发展,必须接受他人的批评。

对批评还以感恩

感恩批评的人,往往具有清醒的头脑,宽阔的胸怀,正直的人格,健康的思想。这样的人往往会得到越来越多的帮助,会让人更加理性,会不断地取得进步,往往比其他人更容易成功。

乔治·罗纳曾经是维也纳一名较有名气的律师,可是由于当时发生了第二次世界大战,他被迫逃到了瑞典,从此开始了一文不名的生活。

乔治深知,他必须要找到一份工作,否则无法维持生存。乔治的外语非常好,能说并能写好几国语言,所以他希望能够在一家进出口公司担任秘书的工作。然而,几乎所有的公司都回信告诉他,因为正在打仗,他们不需要这样的职位,不过他们会把他的名字存在档案里,如果以后有需要会通知他。

可有一家公司的回信却令乔治十分气愤，信中说道："你对我生意的了解太少了，完全不理解这个工作的性质，就连用瑞典文写的求职信也是错洞百出，我们根本不需要任何替我写信的秘书，即使需要，也不会请你。"

乔治当即回信准备反驳并痛斥那个发信人一顿。可是信写了一半，他就停了下来，心想思考着："也许这个人说的也不无道理？我修过瑞典文，可是这并不是我家乡的语言，也许我确实犯了许多我并不知道的错误。如果是这样的话，那么我想得到一份工作，就必须再努力学习。

虽然他用这种难听的话来表达他的意见，但是对我是一个帮助。我应该做的，不是回信谩骂，而恰恰是要感谢他呀！于是，乔治又重新开始写感谢信："您在百忙之中能回信给我，并且指出了我很多错误和不足之处，这对我实在是太好了。对于我把贵公司的业务弄错的事，我觉得非常抱歉。我之所以写信给你，是因为我听说你是这一行的领导人物。我并不知道我的信上有很多文法上的错误。"

俗话说："脊背上的灰自己看不见。"愚蠢的人不喜欢听别人的批评，而聪明的人往往善于把批评当作一面镜子，时常用这面镜子照照自己，看看自己到底存在哪些方面的问题，并加以改正，进而提高、完善自己。

青春感悟

不管别人的批评是善意还是恶意，我们都要虚心接受并努力改正，这样才能不断地提升自己，成就自己。因为是他指出了你脊背上的灰，才促使你激发了斗志，增长了智慧，磨砺了性格。所以，我们应该感谢那些给予我们批评的人。

第九章 责任，彰显了生命的价值

责任是人这一生中必不可少的东西，如果你没有了责任心，你将变成一个别人厌恶的人，如果你没有了责任心，你将一事无成。如果你没有了责任心，你将面临着别人对你失去信心。一个人拥有责任心，会让人生散发出金子般的光辉。责任心是促进我们每个人进步，推动社会发展的动力。

责任心决定你的能力

一个人，水平有高低，能力有大小，但是实际上每个人都潜能无限，好似一座亟待开发的宝藏。责任意识在一个人能力发挥的问题上起着关键性的作用。一个毫无责任心可言的人，能力再强，其成绩也终归有限。只有富于责任心的人，才能使自己的能力发挥到极致，真正实现自我的价值。

马力曾是美国阿穆尔肥料厂一名速记员。尽管他的上司和同事均养成了偷懒的恶习，但马克仍保持认真做事、高度负责的良好习惯，他重视每一项工作，丝毫不敢玩忽职守。

一天，上司指派马力替自己编一本阿穆尔先生前往欧洲需要的密码电报书。马力并没有立即着手，因为他不想随意地编几张纸完事。经过一番思考，他别出心裁编成一本小巧的书，用电脑很清楚地打出来，然后又耐心地装订好。做好之后，上司便交给阿穆尔先生。

"这大概不是你做的吧?"阿穆尔先生问。

"呃，不……是……"上司战战兢兢地回答，阿穆尔先生沉默了好一会儿。

几天之后，马力代替了以前上司的职位。

187

千万别忽视自己所做的每一项工作,即便是最普通的工作,哪怕是最细微的环节都值得你去做,值得你恪尽职守、尽职尽责、认真地完成。小任务负起责任利于你对大任务成竹在胸。脚踏实地向上攀登,便不会轻易跌落,通过认真工作你就不会再有无所适从的感觉。

责任胜于能力。拘泥于个人利益的小圈子里,就永远跨不进成功的大圈子。

动物园里有3只狼,是一家三口。这3只狼一直是由动物园饲养的,为了恢复狼的野性,动物园决定将它们送到森林里,任其自然生长。首先被放回的是那只身体强壮的狼父亲,动物园的管理员认为,它的生存能力应该比剩下的两只强一些。

过了些日子,动物园的管理员发现,狼父亲经常徘徊在动物园的附近,而且看起来像是很饿的样子,无精打采的。但是,动物园并没有收留它,而是将幼狼放了出去。

幼狼被放出去之后,动物园的管理者发现,狼父亲很少回来了。偶尔带着幼狼回来几次,它的身体好像比以前强壮多了,幼狼也不像是挨饿的样子。看来,公狼把幼狼照顾得很好,而且自己过得也很好。看来为了照顾幼狼,狼父亲必须得捕到食物,否则,幼狼就会挨饿。管理员决定把剩下的那只母狼也放出去。

这只母狼被放出去之后,这3只狼再也没有回来过。动物园的管理员想,这一家三口看来是在森林里生活得不错。后来,管理员解释了这3只狼为什么能重返大自然生活。

"公狼有照顾幼狼的责任,尽管这是一种本能,正是这种责任让他俩生活得好一些。母狼被放出去后,公狼和母狼共同有照顾幼狼的责任,而且公狼和母狼还需要互相照顾。这3只狼互相照顾,才能够重回自然,重新开始生活。"

这个故事告诉我们,一旦拥有了责任,能力将得到大幅度的提升。一个人责任感的高低,决定了他工作绩效的高低。当你的上司因为你的工作很差劲批评你的时候,你首先问问自己,是否为这份工作付出了很多,是不是一直以高度的责任感来对待这份工作?一个负责任的人是不会给自己的工作交出一份白卷的。

上司注重下属的工作态度,更注重下属的工作能力。对上司而言,如果你能在相同的时间里比其他人办的事多,而且还办得好,这也就意味着你的能力更强,效率更高,这样的人当然能得到提拔。

但有一点值得注意,人的做事能力并不是与生俱来的,一部分要靠平时的锻炼,而更多的则与你对待工作的责任心息息相关。

有两个要好的伙伴同时受雇于一家超级市场,开始时大家都一样,从最底层干起。可不久,其中的一个受到总经理的青睐,一再被提升,从领班一直到部门经理。而另外一个却像是被遗忘了一般,还在最底层混。终于有一天这个被遗忘的人忍无可忍,向总经理提出辞呈,并痛斥总经理偏心——辛勤工作的人不被提拔,那些吹牛拍马的人却步步高升。

总经理耐心地听着,他了解这个小伙子,工作肯吃苦,但似乎缺了点儿什么,究竟缺什么呢?三言两语还说不清楚……他忽然有了个主意。

"小伙子,"总经理说,"你马上到集市上去,看看今天有什么卖的。"这个人很快从集市上回来说,集市上只有一个农民拉了车土豆在卖。

"一车大约有多少袋,多少斤?"

他又跑去,回来后说有40袋。

"价格是多少?"总经理问。他再次跑到集市上。总经理望着跑得气喘吁吁的他说:"请休息一会儿吧,我们来看看你的朋友用同样的时间里会做些什么。"说完叫来另一个小伙子,说:"你马上到集市上去,看看今天有什么卖的。"

小伙子很快从集市上回来了,汇报说到现在为止只有一个农民在卖土豆,有40袋,价格适中,质量很好,他还带回几个让总经理看。这个农民一会儿还将弄几箱西红柿上市,据说价格还算公道。他想这种价格的西红柿总经理大概会要,所以他带回来几个西红柿作样品。

总经理看了一眼旁边红了脸的小伙子,说:"这就是你的朋友得到晋升的原因。"

青春感悟

表面看来,两个小伙子的境遇是因为办事能力存在差距,但细究这种差距的本质,还是两个人的责任心在起着决定性的作用。所以,要想提高自己的办事能力,受到他人的赏识,最关键的一点就是时刻记得把工作放在心里,时刻盘算着如何才能把工作做到极致,做到百无一失。有了这种对工作高度负责的精神,你的工作能力想不提高都很难。

责任是成功的基石

责任不是一个甜美的字眼,而是具有岩石般的冷峻。一个人真正成为社会的一分子的时候,责任作为一份厚重的礼物便不知不觉地落到了你的肩上,它是一个你时时不得不付出一切去呵护的孩子,而它给你的,往往是灵魂和肉体的痛苦,这样的十字架我们又不得不去背负,因为没有人不渴望成功。

安娜在一家公司做助理,她的工作就是整理、撰写和打印一些材料。很多人都认为安娜的工作单调而乏味,但她却不觉得,她总是说:"检验工作的唯一标准就是你做得好不好,而不是别的。"

于是,安娜除了每天必做的工作之外,她还细心地搜集一些资料,甚至是很多过期的资料,她把这些资料整理分类,然后进行分析,写出建议。为此,她还查询了很多有关经营方面的书籍。

最后,她把打印好的分析结果和有关证明资料一并交给了老板。老板起初并没有在意,一次偶然的机会,他读到了安娜的这份建议。老板非常吃惊,这个年轻的助理居然有这样缜密的心思,而且她的分析井井有条,细致入微。后来,安娜的建议中很多条都被采纳了。

老板很欣慰,他觉得有这样的员工是他的骄傲。当然,安娜也得到了老板的奖励并被委以重任。安娜觉得没必要这样,因为,她觉得她只比正常的工作多做了一点点。但是,老板却觉得她为公司做了很多很多……

一个人成功与否在于他是不是做什么都力求做到最好。成功者无论从事什么工作,都绝对不会轻率疏忽。因此,在工作中他会以更高的标准要求自己。能够做到最好,就必须做到最好,能够完成百分之百,就绝不只做百分之九十九。只要你把工作做得比别人更完美、更快、更准确、更专注,动用你的全部智能,就能引起他人的关注,实现你心中的愿望。

日本的经营之神松下幸之助曾说:"只要你敢于承担责任,办法总是有的,问题总会解决,挫折总会过去。因此,如何对待责任,不可小视。"

遗憾的是,在现实生活中,很多人总是在千方百计寻找借口推卸责任,遇到挫折首先想到的不是如何走过去,共渡难关,而是把烂摊子丢给别人或者在别人想办法的时候伺机溜之大吉。

在一列高速行驶的火车上,一位孕妇临产,列车员广播通知紧急寻找妇产科医生。

这时,一位妇女站了出来,说她是妇产科的。女列车长赶紧将她带进用床单隔开的病房。毛巾、热水、剪刀、钳子都准备好了,只等最关键时候的到来。

产妇由于难产而非常痛苦地尖叫着,那位妇产科的妇女也跟着有些着急,她将列车长拉到产房外,说明产妇的紧急情况,并告诉列车长,其实她只是妇产科的护士,并且由于一次医疗事故已被医院开除。今天这个产妇情况不好,人命关天,她担心自己能力不够,建议立即送往医院抢救。

可是,此时的火车距最近的一站还要行驶一个多小时。列车长看着她的眼睛郑重地对她说:"你虽然只是护士,但在这趟列车上,你就是医生,你就是专家,我们相信你!"

列车长的话立刻感染了这位护士,她的自信心增强了,在走进临时产房前她问列车长:"如果万不得已发生紧急情况,是救大人还是保小孩。"

"我们相信你!"

护士明白了,她坚定地走进临时的产房,列车长在一旁轻轻地安慰产妇,说现在有一位专家正在给她做手术,请产妇安静下来好好配合。

出乎意料,那名护士几乎单独完成了她有生以来最为成功的手术,婴儿的啼哭声宣告了母子的平安。

那对母子是幸福的,因为遇到了热心人;那位护士是幸福的,她不仅挽救了两个生命,而且找回了自己的信心与尊严。

因为责任,因为信任,她由一个不合格的护士成为了一名最优秀的医生。

青春感悟

承担责任是一个很重要的观念，能够自我负责的人不会把自己的行为和结果归咎于环境或他人。心中自有一片天地，不会受制于人也不易为环境所左右，如果认定工作品质第一，即使天气再坏，依然不改敬业精神。每个人都应该有责任感，责任能激发人的潜能也能唤醒人的良知，给人责任，也就是给人信任与真诚；有了责任，也就有了尊严和使命，也才能最终走上成功的道路。

责任让你有信誉

一个有责任感的人会给别人一种信任感，会吸引更多的人与他合作。当一个人为别人担当了更多的责任时，才能在他需要别人帮助的时候，让别人为他担当责任。一个负责任的人总是能够得到更多的信任，而一个逃避困难、不敢面对挑战的人，很难让人相信他，他也不会真正为别人担当责任，当然别人也就不会赋予他更多的使命。

小梁进大学第二年就被推选为院学生会主席，他是一个敢于担当责任的人。院里学生的大事小事，他都关心。同学们都熟悉他那张热情的面孔，也愿意和小梁交往。一次院里举办文艺晚会，负责道具的一位同学，因粗心，不该上道具的时候上了，影响了下一个节目的正常进行，当时情形很是尴尬。小梁给观众道了歉，承认是自己没有组织协调好这件事。当他深深的给观众鞠了一个恭，台下还是响起了如潮般的掌声。

古人云："水本无华，相荡而成涟漪；石本无火，相击而发灵光。"所以，要努力为自己搭建展示平台、拓宽活动范围、营造交流环境，让智慧替你说话，让激情沟通感情，使自己成为团队中佼佼者。

正因为如此，在生活中，我们对社会更要有责任心，帮助别人就等于帮助自己。我们更要对亲人朋友负责，这样才能让人感觉到你的关心和爱护。在工作中，我们对合作伙伴要有责任心，不论是专业知识的互通，服务的强化，还是对产品的认识，都要认真及时地相互沟通。

王志经过几年的艰苦打拼，由他经营的公司完成了最初的原始积累，并发展到了一定的规模。经过这几年的磨炼和探索，王志深知：

履行自己的职责，让别人享受，让别人愉快，让别人得到好处，让社会得到好处，事业才能强大，我们的顾客才能越来越多。

正是基于这种理念，王志的公司在吸纳加盟者时，摒弃急功近利、只求数量不求质量的思想，宁缺毋滥，始终把社会责任放在首位。为了对加盟者负责，让其避免初期经营的盲目性，从而从根本上保证了加盟者的利益。

有了这种对别人负责、对社会负责的理念，王志在发展过程中，处处把顾客的利益放在第一位，把对顾客的承诺放在第一位，提高服务质量，想方设法满足顾客的需求。正是因为这样，在这几年的发展中，越来越多的加盟者被吸引，越来越多的专家愿意为王志提供帮助、服务。因此，王志不仅取得了良好的经济效益，还结识了不少同行的朋友，学习了不少先进的经营理念与经营模式。

正是由于王志守望住了一种德行，一种社会责任，使周围很多人受益，所以它也在发展的道路上越走越远，越走越好。试想，如果希望王志没有强烈的责任意识，那么它就有可能为了眼前的短期利益，急功近利，只求数量，不求质量，盲目扩充加盟者。这样最终损害的不仅是王志的利益，更损害了顾客、加盟者的利益。那么王志的个人声誉也会毁于一旦，也不再会有人敢和他有经营上的来往。

青春感悟

不履行责任，你将一无所有。每个人的发展都不是孤立的，他与社会各界有着错综复杂的联系，他需要有家人、朋友、同事，需要有公司的支持、社会的管理……少了哪一方面，他都无法顺利发展。只有敢于承担责任的人，才能够得到他人的信任，别人才会更好地帮助他发展。

推卸责任的习惯要不得

人们越来越欣赏那些敢于承担责任的人。负责任的人，无论处在什么样的境地都会获得别人的尊重。而一个习惯推卸责任的人，只会被别人看不起，最终失去属于自己的机遇。

三只老鼠一起去偷油喝。费了半天劲好不容易找到了一个油瓶，三只老鼠很高兴，就商量由一只踩着一只的肩膀，轮流上去喝油。于是三只老鼠开始叠罗汉，当最后一只老鼠刚刚爬到另外两只的肩膀上，不知什么原因油瓶倒了，惊动了人。三只老鼠吓得赶紧逃跑了。回到老鼠窝，大家开会讨论为什么会失败。

最上面的老鼠说："我没有喝到油，是因为中间的老鼠抖了一下才使我推倒了油瓶。"中间的老鼠说："我是感觉我下面的老鼠抽搐了一下，我才抖动了一下。"最下面的老鼠说："对，对，我因为好像听见门外有猫的叫声，所以抖了一下。"

哦，原来如此呀！

生活中我们经常见到这样的人和事，也许我们自己也曾经亲身经历过。当出现问题时，不是从自己身上找原因，而是推卸责任或指责其他人。其实，不论是工作还是生活中，出现问题不愿意积极、主动地加以解决，都是很糟糕的习惯。

约翰和戴维是新到速递公司的两名员工。他们俩是工作搭档，工作一直都很认真，也很卖力。上司对这两名新员工也都很满意，然而一件事却改变了两个人的命运。

一次，约翰和戴维负责把一件大宗邮件送到码头。这个邮件很贵重，是一个古董，上司反复叮嘱他们要小心。没想到，送货车开到半路却坏了。戴维说：

"怎么办,你出门之前怎么不把车检查一下,如果不按规定时间送到,我们要被扣奖金的。"

约翰说:"我的力气大,我来背吧,距离码头也没有多远了。而且这条路上的车特别少,等车修好,船就开走了。"

"那好,你背吧,你比我强壮。"戴维说。

约翰背起邮件,一路小跑,终于按照规定的时间赶到了码头。这时,戴维说:"我来背吧,你去叫货主。"他心里暗想,如果客户能把这件事告诉老板,说不定还会给我加薪呢。他只顾想,当约翰把邮件递给他的时候,他却没接住,邮包掉在了地上,"哗啦"一声,古董碎了。

"你怎么搞的,我没接你就放手。"戴维大喊。

"你明明伸出手了,我递给你,是你没接住。"约翰辩解道。

约翰和戴维都知道,古董打碎了意味着什么。没了工作不说,可能还要背负着沉重的债务。果然,老板对他俩进行了严厉的批评。

"老板,不是我的错,是约翰不小心弄坏的。"戴维趁着约翰不注意,偷偷来到老板的办公室,对老板说。老板平静地说:"谢谢你,戴维,我知道了。"

随后,老板把约翰叫到了办公室:"约翰,到底怎么回事?"约翰就把事情的原委告诉了老板,最后约翰说:"这件事情是我们的失职,我愿意承担责任。另外,戴维的家境不太好,如果可能的话,他的责任我也来承担。我一定会弥补我们的损失的。"

约翰和戴维一直等待处理的结果,这天老板把约翰和戴维叫到了办公室。老板对他俩说:"公司一直对你俩很器重,想从你们俩当中选择一个人担任客户部经理,没想到却出了这样一件事情,不过也好,这会让我们更清楚哪一个人是合适的人选。"

戴维暗喜:一定是我了。

"我们决定请约翰担任公司的客户部经理,因为,一个能够勇于承担责任的人是值得信任的。约翰,用你赚的钱来偿还客户。戴维,你自己想办法偿还给客户,对了,你明天不用来上班了。"

"老板,为什么?"戴维问。"其实,古董的主人已经看见了你俩在递接古董时的动作,他跟我说了他看见的事实。还有,我也看到了问题出现后你们两个人的反应。"老板回答说。

戴维算是一个精明的人,但是他的这种精明是建立在"唯利是图"的基础上。他为了自己的利益不惜说谎;相反,约翰却诚恳地负起了自己的责任。

青春感悟

一个肩负责任,踏实做事的人,并不会被埋没,相反总在关键的时候成就一番事业。推卸责任的人不可靠,像戴维那样,终究不会被重用。可以说,推卸责任是一个糟糕的习惯,也是世界上最愚蠢的事情。

承担责任是一种优秀品质

只有承担责任的人,才有可能被赋予更多的使命,才有资格获得更大的荣誉。敢于承担责任是一种优秀的品质,一个缺乏责任感的人,首先失去的是社会对自己的基本的认可,其次失去的是别人对自己的信任与尊重。

在美国,有个年仅 11 岁的小男孩,一次踢足球时不小心踢碎了邻居家的玻璃,对方索赔 12.5 美元。要知道,1920 年的美国,12.5 美元可以买 125 只下蛋的母鸡。小男孩知道自己闯了祸了,等父亲下班后,他向父亲承认了错误。父亲让他对自己说"对过失负责"。可他没钱,父亲说:"钱我可以先借给你,但一年后还我。"从此,这个男孩就开始了艰苦的打工生活。半年后,他终于还给了父亲 12.5 美元。

这个小男孩就是后来成为美国总统的里根。我们不知道,没有经历这件事里根还是不是现在的里根。但我们知道,他父亲的所作所为是为了让他懂得犯了错就该勇于承担后果,不逃避,也不推卸责任。一个有责任心的人就拥有了至高无尚的灵魂和坚不可摧的力量;一个有责任心的人在别人心中就如同一座有高度的山,不可逾越,不可挪移。

一家外贸公司招聘一名部门经理,经过几番激烈的考试后,最后留下三个人。面试地点在总经理办公室。总经理并没有问他们关于业务方面的问题,只是带领他们参观他的办公室。最后,总经理指着一张茶几上的花盆对他们说,这是他最好的朋友送的,代表着他们的友谊。就在这时,秘书走进来告诉总经理,说外面有点事情请他去一下。总经理笑着对三人说:"麻烦你们帮我把这张茶几挪到那边的角落去,我出去一下马上回来。"说完,就随着秘书走了出去。

既然总经理有吩咐,这也是表现自己的一个机会。三人便连忙行动起来,茶几很沉,须三人合力才能移得动。当三人把茶几小心翼翼地抬到总经理指定的位置放下时,那个茶几不知怎么折断了一只脚,茶几一倾斜,上面放着的花盆便滑落了下来,在地上裂成了几块。

三人看着这突如其来的事情都惊呆了。就在他们目瞪口呆的时候,总经理回来了。看到发生的一切,总经理显得非常愤怒,咆哮着对他们吼道:"你们知道你们干了什么事,这花盆你们赔得起吗?"

第一个应聘者似乎不为总经理的强硬态度所压倒,说:"这不关我们的事,我们不是你们公司的员工,是你自己叫我们搬茶几的。"他用不屑一顾的眼神看着总经理。

第二个应聘者却讨好地说:"我看这事应该找那茶几的生产商去,生产出质量这么差的茶几,这花盆坏了应该叫他赔!"

总经理把目光移到了第三个应聘者的身上。第三个应聘者并没有像前两位那样,而是对总经理说:"这的确是我们搬茶几时不小心弄坏的。如果我们移动茶几时小心一点,那花盆应该是没事的。"

还没等他把话说完,总经理的脸已由阴转晴,脸上露出一丝笑容,握住他的手说:"一个能为自己过失负责的人,肯定是一个值得信任的人,你一定能得到大家的尊敬,我们需要你这样优秀品质的员工。"

青春感悟

责任让人坚强,让人勇敢,也让人知道关怀和理解。确立正确的责任意识,勇于承担责任,不仅是个人道德品质高尚的体现,也是做好本职工作的根本保证。每个人在工作中、生活中都不可避免会犯一些错误,产生错误并不可怕,关键是我们面对错误的态度。即使没有良好的出身、优越的地位,只要能够勤奋地工作,认真、负责地把事情处理好,就会得到别人的敬重和支持。反之,一个人即使高高在上,却不敢承担责任,丧失了基本的职业道德,也会遭到他人的鄙视和唾弃。

不要让细节毁了你

无论什么事,实际上都是由一些细节组成的。我们综观成功人士的成功之道,其实所以能有杰出的成就,主要是始终把细节贯彻始终。

两个乡下人,一同来到一座大城市谋生,俩人都选择了卖菜,并且在一个市场,摊儿挨着摊儿。都是卖菜,可几年之后,却卖出了天壤之别:一个成了资本雄厚的蔬菜批菜商,另一个却因生活无着落,只能回到了乡下。成与败,说起来好像十分遥远,但事实上,往往就只差那么一点点。就拿两个卖菜的人而言:成功者每天卖菜,都要拿出一点时间把黄菜叶子和烂根去掉,弄得水灵灵的;失败者却从来没有理会过这一点,卖菜怎么能没有黄叶子烂根!成功者每天总是把菜尽量洗得干干净净后,再运到市场上;失败者却说自己是卖菜的,没事给人家洗什么菜!成功者每天总是把菜摊儿收拾得规规矩矩,把菜码放得整整齐齐,让人看着就舒服;失败者只把菜往地上一堆,爱怎样怎样!成功者每天要多卖半小时,尽力全部卖出;失败者认为无所谓,今天卖不动,还有明天。就是这些细微的差异,天长日久,两个乡下人,一个在城里站住了脚,一个只好回到乡下。

由此可见,细节上细小的差别,结果会带来成功与失败的巨大反差。

人,有的时候,往往就失败在细节上。留心细节的人,往往会比别人更胜一筹。小小的细节,却是一个人成功的有利砝码。然而细节又很容易被人忽略,一件小事的疏忽,也许就会生出意想不到的问题。

小张去一家大型公司应聘营销经理职位,优厚待遇和良好的发展前景吸引了大量的应聘者。小张一路过关斩将,通过层层筛选,从数百位应聘者中脱颖而出,进入了最后的面试,获得总裁召见的机会。

在总裁亲自面试的那天，他走进总裁办公室。总裁不在，一位女秘书亲切而友好地对他说："先生，您好，总裁不在，总裁让您给他打个电话。"说着，递给他一张纸条，上面写着一个电话号码。

小张掏出手机，拨了一串号码。但就在这时，他看见办公桌上有两部电话，就问秘书小姐："我可以借用桌上的电话吗？"

"可以。"女秘书依然微笑着。

小张终于跟总裁联系上了。总裁在那端兴奋地说："是张杰吧，我看了你的简历，打听了你的笔试和面试情况，的确很优秀，我欢迎你加入本公司。"

小张有点意外，他没有想到总裁已经同意录用他了。这让本来自信的小张有点飘飘然了。他十分想将这个好消息与他出差在国外的女友分享。小张拿出手机，刚拨了号码，却又迟疑了：手机打国际长途可不便宜。他又看了看那两部电话，心想：我都快是公司的人了，他们是大公司，应该不介意我用公司的电话吧。于是小张便拿起电话，拨通了女友的电话："喂，亲爱的，告诉你一个消息，我已经通过公司的招聘考试了……"

面试回来之后，小张并没有收到上班的通知。小张于是又打电话去那家公司求证。接电话的还是那天的秘书："是张杰吧，我是XX公司的老板秘书，我想告诉你，本来你已经被录用了。但是你没能闯过最后一关，实在抱歉……"秘书在电话里温和地说道："唉，您忽略了一个微小的细节。在没有成为公司正式员工之前，明明身上有手机，干嘛不用自己的手机呢？更何况，您打的是私人电话。"

小张打完这个电话，整个人就傻在了那里。失望和沮丧让他整个头脑里一片空白。他没想到自己一个电话竟然把所有的事情都搞砸了。

也许有人会认为老板的决定有点苛刻。但是在日常生活工作中，人们总是愿意去关注那些大的事情、大的问题，而不愿去关心那些细小的问题，认为它们太"小"，完全没有必要在这上面耗费太多的精力和时间。殊不知小问题容易出现大纰漏。一个不起眼的小细节有可能会葬送一个大项目。因此，对小细节应引起足够的重视。

下面这则故事就是因为细节管理上的一个小漏洞而造成了巨大的损失。

浙江某地用于出口的冻虾仁被欧洲一些商家退了货，并且要求索赔。原因是欧洲当地检验部门从1000吨出口冻虾仁中查出了0.2克氯霉素,即氯霉素的含量占被检货品总量的50亿分之一。经过自查,问题出在加工环节上。原来,剥虾仁要靠手工,员工小王因为手痒难耐,便用含氯霉素的消毒水止痒,结果将氯霉素带入了冻虾仁。0.2克和1000吨比起来可以说是微乎其微,但严谨的欧洲人就是不允许有丝毫的失误,他们对于细节问题可以说是相当的重视。正是因为小王对于细节的疏忽,他们公司也因此而承受了巨大的损失,小王的命运可想而知了。

我们再来看一个,在细节上成功的人的故事:

有一位青年,在美国某石油公司工作。他的学历不高,也没有什么特别的技术。他在公司做的工作,连小孩都能胜任,就是巡视并确认石油罐盖有没有自动焊接好。

石油罐在输送带上移动至旋转台上,焊接剂便自动滴下,沿着盖子回转一圈,作业就算结束。他每天如此,反复好几百次地注视着这种作业。

没几天,他便开始对这项工作厌烦了,很想改行,但又找不到其他工作。他想,要使这项工作有所突破,就必须自己找些事做。因此,他便集中精神观察这焊接工作。

他发现罐子每旋转一次,焊接剂滴落39滴,焊接工作便结束。他努力思考:在这一连串的工作中,有没有什么可以改善的地方呢?

一次,他突然想:如果能将焊接剂减少一两滴,是不是能够节省成本?

于是,他经过一番研究,终于研制出"37滴型"焊接机。但是,利用这种机器焊接出来的石油罐,偶尔会漏油,并不实用。他不灰心,又研制出"38滴型"焊接机:这次的发明非常完美,公司对他的评价很高。不久便生产出这种机器。

改用新的焊接方式。虽然节省的只是一滴焊接剂,但"一滴"却替公司带来了每年5亿美元的新利润。

这位青年,就是后来掌握全美制油业95%实权的石油大王洛克菲勒,"改良焊接机"改变了洛克菲勒的人生。

青春感悟

细节往往就是微不足道、不值一提的小事,在如今的竞争社会中,细节犹如春风化雨般润物无声。在人人都渴望成功、追求成功时,成功却渺无踪影;甘于平淡,认真做好每个细节,成功却会不期而至。

小心借口阻碍了成功

千万别找借口,在现实生活中我们缺少的正是那种想尽办法去完成任务,而不是去寻找借口的人。在他们身上,体现出一种服从、诚实的态度,一种负责、敬业的精神,一种完美的执行能力。

在工作中,我们常常碰到这样的人:找各种理由推掉本该由他完成的工作,出了问题就找各中借口推卸责任、搪塞问责。而且我们不难发现,这类人平时的精神状态都是懒懒散散的,也一直得不到晋升,得过且过地应付着工作,拿一份仅够糊口的薪水勉强度日。这类人,是永远没有成功之日的。

人,一旦养成找借口的习惯,工作就会拖拖拉拉,没有效率,做起事来就往往不诚实,这样的人不可能是好员工,他们也不可能有完美的成功人生。我们可以来看一个小故事,看故事里的主人公是如何让借口阻挡了成功向自己靠近。

麦克是公司里的一位老员工了,以前专门负责跑业务,深得上司的器重。只是有一次,他手里的一笔业务让别人捷足先登抢走了,造成了一定的损失。事后,他很合情合理地解释了失去这笔业务的原因。那是因为他的腿伤发作,比竞争对手迟到半个钟头。以后,每当公司要他出去联系有点棘手的业务时,他总是以他的脚不行,不能胜任这项工作作为借口而推诿。

麦克的一只脚有点轻微的跛,那是一次出差途中出了车祸引起的,留下了一点后遗症,根本不影响他的形象,也不影响他的工作。如果不仔细看,是看不出来的。

第一次,上司比较理解他,原谅了他。麦克好不得意,他知道这是一宗费力不讨好比较难办的业务,他庆幸自己的明智,如果没办好,那多丢面子。

但如果有比较好揽的业务时,他又跑到上司面前,说脚不行,要求在业务方面有所照顾。如此种种，他大部分的时间和精力都花在如何寻找更合理的借口身上。碰到难办的业务能推就推，好办的差事能争就争。时间一长，他的业务成绩直线下滑，没有完成任务他就怪他的腿不争气。总之，他现在已习惯因脚的问题在公司里可以迟到，可以早退，甚至工作餐时，他还可以喝酒，因为喝点可以让他的腿舒服些。

现在的老板都是很精明的，有谁愿意要这样一个时时刻刻找借口的员工呢？忍无可忍之下，老板终于把麦克炒掉了。

许多找借口的人，在享受了借口带来的短暂快乐后，起初有点自责。可是，重复的次数一多，也就变得无所谓了，慢慢地就会形成习惯，遇到任何事情都会不由自主地找借口，原本有点良知的心变得越来越麻木不仁。

在找借口形成习惯的过程中，在工作中学会大量解决问题的技巧也就慢慢退化了，最终，这个爱找借口的人也就真成了像他借口中说的那样一个无用的人了。一个无用的人，怎么可能成功呢？我们再来看一个从不找借口的普通人的成功故事：

他出生在四川一个贫穷的山村，初中毕业后选择了来北京打工。一天，他应聘到一家房地产代理公司做发单员，底薪300元，不包吃住，发出的单做成生意，才有一点提成。

上班第一天，老板讲了很多鼓励大家的话，其中一句"不找借口找方法，胜任才是硬道理"让他印象深刻。

上班后，他劲头十足，每天早晨6点就出门，夜里11点有时还在路边发宣传单。他连续拼命干了3个月，发出去的单子最多，反馈的信息也最多，却没做成一单生意。为了给自己打气，他把老板告诉他的那句"不找借口找方法，胜任才是硬道理"写在卡片上，随时提醒自己。

他的业务渐渐多起来，公司把他从发单员提拔为业务员。当时，公司销售的楼盘是位于北京市西三环的高档写字楼，每平方米价值2000美元。这种高档房，每卖出一套，提成丰厚。他暗自高兴，以为马上就能做出成绩。然而，两个月过去，他一套房都没卖出去。

终于有一天，有一名客户来找他。他喜忧参半，喜的是终于有客户，忧的是不知该如何跟客户谈。他脸憋得通红，手心直冒汗。但是，除了简单地介绍楼盘的情况外，他不知道再讲些什么，只能傻傻地看着对方。结果，客户失望地走了。

"不找借口找方法，胜任才是硬道理。"他不断地给自己鼓劲，开始苦练沟通技巧，主动跟街上的行人说话，介绍楼盘。两个月后，说话能力提高许多。

一天下午，一个抱着箱子的中年人向他打听三里屯的一家酒吧在哪里。他热情地告诉对方，但对方还是没有完全听明白，他干脆领对方去，还帮对方抱箱子。告别时，他顺手发一张宣传单给对方。没想那个人很感兴趣，第二天就找到他购买了两套房，并说："我平时很烦别人向我推销东西，但你不同，值得信赖。"这一单让他赚到一万元。更让他激动的是，他相信自己能胜任这份工作。

但他的成绩依然不怎么好，每个月只能卖出一两套房，在业务员里属于比较差的。

1998年8月，公司组建成5个销售组，采取末位淘汰制，他处在被淘汰的边缘。这时他对"胜任才是硬道理"有了深刻认识，要胜任就必须找到好方法。因此，当经验丰富的业务员跟客户交流时，他就坐在旁边认真地听，看他们如何介绍楼盘，如何拉近与客户的距离。他还买了很多关于营销技巧的书来学习，他学会把握客户的心理，判断客户的需求、实力，每次与客户交谈时都有针对性，他的业绩开始稳步上升。

1999年8月，北京另一家公司到他所在公司挖人，许诺给两倍于现在的待遇，请他过去。他谢绝了对方的邀请。

"挖人事件"给公司造成很大影响，留下来的人马上都成了公司顶梁柱，已有两年经验的他很快脱颖而出。他的一个客户想买写字楼台，拿不定主意。他知道后，给这个客户做了一个报告，详细分析各楼盘的特点，告诉客户，他的楼盘的性价比优势在哪里。客户最终决定在他的楼盘里买下一个大面积的写字楼。这一单，卖出了2000万元。

后来，他一个赛季的销售额达到6000万元，在公司排名第一。按照公司规定，销售业绩进入前五名者可以竞选销售副总监，他决定试试。结果，他成功了。没想到，第一个赛季结束时，他带领的销售组却滑落到最后一名。他在副总监"宝座"上还没坐热，就被撤了。以往被撤销副总监职位的人，大多选择离开，因为他们觉得再也没有颜面当一名普通销售员。他却想，自己被淘汰，完全是因为自己还不胜任，从哪里跌倒，我偏要从哪里爬起来。

重做业务员后，他调整心态，和从前一样拼命工作。2003年最后一个赛季，他又拿到全公司第一，再次竞选当上销售副总监。这一次，他一上任就开始精心培训手下的员工，将自己的经验毫无保留地传授给他们。他说："只有大家都好了，我的境遇才会更好。"结果，这个赛季结束，他的组取得很好的成绩，销售额达到八千多万元，租赁也达五千多万元。

此后，他所带团队的业绩一直名列前茅，他的收入自然提高，每年的收入都在100万元以上。

他的名字叫胡闻俊，那个告诉他"胜任才是硬道理"的老板是潘石屹。

青春感悟

失败者找借口，成功者找方法。远离借口，成功就会离你越来越近。任何时候，都不要有借口，不要给自己的失败找一个冠冕堂皇的理由。试着像胡闻俊那样，用加倍的努力来争取成功。记住，借口只会阻碍成功。

看准目标坚持到底

目标是一种方向，当我们终于抉择，找寻到属于自己的那片海时，我们要懂得拥抱。坚定是一种力量，当我们看准目标，找寻到自己将要努力的方向时，我们要学会勇敢走下去。

一位农场主在检查谷仓时不慎把自己的名贵金表遗失在那里。他找了很久，几乎找遍了谷仓也没找到。那么名贵的金表，找不到实在可惜，于是他在农场门口贴了告示，让人帮助寻找，找到者，悬赏500美元。

面对500美元的诱惑，人们都很想找到这块表，于是都非常卖力地四处翻找，无奈谷仓里有堆积成山的谷物，还有一捆一捆的稻草，想在这里面找到那块表无异于大海捞针。

太阳下山了，还没有人找到金表，人们开始抱怨，这金表太小了，这谷仓太大了，这谷物太多了，这稻草太乱了，没过多久，就有人开始放弃了。慢慢的几乎所有人都放弃了，天黑下来。

但还有一个穷人家的小孩留在谷仓里，他怎么也不死心，还在继续寻找，他一天没吃饭了，他多想找到金表，美美地吃上一顿，给家人也带回好吃的，这么多钱能够家人吃很久了。

天色越来越黑，小孩在谷仓里找着，找着，突然，他想静下来歇一会儿，刚在一堆谷物边上坐下来，他听到微弱的"滴答"声，再仔细一听，是不断地"滴答"声，肯定是金表在不停地响着，他高兴极了。他不再休息了，顺声寻找，终于发现了躺在谷物里的金表。

这样他得到了 500 美元的赏金。

小故事里的小男孩的目标，就是找到那一块金表，这样他就可以得到那一笔悬赏，也可以让自己美美地吃上一顿。为此，他苦苦寻找，始终没有放弃。我们再看生活中的很多年轻人，很多时候，不知道自己要向什么方向奋斗，没有目标，也或者是不能够持之以恒的坚持自己的目标，做着三天打渔两天晒网的事情。

驰名中外的舞蹈艺术家陈爱莲在回忆自己的成才道路时，也告诉人们"聚焦目标"的际遇："因为热爱舞蹈，我就准备一辈子为它受苦。在我的生活中，几乎没有什么'八小时'以内或以外的区别，更没有假日或非假日的区别。筋骨肌肉之苦，精神疲劳之苦，都因为我热爱舞蹈事业而产生的。但是我也是幸福的。我把自己全部精力的焦点都对准在舞蹈事业上，心甘情愿地为它吃苦，从而使我的生活也更为充实、多彩，心情更加舒畅、豁达。"

黄光裕的性格特征就是"生猛"，一旦看准目标，便勇往直前。他在吃掉竞争对手时的生猛作风，真实地展现了他在商业实践上的创造能力，令业界咂舌。成功的商业模式无法复制。他说，自己的路，看准了，只能自己走。

没有人能阻拦得了你，看准目标既要勇敢前行。心中要有自己的规划，知道自己要朝着怎样的方向努力。

罗斯福总统夫人在本宁顿学院念书时，要在电讯业找一份工作，修几个学分。她父亲为她约好去见他的一个朋友——当时担任美图无线电公司董事长的萨尔洛夫将军。罗斯福夫人回忆说："将军问我想做哪种工作，我说随便吧。将军却对我说，没有一类工作叫'随便'。他目光逼人地提醒我说，成功的道路是目标铺成的！"

前美国财务顾问协会的总裁路易斯·沃克曾接受一位记者访问有关稳健投资计划的基础。他们聊了一会儿后，记者问道："到底是什么因素使人无法成功？"

沃克回答："模糊不清的目标。"记者请沃克进一步解释。他说："我在几分钟前就问你，你的目标是什么？你说希望有一天可以拥有一栋山上的小屋，这就是一个模糊不清的目标。问题就在'有一天'不够明确，因为不够明确，成功的机会也就不大。"

著名哲学家黑格尔说过的一句话："一个有品格的人即是一个有理智的人。由于他心中有确定的目标，并且坚定不移地以求达到他的目标。"

青春感悟

世界上最容易的事是坚持，最难的事也是坚持。能否坚持不懈，是界定一个人成功与失败的分水岭。一个人要想干成一件事，坚持目标尤为重要，只有将目标坚持到底，才能取得成功。

敬业精神无可或缺

敬业，是责任的一种延伸。责任意识决定一个人的敬业程度，一个有责任感的人，无论身处何职、位居何处，都会以明确的目标、朴素的价值观、忘我投入的志趣、认真负责的态度，精良的品质素养，做好自己的工作。

敬业是一种责任精神的体现，一个对工作有敬业精神的人，才会真正为企业的发展做出贡献，自己也才能从工作中获得乐趣。

一家公司决定裁员，裁员名单里有内勤部办公室的李灿和杨燕，她们一个月之后离岗。那天，同事都不好意思多看她们，更不敢和她们多说一句话。她俩面对被淘汰的命运也无话可说。

第二天一上班，李灿就情绪激动地拿杯子、文件夹、抽屉撒气，对待同事也是爱答不理的。自然，办公室订盒饭、传送文件、收发信件，原来属李灿的份内工作，现在她也懒得去做了。她想反正自己就要离开公司了，干得好不好都已经无关紧要，又何必那么卖力气呢。

而杨燕呢，裁员名单公布后，心里也很不好受，第二天上班无精打采。可又转念一想，待在公司一天，就应当负责到底，于是就又打起精神来了。杨燕见大家不好意思再吩咐她做什么，便主动跟大家打招呼，自己给自己找事做。她说："是福不是祸，是祸躲不过，反正这样了，不如脚踏实地干好最后一个月，以后想干恐怕都没有机会了。"杨燕心里渐渐平静了，仍然一如既往地打字复印，随叫随到，坚守在她的岗位上。

一个月满，李灿如期下岗，而杨燕却从裁员名单中被删除，留了下来。主任当众转述了老总的话："杨燕的岗位，谁也不可替代，杨燕这样敬业的员工，公司永远不会嫌多！"

像杨燕这样的员工是真正有责任感的员工。敬业是对责任的一种升华。责任的确在某种程度上还有一种强制性，因为有自己的工作范围就有责任，这一点不容质疑。

如果一个人只是为了薪水而工作，那么他的生活将因此陷入平庸之中，而人生真正的成就感就在他日益平凡的工作中离他远去。工作的目的不单是为了获得报酬，工作给你带来的远比信封中的工资要多得多。

很多年轻人即使在公司里成为了领班或主管，也还是会认为自己做事都是为了老板，是在为他人挣钱。其实，这也并无什么关系，你出钱我出力，情理之中的事。再说，要是老板不赚钱，你怎么可能在这一家公司好好待下去呢？但有些人认为，反正为人家干活，能混就混，即使公司亏损了也不用我去承担，他们甚至还扯老板的后腿，背地里做些不良之事。稍加细致地想想，这样做对你自己并没有什么好处。工作敬业，表面上看是为了老板，其实是为了自己，因为敬业的人能从工作中学到比别人更多的经验，而这些经验便是你向上发展的踏脚石，就算你以后换了地方、从事不同的行业，你的敬业精神也必定会为你带来助力。因此，敬业的人，从事任何行业都容易取得成功。

小何从某大学经济系本科毕业后到了一个研究所工作，该研究所大部分工作人员都具有硕士和博士学位,小何感到压力不小,但他也发现大部分工作人员对工作都不是很认真。于是,他一头扎进工作中,为工作方便,索性住在办公室,从早到晚埋头干业务,8小时以外还要加班加点。其他同事打扑克、闲聊等事情他很少介入。他的业务能力很快就提升上去了,在经济研究方面成为研究所的"一枝笔"。所长对小何的敬业精神很欣赏,也越来越重用他,还经常在其他部属面前夸奖小何,并对他的加班加点以工作为重的精神予以物质鼓励。在同事们的眼中,小何就是上级的"大红人"。

有些人天生有敬业精神,任何工作一接上手就干得废寝忘食,但有些人的敬业精神则需要培养和锻炼。如果你自认为敬业精神不够,那就强迫自己要敬业——以认真负责的态度去做任何事。经过一段时间后,敬业精神就会变成一种习惯。

养成敬业的习惯之后,或许不能立即为你带来可观的好处,但可以肯定的是,如果你养成了一种"不敬业"的不良习惯,你的成就相当有限,你的那种散漫、马虎、不负责任的做事态度已经深入你的意识与潜意识,做任何事都会"随便做一做",你的上司会不会满意?你的下属会不会效仿?会不会尊敬你?结果不用问也就可想而知了。

所有的老板都认为,一个不认真对待工作的人,他的工作肯定做不好,更做不好领导。与此相对应,如果你没有敬业精神,那么,老板必然不会放心让你带领一个团队,即使你已经在那个位置上了,为了利益他也会把你拉下来。

所以,无论何时何地,你都要拥有起码的敬业精神,而且最好把这种敬业精神做到让人感动的程度。这种形象一旦树立起来,在上司眼里,你会成为可以为其他职员树立榜样的人选;在同事和下属心目中,你也是一个值得敬佩的人。如此一来,你想要的东西也就随之而来了。

青春感悟

有了敬业精神,就会在繁忙的工作中充满自信,也会使工作效率大大提高,敬业与责任并不是虚无缥缈的,它孕育在每一个人的心中,我们每个人都可以在平凡的岗位上发光发热,创造属于自己的成功。

与公司同舟共济

在公司这条船上，老板就是船长。这个职位给予他的，不仅仅是权力和地位，还有责任，他要思考船的航向，要避免船触暗礁或冰山，要保障一船人的安全——虽然，从表面看来是在保障他的船的安全。

故事发生在美国鞋业大王——罗宾·维勒的工厂里。当时，罗宾的事业刚刚起步。为了在短时期内取得最好的效果，他组织了一个研究班子，制作了几种款式新颖的鞋子投放市场。结果订单纷至沓来，以至于工厂生产忙不过来。

为了解决这个问题，工厂招聘了一批生产鞋子的技工，但还是远远不够。这可怎么办？如果鞋子不能按期生产出来，工厂就不得不给客户一大笔钱作为赔偿。

于是，罗宾召集大家开会研究对策。主管们讲了很多办法，但都不行。这时候，一位年轻的小工举手要求发言。

"我认为，我们的根本问题不是要找更多的技工，其实不用这些技工也能解决问题。"

"为什么？"

"因为真正的问题是提高生产效率，增加技工只是手段之一。"

大多数人觉得他的话不着边际，但罗宾却很重视，鼓励他讲下去。

他怯生生地提出："我们可以用机器来做鞋。"

这在当时可是从来没有过的事，立即引起大家的哄堂大笑："孩子，用什么机器做鞋呀？你能制造这样的机器吗？"

小工面红耳赤地坐下去了，但是他的话却深深触动了罗宾，罗宾说："这位小兄弟指出了我们的一个思想盲区：我们一直认为我们的问题是招更多的技工，但这位小兄弟却让我们看到了真正的问题是要提高效率。尽管他不会制造机器，但他的思路很重要，因此，我要奖励他500美元。"

老板根据小工提出的新思路，立即组织专家研究生产鞋子的机器。4个月后,机器生产出来了,从此,世界进入了用机器生产鞋子的时代,罗宾·维勒也成为了美国著名的鞋业大王。

公司在发展过程中总是会不可避免地遇到许多问题,一旦发现公司内部存在一些问题、一些不利于公司发展的情况时,员工需要做的不是躲在角落里埋怨,而是应该站出来为公司提出能够解决问题和改善不良状况的合理化建议,这不仅是员工的权利,也是员工的义务。

一般人认为,忠实可靠、尽职尽责完成分配的任务就可以了,但这还远远不够,尤其是对于那些刚刚踏入社会的年轻人来说更是如此。要想取得成功,必须做得更多更好。一开始我们也许从事秘书、会计和出纳之类的事务性工作,难道我们要在这样的职位上做一辈子吗?成功者除了做好本职工作以外,还需要做一些不同寻常的事情来培养自己的能力,引起人们的关注。

五年前,张军和王恒是大学同学,毕业后一起到南方,通过招聘会到了一家计算机软件公司,负责某种办公软件的设计开发。坦率地说,这个公司规模太小,连老板在内是"七八个人来五六条枪(电脑)",是国家允许注册该类公司中最小的,执照上写得清清楚楚:注册资金10万元。他们之所以愿意去,一是背井离乡急于安身,二是因为老板给股份的许诺。

老板比他们大不了几岁,看上去完全一副书生模样,态度很诚恳。可是进去才知道,连这10万元可能都有水分,只从他们的办公条件就可以判断:一间废弃的地下室,阴暗、霉臭、潮湿,天一下雨,天花板上凝聚而成的水滴源源不断地往下流,电脑上都要罩着厚厚的报纸。连个厕所也没有。出门就是大排挡,油烟灌进来,熏得人流眼泪。他们的产品市场前景看起来很好,但资金的瓶颈随时可能将美好的梦想扼杀。最要命的是,产品没有品牌,只好赊销,迟迟收不回来款,资金储备少,公司连员工的工资都无法按时发放。这样的公司与那些实力雄厚的公司真的很难竞争。

三个月后,王恒动摇了,劝张军也不要干了,有的是好公司,干吗在一棵树上吊死?股份?老板连他自己都无法自保,哪里还有股份给你?

实话实说,张军也有些动摇,但是一看到老板每天没日没夜地奔波和诚恳的眼神,又不忍开口了。谁不知道创业的艰辛!老板也是迫不得已。自己过生日的时候,老板在自己的家里为他过,亲自下厨,说了很多抱歉的话,想起这些，他就不忍心走。他想，反正自己还年轻，就算帮帮老板。即使以后公司垮了，也算积累点人生经验吧。

王恒骂他傻，摇摇头自奔前程去了。王恒走的那天，老板还是借钱为他发放了全额工资并为他饯行，令老板感动的是张军居然决定留下来，从那以后他们成了哥儿们。不久，公司资金链条断裂，濒临绝境，留下的几个人也走了，只剩下张军和老板两个人。看着老板年轻而憔悴的眼神和孤独而坚定的背影，张军反而坚定了自己的意志，他原本也是个不愿服输的人，这时，他对公司的使命感和老板已经没有区别，他想他能够做的就是和老板风雨同舟，充分发挥自己的才智，精益求精，将产品做好。老板对他说："委屈你了，哥儿们"。他乐观地说："什么也不用说了，只要你一天把公司开下去，我就一天不离开这里。"老板红了眼圈，他们同吃同住，无话不谈，成为真正的患难之交。

此外，他们还有共同的爱好：围棋。工作之余下下棋是他们最奢侈的享受。半年后，老板筹措到了新的资金，公司重新运转。由于产品质量好，买家愿意先付款了，公司局面开始峰回路转。他们还成功地说服一家实力雄厚的投资公司出钱，推出一种早就被他们认定具有广阔的市场前景的新型办公软件。他们全身心地投入到新软件的研制中去，常常吃住都在地下室，半年后终于推出了完美的产品，上市后供不应求，他们终于掘到了自己的第一桶金。

接下来，公司开始招兵买马，发展壮大，仅短短的几年工夫，就成为行业内大名鼎鼎的软件公司。张军也被提拔为公司的副总兼技术总监，月薪可以拿到 2 万元。年终，老板和张军同游澳大利亚，在遍游了风景，遍尝了海鲜之后，他们在阳光明媚的海滩晒着日光浴，回首往事，感慨万千，老板禁不住热泪盈眶。

他问张军："老弟，你知道我为什么能支撑下来吗？"

张军说："因为你是打不垮的，否则我也不会留下来的。"老板却说："不，其实当人们纷纷离我而去的时候，我就想关门了。我从不怀疑自己的能力，但我当时已经相信'谋事在人，成事在天'的说法了。可是你让我找回了信心，我想只要有一个人留下，就证明我还有希望，反正我已经一无所有了。感谢你！在我想躺下的时候，总有你这双手在拽着我走。我知道，当时如果你走了，我肯定崩溃了！"为了感激张军在最黑暗的日子里带给他的光明、希望和勇气，老板给了他 40%的股份！

像张军这样与老板在最艰难最黑暗的日子里同舟共济的人最终也获得一份意外的收获。从与公司老板双赢的角度来讲，张军无疑是一个优秀而且负有责任感的员工，也是一个职场中的胜者。

青春感悟

英特尔总裁安迪·葛洛夫在演讲中提出了建议："不管你在哪里工作，都别把自己当成员工，而应该把公司看作是自己开的。自己的事业生涯，只有你自己可以掌握。不管什么时候，你和老板的合作，最终受益者也只是你自己。"

把事情当做自己的来做

在谈到应该给年轻人什么样的忠告时，钢铁大王安德烈·卡内基认为："无论在什么地方工作，都不应该把自己只看成是公司的一名员工——而应该把自己当成公司的主人。"

洛杉矶有一名叫杰克的年轻人，在一家有名的广告公司工作，他的总裁叫迈克·约翰逊，年纪比杰克稍微大几岁，管理精明，平易近人，杰克的工作就是帮总经理签单拉客户，谈判过程中，杰克的谈吐令许多客户敬佩。

杰克刚进入公司，公司运转正常，杰克工作得心应手。这时，公司承担了一个大项目的策划——在城市的各条街道做广告。全体员工对此惊喜万分，全身心地投入到工作中去。全市的每个街道都要做10多个广告，全市至少也有几千个，这给公司带来的经济利益和社会效益是十分可观的。

约翰逊总裁在发工资那天召集全体员工开会："公司承担的这个项目很大，光准备工作就耗资几百万元，公司资金暂时紧张。所以，该月工资就放到下月一起发，请你们谅解一下公司。工资早晚都是你们的，只要我们把项目搞好，大家一起来共享利润。"所有的员工都对总裁的话表示赞同。杰克这时产生了这样的想法：公司现在正是资金大流动的时期，我们所有的员工应该集资投入到大项目中去。

可是,半年以后风云突变。经过辛苦奔波,全套审批手续批下来的时候,公司却因资金缺乏,完全陷入停滞状态。别说给员工发工资,就连日常的费用也只能向银行伸出求援之手。公司景象黯淡,欠款数目巨大,银行也不肯贷款给他们。

就在这个困难时期,杰克说出了心里的想法:全体员工集资。总裁笑笑,无奈地拍拍他的肩膀:"能集资多少钱?公司又不是几十万就能脱离困境,集资几十万只是杯水车薪,连一个缺口都堵不住。"

约翰逊总裁召集全体员工陈述公司的现状时,一下子人心涣散,人员所剩无几。没有拿到工资的员工将总裁的办公室围得水泄不通,见总裁实在无钱支付工资,他们各取所需,将公司的东西分得一无所有。杰克并没有放弃,这么好的机会,难道就这样付诸东流吗?他产生了一种莫名的感觉:沙漠里的人也能生存。不到一个星期,公司只剩下屈指可数的几个人时,有人来高薪聘请他,但他只说:"公司前景好的时候,给了我许多,现在公司有困难,我得和公司共渡难关,我不会做那样的无道德之事。只要约翰逊总裁没有宣布公司倒闭,总裁留在这里,我始终不会离开公司,哪怕只剩下我一个人。"

事情总在人的意料中,不久公司只剩下他一个人陪约翰逊总裁了,总裁歉疚地问他为什么要留下来,杰克微笑地说了一句话:"既然上了船,船遇到惊涛骇浪,就应该同舟共济。"

街道广告属于城市规划的重点项目,他们停顿下来以后,在政府的催促下,公司将这来之不易的项目转移到另一家公司。在签订合同的时候,约翰逊总裁提出一个不容回绝的条件:杰克必须在那家公司里出任项目开发部经理。

约翰逊总裁握着杰克的手向那家公司的总裁推荐:"这是一个难得的人才,只要他上了你的船,就一定会和你风雨同舟。"

加盟新公司后,杰克出任了项目开发部经理。原公司拖欠的工资,新公司补发给了他。新公司总裁握着他的手微笑着说:"这个世界,能与公司共命运的人才非常难得。或许以后我的公司也会遇到种种困难,我希望有人能与我同舟共济。"

杰克在后来的几十年的时间里一直没有离开这家公司,在他的努力下,公司得到了更为快速的发展。杰克后来成了这家公司的副总裁。

公司的成功不仅意味着老板的成功,更意味着每个员工的成功。每个人都应该像杰克那样,在公司面临困难危机的时候,也能够挺身而出,与公司共渡难关。

职场,抓紧你的忠诚

忠诚是一种责任,忠诚是一种义务,忠诚是一种操守,忠诚还是一种品格。任何人都有责任去信守和维护忠诚,而丧失忠诚,是对责任的一种最大伤害。

高烨是一家大公司的技术部门经理,能说会道,且做事果断有魄力,老板很器重他。有一天,一位台商请他到饭店喝酒。几杯酒下肚,台商很正经地对高烨说:"老弟,我想请你帮个忙。""帮什么忙?"高烨很奇怪地问。台商说:"最近我和你们公司在洽谈一个合作项目。如果你能把相关的技术资料提供给我一份,这将会使我在谈判中占据主动地位。""什么,你让我做泄露公司机密的事?"高烨皱着眉头问道。台商压低声音说:"你帮我的忙,我是不会亏待你的。如果成功了,我给你 10 万元的报酬,还有,这事儿只有天知、地知、你知、我知,对你没有一点儿影响。"说着,台商把 10 万元的支票递给高烨,高烨心动了。在谈判中,高烨的公司损失很大。事后,公司查明了真相,辞退了高烨,连那 10 万元也被公司追回以赔偿损失。

当今社会,到处都充满诱惑,而诱惑对人来说是一个陷阱,也是一种考验。面对诱惑,有不少人经不住考验而丧失忠诚,昧着良心出卖一切。其实,在他出卖一切的同时,也出卖了自己。

在一项对世界著名企业家的调查中,当问到"您认为员工应具备的品质是什么"时,他们几乎无一例外地选择了"忠诚"。忠诚是职场中最应值得重视的美德,因为每个企业的发展和壮大都是靠员工的忠诚来维持的,如果所有的员工对公司都不忠诚,那这个公司的结局就是破产,那些不忠诚的员工自然也会失业。

在一个企业中,如果员工缺乏足够的责任和忠诚的话,企业的业绩和团队就要受到损害,也就是说,所有成员的责任和忠诚才是一个企业最稳定的根基。

一点点忠诚比一堆智慧更有用,因为忠诚会让你在困境中不违背集体的利益,甚至为了集体的利益而不惜牺牲自己的利益。

犹太人是非常智慧的,他们认为:聪明的老虑都知道,与其放一只狐狸在身边给自己出谋划策,倒不如放一只狗在身边。因为遇到危难时,第一个弃老虑而去的肯定是狐狸,而能和老虎出入死的肯定是那只狗。

所以犹太人掌管的企业,你会看到他们的员工非常有责任感和忠诚度。因为老板认为,有责任感和忠诚度的员工他们的聪明和智慧让你踏实和放心。

相反,谁敢用一个聪明的但缺乏责任感的员工?如果你对自己的责任和忠诚没有把握,那么锤炼之后再去工作吧。一个背负缺乏责任感和忠诚度之名的人,还有谁敢用他?

在当今这样一个竞争激烈的年代,谋求个人利益,实现自我价值是天经地义的事。但是,遗憾的是很多人没有意识到个性解放、自我实现与忠诚和敬业并不是对立的,而是相辅相成、缺一不可的。许多年轻人以玩世不恭的态度对待工作,他们频繁跳槽,觉得自己工作是在出卖劳动力;他们蔑视敬业精神,嘲讽忠诚,将其视为老板盘剥、愚弄下属的手段。

现代管理学普遍认为,老板和员工是一对矛盾的统一体,从表面上看起来,彼此之间存在着对立性——老板希望减少人员开支,而员工希望获得更多的报酬。但是,在更高的层面上,两者又是和谐统一的——公司需要忠诚和有能力的员工,业务才能进行;员工必须依赖公司的业务平台才能获得物质报酬和满足精神需求。因此,对于老板而言,公司的生存和发展需要员工的敬业和忠诚;对于员工来说,丰厚的物质报酬和精神上的成就感离不开公司的存在。

忠诚是职场中最应值得重视的美德,只有所有的员工对企业忠诚,才能发挥出团队的力量,才能凝成一股绳,劲往一处使,推动企业走向成功。一个公司的生存依靠少数员工的能力和智慧,却需要绝大多数员工的忠诚和勤奋。

一个人想成功,必须干出一些不同寻常的事情来。怎样才能干出不寻常的事情来,靠的是什么?就是你的责任和忠诚。一个忠诚而富有责任感的人是容易获得成功的,因为别人愿意和你合作,你会让人放心,你值得别人信任。

爱,也是一种责任

爱,是一种很奇妙的东西,有的时候很甜蜜,有的时候却苦的让人终身难忘,明知道结果是什么,还要让不该开始的开始,结束了才发现,甜蜜过后苦的还是自己。其时爱不是享受,而是一种责任。爱的越深,责任越重!

一个五岁的小男孩吻了一个四岁的小女孩,并拉着她的手说:我爱你。

小女孩说:你能对我负责吗?

小男孩说:当然能! 我们又不是两三岁的小孩……

这个小笑话,让我们在哈哈一笑过后,也能有所思索。爱终归是一种责任,不是游戏。当你接触到了爱就意味着你要对这份爱付出。

《今生欠你一个拥抱》是一部很感人的电视剧,故事源于真实生活,是根据驻藏军人王俊景和爱人吴新芬之间的一段真实爱情故事改编而成。两人原本是一对志同道合的笔友,相约见面时男方却在救火现场发生意外,失去双臂。女方见此情形原本犹豫着想离开,但最终善良的本性使她克服了重重困难,帮助男方重新找到人生方向,两人在磨难中产生了至死不渝的爱情。

电视剧里,男主角口含梳子,为女主角深情梳头的场面,确实动人。没有双臂的他,为了生存必须要学会很多技能。但这一次,他学的技能,只为了取悦他的妻子,他的爱人,爱他的人。

没什么可说的,真实的感情最打动人。当看着迎着晨光或踏着夕阳相互搀扶着一起散步的满头银发的老人们,会忽然领悟到:原来婚姻是爱情的归宿,更是一份责任。

　　一个人应该承担起自己的责任，爱也需要。在爱的世界里，需要爱人的责任，疼人的责任，包容的责任，理解的责任，以及承担起以后建立美满家庭的责任。当然建立了家庭后，还要承担起养育孩子的责任，赡养父母的责任，培养美好家庭氛围的责任。所以，无论什么方面，都需要责任，强调责任。

　　爱，需要责任，需要包容，需要两个人的用心经营。无论男人还是女人，都应该承担起自己的责任。

　　对爱你的人有责任，对不爱你的人也有责任。对爱你的人，你也爱他（她）的话，就努力去爱，用心去爱。不爱他（她）的话，就要直言相告，长痛不如短痛，越拖越伤人。对不爱你的人，要放手，远远的祝福他。爱一个人，不等于拥有他（她），更多的是希望他（她）幸福与快乐。

　　没有责任的爱，是那漂浮的云，流动的水，瞬间即逝。这样的爱也许能爱一时，但不能爱一世。从骨子里面去爱，是要敢于承担责任的。没有责任，也不能叫爱。正因为有责任，才爱得深沉，爱得天翻地覆，爱得死去活来。

青春感悟

　　爱是一种生命的延续，犹如那潺潺缓溢的清溪，无论时间的远逝，岁月的流失，都无法停息它流淌的生命。爱更是一种责任，每个拥有着它的人都应该担负起这看似简单的其实沉重的责任，只有将这完美的生命之爱当成肩上的责任，它才可能使美丽的人生变得更加绚丽。

放弃责任等同放弃发展

　　社会学家戴维斯·K说："自己放弃了对社会的责任，就意味着放弃了自身在这个社会中更好生存的机会。"同样，如果一个员工放弃了对公司的责任，也就放弃了在公司中获得更好发展的机会。

　　"成功不是永不犯错，而是永不再犯相同的错。"——惠勒

　　每个老板都很清楚自己最需要什么样的员工，哪怕你是一名做着最不起眼工作的普通员工，只要你担当起了你的责任，你就是老板最需要的员工。很

少有人说"员工应该为公司承担责任",因为在这些人的眼里,只有老板才应该为公司承担责任。是这样的吗?

在这个世界上,每个人都扮演了不同的角色,每一种角色又都承担了不同的责任,作为一名员工,在公司里面也扮演了一个角色,理所当然要去承担责任。承担责任不分大小,无论是大的责任还是小的责任,你都应该承担。

下面的这个小故事体现了责任的重要性。

1995 年,在湖南远大公司,一台运料汽车在厂区里面漏了油,吃中餐的时候,几百名员工路过那里都看见了一大滩油迹。董事长张跃看到后火冒三丈,下令以这件事情作为公司的典型教材,召开全体管理人员会议来谈这个问题。张跃认为这件事是管理人员的极大失职,他认为,如果哪一天发现在远大的路面上有一摊油,或者有一摊泥土没有人去打扫,而又恰巧被正在上下班的几百名员工看见了,这将比远大一台机器发生重大质量事故还要严重!因为这会给员工留下一种公司对质量要求不严的印象,就会在工作中造成懈怠,就可能会造成难以弥补的损失!为此全公司认真地作了反省。

这个故事说明了,一丁点儿的不负责,就可能使一个百万富翁很快倾家荡产;而一丁点儿的负责任,却可能为一个公司挽回数以千计的损失。

一个没有责任感的员工不会是一个优秀的员工。只有那些承担责任的人,才有可能被赋予更多的使命,才有资格获得更大的荣誉。一个缺乏责任感的员工,首先失去的是老板对自己的基本的认可,其次失去的是别人对自己的信任与尊重。人可以不伟大,可以清贫,但不可以没有责任。要想成为一名优秀的员工,更应该去像老板那样承担责任。

施瓦布出生在美国乡村,几乎没有受过什么像样的学校教育。一个偶然的机会,施瓦布来到钢铁大王卡内基所属的一个建筑工地打工。从踏进建筑工地的那一天起,施瓦布就抱定了要做同事中最优秀的人的决心。当其他人在抱怨活儿累挣钱少而消极怠工的时候,施瓦布却很敬业,他独自热火朝天地干着,并在工作当中默默地积累着建筑经验,利用工作之余的时间自学着建筑知识。

一个晚上,工友们都在闲聊,惟独施瓦布一个人躲在角落里静静地看书。

那天恰巧公司经理到工地检查工作，经理看了看施瓦布手中的书，又翻开他的笔记本，什么也没说就走了。

不久，施瓦布就被升任为技师，然后又凭着自己的努力一步步升到了总工程师的职位上。25岁那年，施瓦布当上了这家建筑公司的总经理。

卡内基的钢铁公司有一个天才的工程师兼合伙人琼斯，在筹建公司最大的布拉德钢铁厂时，他发现了施瓦布超人的工作热情和管理才能。当时身为总经理的施瓦布，每天都是最早来到建筑工地。当琼斯问施瓦布为什么总来这么早的时候，他回答说："只有这样，当有什么急事的时候，才不至于被耽搁。"

工厂建好后，琼斯毫不犹豫地提拔施瓦布做了自己的副手，主管全厂事务。两年后，琼斯在一次事故中丧生，施瓦布便接任了厂长一职。几年后，施瓦布被卡内基任命为钢铁公司的董事长。

后来，施瓦布终于自己建立了大型的伯利恒钢铁公司，并创下了非凡的业绩，真正完成了他从一个普通的打工者到大企业家的成功飞跃。

施瓦布认为，对于一个有抱负的职员来说，追求的目标越高，对自己的要求越严，他的能力就会发展得越快。要想把看不见的梦想变成看得见的事实，便要在工作中兢兢业业，把工作当成自己的私事一样干。

对于职场的人来说，工作也就意味着责任，责任意识会让我们表现得更加卓越。一个人能否成为优秀的员工，能否成功，只要看他工作时精神跟态度就可以知晓。当今社会中的职场更是错综纷杂，对一个想在职场中摸爬滚打的人来说，责任是必不可少的。优秀的员工总是竭力使自己百分之百地明确自己的责任。任何人作了决定就得担起责任，必须在决策后负责到底。这就是为什么在经营不善的公司里，员工总是推诿责任，一个优秀的员工则不然，他作出决定，并承担责任。

一位名叫吉埃丝的美国记者，有一天来到日本东京，她在奥达克余百货公司买了1台唱机，准备送给住在东京的婆婆家作为见面礼。售货员彬彬有礼、笑容可掬地特地挑1台尚未启封的机子给她。然而回到住处，她拆开包装试用时，才发现机子没装内件，根本无法使用。吉埃丝火冒三丈，准备第二天一早即去百货公司交涉，并迅速写了一篇新闻稿"笑脸背后的真面目"。

第二天一早,一辆汽车赶到她的住处,从车上下来的是奥达克余百货公司的总经理和拎着大皮箱的职员。他俩一走进客厅就俯首鞠躬、连连道歉,吉埃丝搞不清楚百货公司是如何找到她的。那位职员打开记事簿,讲述了大致的经过。原来,昨日下午清点商品时,发现将一个空心的货样卖给了一位顾客,此事非同小可,总经理马上召集有关人员商议。当时只有两条线索可循,即顾客的名字和她留下的一张美国快递公司的名片。据此百货公司展开了一场无异于大海捞针的行动。打了32次紧急电话,向东京的各大宾馆查询,没有结果。于是,打电话到美国快递公司的总部,深夜接到回电,得知顾客在美国父母的电话号码,接着,打电话到美国,得到顾客在东京的婆家的电话号码,终于找到了顾客的落脚地。这期间共打了35个紧急电话。职员说完,总经理将1台完好的唱机外加唱片1张、蛋糕1盒奉上,并再次表示歉意后离去。吉埃丝的感动之情可想而知,她立即重写了新闻稿,题目就是"35个紧急电话"。

如果没有责任意识,就不会有这样大海捞针的行动,就不会有及时改正错误的机会。也就不会成功地找到吉埃丝的住处。这就是责任的体现!同样的道理,在职场中,多一分责任感,就必然会多一分回报。承担责任,是一种付出,一种奉献。过后必定会获得丰厚的回报。如果我们放弃了责任,那么就失去了应有的回报,也失去成功的基石。

青春感悟

责任能够让一个人具有最佳的精神状态,精力旺盛地投入工作,并将自己的潜能发挥到极致。同样,如果一个员工放弃了对公司的责任,也就放弃了在公司中获得更好发展的机会。

责任让生命更有价值

责任可以让弱者变为强者,让强者变得更强。放弃承担责任,或者蔑视自身的责任,就等于在可以自由通行的路上自设路障,摔倒的只能是自己。而承担起自己的职责,则可以战胜自己,对待每件事都做到尽职尽责,这样才能赢得足够的尊重和荣誉,体现自己的真正价值。

在工作中,那些勤奋、负责的人往往受益匪浅:在精神上,他们获得了愉悦和享受;在物质上,他们也获得了丰厚的报酬。相反,一个对工作敷衍塞责的人,一个对工作毫无兴趣的人,其实是在虚度光阴。

李烨大学毕业之后在一家保险公司做业务代表。这是一个很不易打开局面的工作,因为很多人都对保险业务员敬而远之,所以,李烨的工作一开始并不顺手。

办公室的其他业务员整天对这份工作牢骚满腹:"如果我能找到更好的工作,我绝对不会在这里待下去。""那些投保的人,实在太可恶了,整天觉得自己上当了。"当然,这些人只能拿到最基本的薪水来维持生计,他们只有在业务部经理的不断催促下,或者是"胡萝卜+大棒"的政策下,才有一点点进步,否则就只能原地踏步甚至退步。

李烨却和他们有不同的想法。尽管李烨对现状也不是特别满意,薪水不高,地位也很低,但是李烨没有就此放弃,因为他知道,与其说是放弃工作,不如说是自己放弃了自己的人生理想和信念。李烨相信,敢于负责、努力工作是没有错误的,担负责任还会让平凡单调的生活充满乐趣。

于是,李烨千方百计去寻找客户。他熟记公司的各项业务情况,以及同类公司的相关业务,对比自己公司和其他公司的不同,让客户自己去比较和选择。虽然一些人很希望多了解一些保险方面的常识,但是对保险业务员的反感使他们在这方面的知识很欠缺。李烨知道这些情况之后,主动到社区里办起"保险小常识"讲座,向人们免费宣传保险知识。

人们对保险有了更多的了解,对李烨也开始另眼相看。这时,李烨再向这些人推销保险业务,阻力就小了许多,李烨的工作业绩一再提升,当然薪水也有了很大的提高。

责任激发了我们自身的潜能,责任促进了我们自身的发展,责任引导我们走向人生的辉煌,没有责任的存在,我们的人生将一片茫然。

曾经听一位培训专家为新入职的业务员做培训,这位专家特别重视强化每一位业务员的责任心。因为业务员一般要两三个月才回公司做一次销售报告，平时都在全国各地跑，为他们灌输和确立强烈的责任心是必不可少的。

专家这样说道："过几天，你们就要出差了，如果你们没有足够的责任心，有些人完全可以拿着公司的工资，拿着公司的外勤差旅补贴，整天在宾馆睡觉，这一点对公司会造成一定的损失：三个月的时间，花公司一万多块钱的差旅费。但是，对你们来说就完全不一样了。你这样干，很可能就会失去这份工作。你可能会说，失去这份工作不要紧，东家不打打西家。你说得一点都没有错，这些都不是问题的核心，关键在于你养成了一个怎样的人生态度和工作习惯。今天你可以用这样的态度来面对我们公司的这份工作，明天你完全可以用同样的态度去面对其他公司的工作，这才是最致命的。公司损失赔上的只不过是一万块钱和一个局部市场三个月的时间，而你呢，可能会赔上你的一生。"

专家说的这番话很有教育意义，一个没有责任心的人一生将会一事无成，这一缺陷是人生的致命弱点。

承担责任是做人、做事的底线，勇于承担责任是每一个人必须具备的优秀品质之一，因为它是改变一切的力量，它可以改变你平庸无为的人生，使你变得更加优秀；它可以帮你赢得别人的信任和尊重，巩固你的人际关系；它可以左右你的思想，使你的人格更加完善。它是你走向成功的铺路砖，只要你对任何事情都能承担起责任，勇于承担责任，你就不用再为自己的平庸而悲叹，终有一天它会帮助你大展宏图。

青春感悟

没有责任感的人无法得到社会和他人的承认。履行责任是实现人生价值和赢得荣誉的阶梯，任何人都希望能够为社会创造价值，都希望实现人生的最大价值，要把这种意愿变为现实，履行责任是惟一的途径。

培养你的责任心

一个人没有责任心的学生不会是一个合格的学生；一个没有责任心的男朋友也不值得依靠；一个没有责任心的员工不会是一个优秀的员工。在人的一生中，责任无时无刻不在你的身边。造物主在赋予我们生命的同时也赋予了我们责任。

我们常常说，或者常常听别人说，要有责任心。那么什么样才是有责任心呢？《辞海》中是这样解释它的：责任心也叫责任感，就是自觉地把分内的事做好的一种心情。电影《一个都不能少》中，那个为了不让学生失学，而在城里到处寻找呼唤的小老师的举动，体现的就是责任，一种责任心！歌曲《一个真实的故事》中，那个为了救一只受伤的丹顶鹤，走进沼泽地，再也没有回来的小女孩的行为，体现的就是责任，一种责任心！

一个人在这个世界上，可以不伟大，可以清贫，但不可以没有责任心。我们或许可以从下面这样一个真实的故事中更加明白责任心的可贵。

武汉市鄱阳街有一座修建于1917年的六层楼房，这座楼房的设计者是英国的一家设计事务所。20世纪末，这座叫做"景明大楼"的楼宇在漫漫岁月中度过了80个春秋后的某一天，它的设计者远隔万里给这座楼房的业主寄来了一份函件，函件是这样写的：景明大楼是本事务所在1917年设计，设计年限为80年，现已超期服役，敬请贵方注意！

80年，80年前盖的楼房，不要说设计者，就连当年施工的人恐怕都不会有人在世了吧！然而至今竟然还有人为它的安危操心，而操这份心的竟然是它最初的设计者：一个异国的设计事务所。是什么原因使一个人，不，是一群人，一个在时空中更新换代数茬人的机构，历经了近一个世纪的变迁仍然在履行着自己的职责。是金钱？是荣誉？还是哗众取宠？不，都不是，是一种宝贵的责任心。

我们可以拿一个公司的员工来举例。"粗心、懒散、草率"等这样一些字眼，就是不负责任，没有责任心的一种表现。生活中许多这样的人就是因为工作粗心马虎而丢掉了工作。

一家服装公司的一名业务员为单位定购一批羊皮。在合同中写道"每张大于 4 平方尺、有疤痕的不要。"需要注意的是，其中的顿号本应是句号。结果供货商钻了空子，发来的羊皮都是小于 4 平方尺的，使定货者哑巴吃黄连，有苦说不出，损失惨重。

旧金山一位商人给一个萨克拉门托的商人发电报报价："一万吨大麦，每吨 400 美元，价格高不高？买不买？"而萨克拉门托的那个商人原意是要说"不。太高"，可是电报里却漏了一个句号，就成了"不太高"。结果这一下就使他损失了上千美元。

作为一名在职员工，自己应该做的事情一定要保质保量完成。不要以为自己不做会有人来做；也不要以为自己丁点儿不负责不会被人发现，不会对企业有什么影响；也不要只注意数量而不在意质量，草草地完成数量任务。

"这不是我职责范畴内的事，我瞎操什么心呀？"如果总是保持着这样的想法，不管你的自身条件多好，你想成功的愿望也是非常渺茫的。因为你的这种不负责的态度，随时有可能给单位造成不可估量的损失。

事实上，只要你是企业的一员，你就有责任在任何时候维护企业的利益和形象。

一个主管过磅称重的小职员，由于怀疑计量工具的准确性，自己动手修正了它。这位小职员并没有因为计量工具的准确性属于总机械师而不是自己的职责，就不闻不管，听之任之。正是小职员的这种责任心，为公司挽回了巨大的损失。

青春感悟

责任心，是一个人的基本素质，是今后他对社会、对家庭的价值体现。可以说，没有责任心的人，既不能成就自己的事业，也得不到社会的承认和感情的回报，所以说，对年轻人而言，培养责任心非常重要。

第十章 背叛，让我们懂得更多智慧

不经历背叛，我们会洋洋自得，以为世界在自己的掌控之中，任我驰骋；不经历背叛，我们不会体验到被谣言中伤之愁苦；不经历背叛，我们不会练就一双慧眼。所以，感谢背叛吧！是它让我们有了磐石般坚强的性格，是它让我们练就了面对挫折的勇气。

背叛，让我们看清友谊

朋友之间，要紧的是相知，要从彼此心性认识，做到深刻透达的地步才成。谁也不愿被自己身边的好朋友背叛。背叛是可怕的，但同时也是看清对方的一种方式，至少可以在还没陷得无可救药的程度时走出来，离开痛苦。

李娜是一家银行的小职员，当时和她一起进银行的还有一个女孩，叫小冉，她们是同乡，小冉的家境不太好，生活上比较节俭。李娜无形当中对小冉有些同情，所以在工作上，李娜能帮助小冉时就帮助她，下班之后她们经常一起逛街吃东西，当然很多时候都是李娜请。李娜也经常会把自己用不完的化妆品、衣服、书都给小冉用。

小冉是一个很细心的女孩子，比如她们一起坐在出租车的后座，她会提醒司机把李娜那边的窗户摇上，李娜很感动。她们在银行同出同进，很快被认为是死党。而李娜也一直当小冉是自己最好的朋友。

但是后来有一次，银行有一个到国外培训的名额，她们两个都想要。而李娜自己认为自己去国外的机会还有很多，而对小冉来说这是一次非常难得的机会，因此李娜根本没有打算跟小冉争，后来李娜主动跟上司说让小冉去吧。

最后小冉果然去了国外，而且李娜送她去的机场，还托小冉帮自己带些免税的化妆品回来。但是小冉去了以后就杳无音信。后来李娜听说小冉回国后调到了另一个城市的分行，但是小冉再也没有跟李娜联络过。

很久以后，李娜才听别人说，小冉之所以得到那个名额，是因为小冉跟主任检举李娜，说李娜有时候拿出去玩的打车的票和餐票到单位去冲账，还说李娜经常把办公用具拿回自己家用。

李娜听到这一切的时候，感到非常寒心。心想，就不算平时对她的照顾，只是一般的同事，她也没有必要捏造事实来诬陷自己啊？虽然小冉检举的都是些小事，但是这些小事在领导眼里就会意味着对个人人品的怀疑。而且自己当时不知道，所以也没有去争辩，现在估计成见已经形成了，怪不得公司几次升职机会都轮不到自己。

世界上的事情是复杂的，而人性的多变也使我们处在一个不确定的环境中。一件事可以让一个人认清一个人的面目，一件事也可以让一个人明白朋友的真正内涵。

真正意义上的友情应该是那种能在心灵上达到共识、理解和通融的，是那种能在朋友陷入困境时，毫不犹豫地伸出温暖的手，给对方雪中送炭的帮助，而不是落井下石；在朋友稍有成就时，毫不吝啬地用一颗真诚的人，给对方锦上添花的援助，而不是冷嘲热讽；是那种相互间心灵的升华，事业的促进。

青春感悟

在社会的交往、朋友的相处之中，总会遇到一些不"仁义"之事，如果自己总是耿耿于怀，那不是自找烦恼，自己难为自己吗？没有人生下来就有一双识别他人的慧眼，上几次当，吃几次亏，你就会变得越来越睿智。

脚踏两只船，难以靠岸

中国人自古讲究天荒地老，从一而终。出于道义和责任我们应该爱情专一。然而随着思想的开放,越来越多的人在爱情中"脚踏两只船"。这是极不道德、同时对三个人都极不负责任的行为,很有可能酿成悲剧。

影视剧中,爱情的背叛屡见不鲜。《蜗居》中的海藻离开小贝,和宋思明的偷情,这是一种背叛。

小贝是那么深爱他的海藻,海藻也觉得小贝就是她生命里的另一半。可是,当宋思明这个成熟、有钱有权有势的男人出现在海藻的身边时,海藻没有能够经受住诱惑。她在一边和宋思明保持暧昧的关系时,又不舍得放下小贝。然而,这样的事情终究是藏不住的,当小贝发现了这一切时,怎么也不能相信,那么深爱的海藻会背叛自己。故事的结局,宋思明因意外车祸身亡,海藻也只身去了一个很遥远的地方。

这或许是最好的结局了,爱情应该是专一的,因为它是在互相了解、志同道合的基础上建立起来的。爱了,你便拥有了只属于你的风景。不要因为日子久了,"审美"麻木,就流连于别处。我们要珍惜眼前人,珍惜他们给予我们的爱。爱要投桃报李,对方既然给了我们完整的爱,我们也应该以完整回报。

生活中,爱情的背叛似乎也很常见。

蓉蓉似乎比丈夫对他的情人更感兴趣。在丈夫的外遇结束几年之后,她仍然津津有味地盘问细节:"你多久和她见一次面?你们在一起都做什么?"

他认输了。如果不回答,蓉蓉就会问个不停;如果回答所有问题,蓉蓉又会歇斯底里地暴怒起来。这种恶性循环不断重演。

一天,蓉蓉终于认识到自己才是这桩婚姻的杀手之一。原来,在第二个孩子出生之后,在蓉蓉全心全意养育小孩地时候,对自我价值的认知逐渐丧失,以致对想什么时候来就来、想什么时候走就走的丈夫丝毫未加约束,放任他做一个不负责任的父亲。这时候,第三者出现了。

最后,蓉蓉终于坚定了立场,告诉丈夫:如果他还想保住这桩婚姻,就必须放弃这段婚外情。他同意照做。由于蓉蓉提出的条件太低了,使丈夫更加敬重蓉蓉;也由于丈夫的信守承诺,使蓉蓉对他渐渐重拾信心。

婚外情就像喝酒般令人上瘾,但你却可以建立自己的一套行为标准。除非你原谅了越轨的人,否则永远无法摆脱愤怒、痛苦和沮丧等情绪的干扰,也就感觉不到希望和乐观。

要达到丢弃责备和羞耻的境界，你必须先经过下列七个步骤。

1.忘记这桩外遇带给你的困扰，无论多困难都要试着忘记。

2.真诚面对彼此，也可以讨论一下孩提时代的恐惧、渴求及空虚。

3.重建信心。为了重建信心，要求背叛者绝不能和情人再有任何接触。心存疑虑时，尽量跟你的丈夫(或妻子)讨论。

4.重新展开追求。重拾你的幽默感以及取悦丈夫(或妻子)的热情，回忆种种令双方心动的相处模式并且好好温习它们。

5.重建亲密关系。实行一种新的、开放的、坦诚且充分的沟通模式，不要让工作、小孩、亲戚或其他事情介入其中，当你的丈夫(或妻子)实话实说令你难受时，千万不要立刻批评，先赞赏他的诚实，尽量安全地达到沟通的目的。

6.重视忠诚的价值。与你的丈夫(或妻子)讨论你容许的底线。时常口头提醒对方你俩所订的契约。

7.鼓起勇气拥抱对方。从短暂的拥抱到持续的爱抚——性治疗能轻易地化解最痛苦的藩篱，有外遇的人通常懂得制造性乐趣，你为什么不呢？

一个人要释放心头对丈夫(或妻子)或第三者的怒气，首先就不要再生自己的气。不要再气自己：为什么这么倒霉，碰上这种事？不要再责备自己：为什么人生一团糟？同时，不再心存"依赖"：要丈夫(或妻子)把事情摆平，尽快回头；要第三者"离得远远的"，你们就会有一条路活出自我来了。

当你在其他的环境、另外的团体产生另外的感觉，看到自己仍有欢笑的一面、仍有自尊的一面、仍有成长的一面时，整个人会逐渐自信起来，精神焕发。如若这样，往后这条人生路，相信你会越走越好，因为你是自己生命的主人。

爱情和婚姻里的背叛总以为是背叛的人错了，世人也总是在唾弃背叛爱情、背叛家庭的那个人，却往往忽略了那个让犯错误的人错下去的主导者。不管是背叛者，还是受害者，都要懂得珍惜，宽恕。

青春感悟

我们注定只能跟一个人厮守终生。外界的诱惑使某些人背弃了对爱人的责任，脚踏两只船。然而转了一个大圈之后终会发现，最平凡的才是最舒服的，曾经的"那人"才是最温暖的港湾。所以，请怜惜眼前的人，不要失去了才懂得珍惜。

用宽恕来升华自我

犯错是人性，宽恕是神性，宽恕别人，亦能升华自我！为了保持一个健康的心灵和体魄，为了实现你的成功和抱负，学会宽恕他人吧！

有这样一幅漫画：

A拿了一张白纸，用一支笔在中间画了一个黑点，然后问B："你看到了什么？""一个黑点喽！"B一脸不屑地回答说。A再问："为什么这么大一片白色你看不到，而只看到这黑色的一小点呢？"B一脸茫然。

这里提出的是一道发人深省的问题。在生活中，在这个五光十色的社会中，我们往往是一眼就能看到别人的小小缺点，而对更多的优点却视而不见。

原因可能很多，而习惯性的自私、嫉妒心理大概是主要的原因。看到他人的利益，看到他人的美好，我们往往高兴不起来，主要是因为我们的心胸太狭窄了。宽容就是治疗嫉妒、自私、心胸狭窄的最好方法。

宽恕，是人类的一种美德。宽恕的本身，除了减轻对方的痛苦之外，事实上，也是在升华自己。因为，当我们宽恕别人的时候，我们也能得到真正的快乐。犯错是常见的平凡，宽恕却是一种超凡。假如我们看别人不顺眼，对别人的行为不满意，痛苦的不是别人，而是我们自己。

一般人说："我恨你！"但是就算你恨死对方，对方也许并不知情。因为不知情，他不会有任何损失，也不会有什么负担，反倒是你自己的内心因为有"恨"而一刻也不得宁静、痛苦不已。因此，我们要了解，"恨"是世界上最愚蠢的行为。

唯有懂得宽恕别人，才能得到真正的快乐。如果一个人总是希望从别人身上去获得快乐，那会比一个乞丐沿门乞讨还要痛苦。

快乐不是别人可以给我们的，而是要由我们自己来获得，自己来超越。想要得到快乐，就不要太过于敏感。因为对周遭的一切都太在乎、太在意了，那就像自己拿了好多条绳子绑住自己一样,真是自找麻烦,白讨苦吃。

因此,快乐要先从宽恕别人而来,宽恕是升华自己的本源,两者相辅相成,若能如实地运用在生活当中,那么,便能心宽如海,远离痛苦了。

其实,宽恕也是治愈伤害的良药。对于大多数人来说,宽恕他人要作很大的努力,但至少可以从憎恨他人的苦恼中解脱出来。如果不能宽恕,那么,至少可以忘掉他人对自己的伤害。

亚伯拉罕对上帝说:"上帝哦,我的兄弟已经伤害我 7 次,请问我还能宽恕他几次?"

上帝说:"你还要宽恕他人 1000 次。"

内心的平静,是通过改变你自己而获得的,而绝不是通过报复获得的。为了你自己、为了快乐、为了内心的平静、为了光明的未来,请你改变你自己。你宽恕了伤害你的人,你将获得更多,生活也将更加美好!

青春感悟

一个有志于事业的人,要心宽志畅,才能万事顺利。宽恕他人,就等于尊重和宽容了自己,就会更好的为人处事。即便是曾经背叛过自己的人,如果"以怨报怨",只会制造敌人。

学会宽容,受益无穷

如果没有宽容,这个世界就不会有阳光和温暖。只有宽容才可以消除相互的不愉快与不理解,让彼此真诚相处,从而感受着真情的可贵和生活的幸福。

英国当代著名的解剖学家约翰·麦克劳德读小学的时候,特别淘气。有一次,他想亲眼看一看狗的内脏是什么样的,便偷偷地把校长的宠物——一只可爱的哈巴狗给杀了。校长知道后气得七窍生烟,他决定狠狠惩罚这个无法无天的学生,怎么罚?出乎人们意料之外的是他既没有刁难这个孩子也没有开除他,而是罚他画一幅人体骨骼和人体血液循环图。约翰·麦克劳德被校长的宽容精神打动,从那以后发愤钻研解剖学,终于成为举世闻名的医学巨匠。

一位哲人说过:"宽容是修养和善意的结晶,绝非原谅宇宙的一切。"每个人,在社会生活中,难免会遇到磕磕碰碰的事情。关键是遇到磕碰之事时,需要有一种宽容、一种"大度能容天下难容之事"的心态。少一些心胸狭窄、尖酸刻薄的冲动,多一些大度宽容、海阔天空的气质。这样,无论遇到什么事情,都会平心静气地对待。因为,宽容者会与一切不愉快的事情无缘。因此说,宽容是一门不可缺少的人生修养课。

一天早上,一位年轻人走进格兰特的礼品店。他的脸色显得很阴沉,视线固定在一个精致的水晶乌龟上面。

"先生,请问您想买这件礼品吗?"格兰特亲切地问。

"这件礼品多少钱?"年轻人问了一句。

"50元。"格兰特回答道。

年轻人听格兰特说完后,伸手掏出50元钱甩在橱窗上。

格兰特很奇怪,自从礼品店开业以来,他还从没遇到过这样豪爽的买主呢。

"先生,您想将这个礼品送给谁呢?"格兰特试探地问了一句。

"送给我的新娘,我们明天就要结婚了。"年轻人依旧面色冰冷地回答着。

格兰特心里咯噔了一下:"什么,要送一只乌龟给自己的新娘,那岂不是给他们的婚姻安上了一颗定时炸弹?"

格兰特沉重地想了一会儿,对年轻人说:"先生,这件礼品一定要好好包装一下,才会给你的新娘带来惊喜。可是今天这里没有包装盒了,请你明天早晨再来取好吗?我一定会利用今天晚上为您赶制一个新的、漂亮的礼品盒……"

"谢谢你!"年轻人说完转身走了。

第二天清晨,年轻人早早地来到了礼品店,取走了格兰特为他赶制的精致的礼品盒。

年轻人匆匆地来到了结婚礼堂——新郎不是他而是另外一个人!年轻人快步跑到新娘跟前,双手将精致的礼品盒捧给新娘。而后,转身迅速地跑回了自己的家中,焦急地等待着新娘愤怒与责怪的电话。在等待中,他有些后悔自己不该这样去做。

傍晚,婚礼刚刚结束的新娘便给他打来了电话:"谢谢你,谢谢你送我这样好的礼物,谢谢你终于能原谅我了……"电话的另一边,新娘高兴而感激地说着。

年轻人万分疑惑,便挂断了电话,迅速地跑到格兰特的礼品店。一推开门,他惊奇地发现,在礼品店的橱窗里依旧静静地躺着那只精致的水晶乌龟!

一切都已经明白了,年轻人静静地望着眼前的格兰特。而格兰特依旧静静地坐在柜台后边,冲着年轻人轻轻地微笑了一下。年轻人冰冷的面孔终于在这一瞬间变成一种感激与尊敬:"谢谢你,谢谢你,让我又找回了我自己。"

原谅是一种风格,宽容是一种风度,宽恕是一种风范。格兰特只是将水晶乌龟这样一件定时炸弹似的礼品换成了一对代表幸福和快乐的鸳鸯,竟在这短短的时间内最大限度地改变了一个人冰冷的内心世界。给人一点宽恕,它将带给一个人重新获取新生的勇气,去直面他人生中的另一个幸福时刻。

宽容还是一种美德,对人对己都受益无穷。

有一个乡下人,在大年初一发现自家门外多了一个非常不吉利的东西——盛骨灰的陶罐。后来得知是一位邻村仇人干的。他冷静地想了想,在陶罐里种上一株百合花,花开了,他悄悄地送了过去。这一举动打破了原先的僵局。百合花的盛开化解了两家人的仇恨,同时也捎去了他的宽容之心。那位邻村仇人在一片真心面前,登门道歉,自惭形秽。他的宽容之心也被唤醒了。两人的宽容之心互相交换,冤仇自然消除了。

青春感悟

生活中如此,工作中更应该如此。一个有志于事业的人,要心宽志畅,才能万事顺利。宽容别人,就等于尊重和宽容了自己,就会更好地为人处事。宽容也许不是一种美丽,但的确是一种美德。

宰相肚子能撑船

在与人交往中,一定要用宽广的胸怀去容纳自己看不惯的人和事,对待做错事情的朋友要做到得饶人处且饶人, 不能咬住别人的错误不放。俗话说:"宰相肚里能撑船。"如果不能包容人包容事就永远不会摘取成功的桂冠。

春秋时代,齐桓公取得的成就全依赖宰相管仲的辅佐。但管仲曾因王位继承的问题与他作对,曾经刺杀齐桓公未成。因此齐桓公即位时想惩罚管仲,后经鲍叔牙的劝说"大王若想称霸天下,就得起用管仲",而立管仲为相。管仲为报齐桓公的知遇之恩,在政治上大展才华,不但使齐国兵强国盛,更使齐桓公得以称霸天下。如果齐桓公对于曾经和自己敌对的人缺乏包容之心, 又不肯接受鲍叔牙的忠言,或许就不会有日后的成就。

凡是心胸宽广的人总有较强的忍耐力, 他们不会因为一时不顺心就暴跳如雷,也不会因为一时受挫而一蹶不振。忍,是韧性的较量,是永不败北的战斗策略,是战胜人生危难和险恶的有力武器,是心胸宽广的标志。

在中国古代文化中有很多关于"忍"的故事。越王勾践卧薪尝胆,淮阴侯韩信忍胯下之辱,都忍受过常人难忍之辱,最终成就了大业。清代金兰生在《格言联璧·存养》中说:"必能忍人不能忍之触忤,斯能为人不能为之事功。"

战国时期,有一位出生于魏国的范雎,因家境贫穷,开始在魏国大夫须贾手下当门客。有一次,须贾奉命出使齐国,范雎作为随从一起前去。到了齐国,齐襄王没有及时接见须贾, 却因仰慕范雎的辩才, 叫人赏给范雎百两黄金和酒,但范雎没有接受。须贾却因为这件事对范雎产生了怀疑,认为范雎把魏国的秘密出卖给了齐国。回国后,须贾将自己的疑心告诉了魏国宰相魏齐。魏齐下令把范雎叫过来,严刑威逼,打折了肋骨,打落了牙齿。范雎假装死了,被人用席子卷起来,丢在厕所里。接着魏齐设宴喝酒,喝醉了,轮流朝范雎身上小便。后来,范雎设法逃出魏国,改换姓名,辗转到了秦国,当了秦国的宰相,洗刷了自己昔日在魏国受到的耻辱。

忍让就是忍耐谦和的意思。一般说来,在社交中产生矛盾,双方可能都有责任,但作为当事人应该主动“礼让三分”,从自己的身上找原因。忍让,实际上就是让时间、让事实来“表白”自己。

在社交中采取忍让的态度可以让很多事情“冷处理”,可以摆脱相互之间无原则的纠缠和不必要的争吵。

歌德有一天到公园散步,迎面走来了一个曾经对他作品提出过尖锐批评的批评家。这位批评家站在歌德面前高声喊道:“我从来不给傻子让路!”歌德答道:“我正相反!”一边说,一边满面笑容地让在一旁。歌德的幽默避免了一场无谓的争吵。

有了歌德这样的“一笑”,就可以避免各种矛盾冲突,也可以消除自己的恼和怒。从某种意义上说,它既可以为自己摆脱尴尬难堪的局面,又能显示自己的心胸和气量。

青春感悟

忍,实在是医治磨难的良方。忍人一时之疑,一刻之辱,一方面是脱离被动的局面,同时也是意志的磨炼,为日后的发愤图强、事业有成奠定基础。

不要让心埋下恨的种子

心中一旦埋下仇恨的种子,就再也容不下任何感情。生活一旦充满仇恨,就再也找不到回家的道路。

阿拉伯著名作家阿里,有一次和吉伯、马沙两位朋友一起旅行。3人行经一处山谷时，马沙失足滑落，幸而吉伯拼命拉住他，才将他救起。马沙于是在附近的大石头上刻下了："某年某月某日，吉伯救了马沙一命。"3人继续走了几天，来到一处河边，吉伯跟马沙为了一件小事吵起来，吉伯一气之下打了马沙一耳光。马沙跑到沙滩上写下："某年某月某日，吉伯打了马沙一耳光。"

当他们旅游回来之后，阿里好奇地问马沙为什么要把吉伯救他的事刻在石头上，将吉伯打他的事写在沙滩上？马沙回答："我感激吉伯救我，记忆会像石头上的字一样长久。至于他打我的事，会随着沙滩上字迹的消失，而被我忘得一干二净。"

朋友之间难免会发生不快，有些朋友甚至会对你大打出手、谩骂、攻击。如果你以牙还牙，势必会结下仇怨，让自己陷入无边的痛苦、报复之中。面对朋友对你不公的待遇，我们应该像马沙一样，学会宽容。

宽容是人生中的一种哲学，它是一种博大的胸襟，是更高一层的境界。宽容不是退缩，也并非软弱，它可以广阔一个人的心灵空间，赢得人际的和谐，提高一个人的修行和涵养，并能感化伤害你的人。

第二次世界大战期间，一支部队在森林中与敌军相遇，激战后有两名战士与部队失去了联系。这两名战士来自同一个小镇。两人在森林中艰难跋涉，他们互相鼓励、互相安慰。十多天过去了，仍未与部队联系上。这一天，他们打死了一只鹿，依靠鹿肉又艰难地度过了几天。也许是战争使动物四散奔逃或被杀光，这以后他们再也没看到过任何动物。他们仅剩下的一点鹿肉，背在年轻战士的身上。这一天，他们在森林中又一次与敌人相遇，经过再一次激战，他们巧妙地避开了敌人。就在自以为已经安全时，只听一声枪响，走在前面的年轻战士中了一枪，幸亏伤在肩膀上。后面的士兵惶恐地跑了过来，他害怕得语无伦次，抱着战友的身体泪流不止，并赶快把自己的衬衣撕下包扎战友的伤口。

晚上，未受伤的士兵一直念叨着母亲的名字。他们都以为他们熬不过这一关了。尽管饥饿难忍，可他们谁也没动身边的鹿肉。天知道他们是怎么过的那一夜。

第二天，部队救出了他们。

事隔30年，那位受伤的战士说："我知道谁开的那一枪，他就是我的战友。

当时他抱住我时,我碰到他发热的枪管。我怎么也不明白,他为什么要对我开枪?但当晚我就宽容了他。我知道他想独吞我身上的鹿肉,我也知道他想为了他的母亲而活下来。此后30年,我假装根本不知道此事,也从不提及。战争太残酷了,他母亲还是没有等到他回来。我和他一起祭奠了老人家,那一天,他跪下来,请求我原谅他,我没让他说下去。我们又做了几十年的朋友,我宽容了他。"

小小的贝壳,当沙粒进入它的身躯时,它并没有以暴制暴,而是带着宽容的心,不断地分泌出自身的物质去包裹这个外来异物带给自己的痛楚。终于有一天,它修成正果,培育出了硕大的珍珠。大海之所以成为了大海,是因为它能接受泥沙俱下,如果它只接受干净的溪流而拒绝污水浊流,那也成就不了其有容乃大的博大胸襟。

自然界的事物尚且如此,人更应该这样。所以我们应该感谢朋友、对手对自己的伤害,是他让我们胸襟更加宽广,让我们超越平凡,让我们生活的无比轻松、欢畅、真实而美好。

青春感悟

仇恨是一种敌意的复合情绪。记仇的人多是心胸狭窄、处处树敌的人,因为他的心中装满了仇恨。仇恨一天天增多,他的朋友就会一天天减少,到最后成为孤家寡人的他便认为所有的人都与他过不去,都与他为敌,再也没有人对他说真话,再也没有人劝说他。而那些心胸宽广的人却善于化敌为友,因为他的心中没有仇恨只有宽容,他的朋友自然会越来越多,帮助他的人也会越来越多,人生之路因此越走越宽,必然会取得成功。

善待别人就是善待自己

很多人都听过这个故事。

　　一位禅师很喜欢养兰花,一次他外出云游,就把兰花交给徒弟照料。徒弟知道这是师父的爱物,于是就小心照顾,兰花也一直生长得很好。可就在禅师回来的前一天,徒弟不小心把花摔到地上,兰花被摔坏了他非常惊恐,不知道。

　　禅师回来以后得知喜欢的兰花被摔坏了,并没有生气,也没有惩罚徒弟。他只是告诉徒弟:"我当初种兰花,不是为了今天生气的。"

　　从这个故事中可以解读出一个道理,即使结果不是自己想要的结果,但是总有比大发雷霆更好的选择,因此我们遇到坏事情时要尽量选择一个好的解决方法。如果别人做了让自己烦恼的事情,与其生气,不如原谅别人,就像这位禅师一样,不因自己心爱的兰花摔坏了就惩罚徒弟,也没有大发雷霆,他善待了徒弟,实际上是善待了自己。

　　古时候,有一位员外和一位仆人一起去收田租,收完田租天色已晚,主仆两人就在面馆吃碗面。吃完面,这个员外看看仆人没有付钱的意思,所以心不甘、情不愿地付了钱。

　　主仆上路回家时,天已经黑了,仆人赶紧点着油灯走在主人前面带路,主人很不高兴的说:"你是什么人!胆敢走在我前面?"仆人赶紧退到主人身边,把马路照光亮,主人又不高兴的说:"喔!你是什么身份?跟我并驾齐驱!"于是仆人又退到主人后边,主人仍然不高兴说:"你走在我后边,我怎么看得到马路,你准备让我摔死?"

　　仆人开口问主人:"我走在前面、后面、你身边都不是,到底你要我走哪里?"主人终于说出心里话:"你把刚才吃面的钱还给我,你高兴走哪里都可以。"

　　这个员外因为仆人一时疏忽忘了付面钱而耿耿于怀、斤斤计较,这样的胸怀,他的生活怎么可能会过得开心?不善待别人,最终苦的是自己。

　　一个女孩子因为家里穷,小时候总觉得低别人一等,养成了木纳寡言的性格,在伙伴中是典型的丑小鸭形象。就连身边的叔叔伯伯,也把她当成参照物,作为炫耀自己孩子的资本。

在她读初中时，同族的另一家的孩子早早地戴上了眼镜，而她那时还没近视。族人在一块说话的时候，她清楚地听到那个孩子的父亲在轻蔑地贬低她："她家那么穷，能买得起眼镜吗？一个眼睛值好多钱呢！"

这个伯伯的话深深刺痛了她的心，这句无意中听到的话成了她刻骨铭心的恨。

再后来，她考上了大学，有了工作，嫁给了一个城里人；而那家的孩子，却在外地打工，过着并不怎么如意的生活。此时此刻，她觉得舒坦、解恨。

风水轮流转，那家的老人得了一场病，在医院治疗需要花很多钱，否则朝不保夕。那家的孩子，也是她小时的玩伴，找到她，希望能在经济上帮他们一把，让老人多活几年。

此时的她经济还算比较宽裕，但小时候受到的伤害让她张口就托辞回绝了。

她的做法在族里激起众怒，她父亲拄着拐棍找上门来，指责她太不近人情，丈夫也劝她别断了人缘。经过大家一番劝说，她凑了两万元钱送过去，并委婉诉说了自己的不是。丈夫还和她在那家老人住院期间专程探望了两次。

那个曾经刺痛她自尊心的伯伯最终还是去世了，又过了一段时间，那家儿子把钱还给了她。而此时的她，是对是错，连她自己都说不清楚，总感到心里很麻木、很茫然。

过了半年，她到外地出差，刚到目的地就接到家里的电话，说父母同时煤气中毒了，让她抓紧时间回去。她心急如焚，犹如天塌下来一般，她是家里唯一的孩子，万一失去父母，她想都不敢想……

而当她搭最近的一趟航班回到市里，又转了几趟车赶到县城医院的时候，父母早已经苏醒过来，看样子并无大碍了。问了家人，才知道是那家的儿子首先发现他的父母出了事，不仅筹钱解决了燃眉之急，而且一直在医院里照顾着他的父母。那一刻，她的眼泪夺眶而出，自责、惭愧、悔恨让她不能自己。

父母出院后，她一直在想，如果自己当初没有帮助他家，那么自己的父母出事了不就没人管了？她反思了自己走过的这些年，发现自己心中一直压抑着仇恨，性格逐渐扭曲，要不是这次父母出事，她还意识不到这些，父母得以生还，让她明白，善待别人就是在善待自己！

微笑面对别人，别人才会对你微笑，善待别人，最后善待的是自己。美国石油大亨洛克菲勒如果不是在年轻的时候明白了这个道理，并在自己的人生中时时践行，那么他很可能不会取得如此大的成就。

洛克菲勒年轻时像当时许多年少无知的人一样，得过且过，一无所有。不过，洛克菲勒怀有十分远大的理想，他期望自己有一天能够有一笔任由自己支配的巨大财富。于是，他去了距离家乡很远的一个偏僻小镇。在这个小镇上，洛克菲勒结识了镇长杰克逊先生。

杰克逊先生性格开朗、为人热情，而且平易近人，心地十分善良。对于这个初来乍到的异乡年轻人，他非常热心地帮助他。当洛克菲勒需要一些生活用品时，热情的镇长夫人总是会十分高兴地给予帮助，而且镇长还会时不时地让女儿为洛克菲勒送去一些妻子做的可口点心。

一次雨后，洛克菲勒看到镇上来来往往的人们已经把镇长家门前的花圃践踏得不成样子了。洛克菲勒为此感到气愤不已，他真为镇长和这些花朵感到惋惜，于是他站在那里指责那些路人的行为。可是第二天，路人依旧踩踏镇长家门前的那片可怜的花朵。第三天，镇长拿着一袋煤渣和一把铁锹来到了泥泞的道路上，他用铁锹把袋子里的煤渣一点一点地铺到了路上。一开始洛克菲勒对镇长的行为感到不解，他不知道镇长为什么要替这些践踏自己家花圃的路人铺平道路。可是很快他就明白了镇长的苦心，原来有了铺好煤渣的道路，那些路人再也不用踩着花圃走过泥泞的道路了。

不久之后，洛克菲勒离开了这个小镇，不过他知道，他不是一无所获的离开，他带着镇长杰克逊告诉自己的一句话从从容容地踏上了追求梦想的道路，那句话就是"善待别人就是善待自己"。直到成为闻名于全美的石油大王，洛克菲勒依然牢牢地将这句话铭记在心中。

青春感悟

性格自私的人不愿意对别人付出任何关爱，甚至还会对他人进行伤害，所以他们永远都体会不到来自他人的友情和温暖，面对别人给自己制造的麻烦亦或者背叛，他们也不愿意原谅别人，但这样最终苦的是自己。而若我们胸襟开阔，善待别人，就是在善待自己，那么我们就会生活在幸福和关爱之中。

吃一堑，长一智

在社会上，谎言有时比事实更难认清，更难分辨。在许多真与假之间，常常有若干表面上的相似之处。

王萍在一大型私企工作，平时和一名同事经常一起吃饭逛街，成了无话不说的好朋友。可是，一次和领导谈话中，王萍却偶然发现这名同事曾在背后打过她的"小报告"。王萍为此又生气又伤心，内心很矛盾，不知该怎样面对这份友谊。

俗话说："明枪易躲，暗箭难防。"在背后悄悄议论人最为可怕。因为，这些背后的闲言碎语一旦传入耳中总会令人心神不安。

不管一个人是多么豁达，如果总是有人在其耳边谈"听说某某背着你讲了许多关于你的坏话"、"听说某某对你很有看法"、"听说某某并不信服你，说你无德无才，不配担当重任"，或是说"某某总是言行不规范"、"某某做了有损你形象的事情"等，恐怕你心中或多或少总要对这位所说的"某某"有看法了。但我们也明白，这其中有许多是歪曲事实、颠倒黑白的谎话。退一步说，即使确实有这件事，也许在你耳边传言的人也对这件事情添枝加叶、渲染夸大，使其中又增加了许多"新"的内容。

因此，我们对他人所讲的一切都应当尽可能地认真审察、思考、分析，从而及时做出明断，直至消除各种假、大、空的言辞所带来的各种危害和影响。

《吕氏春秋》的《慎行论·察传篇》里指出："天得言不可以不察，数传而白为黑、黑为白。母猴似人，人之与狗则远矣，此愚者之所以大过也。"吕氏所言，分明为我们指出了得言不察可能导致的严重后果，本来没有的事，经过谗佞者的三弄两弄就成了有的事。这倒不光是打"小报告"的人会变魔术，他只不过在前面导引，问题出在被坑骗的人不能细察深思，识破阴谋，以致睁着眼走上了奸佞安排好的路。

读过中国古典名著《水浒传》的人都知道,陆谦要想林冲入白虎堂,先要派人去卖刀,并以高俅赏刀为名,诱林冲前往,但是,若是林冲稍有防备,或是在头脑中认真考虑一下怎么会有这样好的宝刀卖,而且偏又找到自己,或是认真想想高衙内已在寻机侮辱自己的妻子,高太尉对此又安的是什么心;或是在入了太尉府之后,眼观六路、耳听八方、多多留神。无论考虑到哪一步,都可能挫败奸贼们制定的阴谋,从而避免遭到陷害。在这一环扣一环中,只要有一处能深思细察,抓住破绽,从而挫败它,虚假"事实"就不能成立,假就不会成真,骗人上当的圈套也就自然而然地被破解了。

东汉末年的某一天,刘备和许汜闲谈。谈到徐州的陈登时,许汜说:"陈登文化教养太低,不可结交。"

"你有根据吗?"刘备感到惊异。

"当然有。"许汜说,"头几年,我去拜访他,谁想他一点儿诚意也没有,不但不理人,而且天天让我睡在房角的小床上。"

刘备笑着说:"他这样做是对的。你在外边的名气大,人们对你的要求也就高了。当今之世兵荒马乱,百姓受尽了苦。你不关心这些,只打听谁家卖肥田,谁家卖好屋,尽想捞便宜。陈登最看不起这样的人,他怎么会同你讲心里话?他让你睡小床,还算优待哩。若是我,就让你睡在湿地上,连床板也不给!"

前者林冲不假思索,盲目听信谗言,遭到诬陷,最后被充军发配沧州;而后者刘备在与许汜闲谈中听见对方诋毁陈登的话,没有武断相信,却凭着自己的了解和分析,否定了许汜的判断,并制止其乱说,从而防止了他人对贤才的诬陷。

这前后两个例子相比,可以充分体现深思熟虑分辨是非在防范和反击"小报告"的肆虐中是多么的重要。

青春感悟

不管是面对背叛、欺骗,也或者是善意的谎言,都要学会让自己从中启悟。一个人在成长的路途上,会经历太多太多意想不到的事情,不管怎么样,都要鼓起勇气前行,不因为太多的摔打而灰心丧气。